科技寫作與表達
－校園和職場的祕笈－

羅欽煌　著

e-mail：chlo@ntut.edu.tw

全華圖書股份有限公司　印行

張校長序

　　本校電機系羅欽煌教授的文書寫作經驗豐富。1970 年，服役海軍驅逐艦擔任輪機少尉，初習我國海軍及美軍的文書、維修和物料管理制度；1972 年，在美商安培公司，他負責電腦記憶板生產，進一步研習美式生產管理、品管制度及文書等作業程序。1974 年，他參加鐵路電氣化工程，和德國顧問及英國承包商一起工作，對於我國公務機關公文處理，以及國際間信件、會議、工程文書等有更深入的研究。最重要的是，羅教授於 1984 和 1993 年兩度赴美留學攻讀碩士和博士，對於留學申請資料與程序、讀書報告、論文寫作、簡報、授課等英文寫作與表達具有紮實的實務經驗。

　　近年來大學推動通識教育提倡全人格發展，就是要培養理工科系學生具備人文素養，不要變成科學怪人。羅教授畢業於本校前身台北工專電機科，參加國家考試電機技師及格，留美獲得電機工程碩士和博士學位，是一個標準的科技人；但是他愛好歷史和文學，積極參加學生輔導工作，關懷國家和社會事務，經常撰文發表於報章雜誌。羅教授之文學造詣正是通識教育的範例，他以科技人的身分現身說法，指導理工學生如何關懷社會、建構人文素養，特別具有說服力。

　　美國學生從小學開始就要學習書寫報告、做簡報；台灣學生在各級學校的寫作和表達訓練，普遍的明顯不足，很多大學生在求學過程中可能都沒機會獨當一面做簡報。美商銷售人員只要做 20 分鐘簡報，就可以讓大家充分明瞭；可是台商花一小時做長篇報告，可能還說不清楚講不明白。跨國公司的電器說明書是圖文並茂的小冊子，只要照書一步一步執行就可以搞定；台灣土產電視機說明書卻只是 A4 紙一張對折成兩頁，只有文字敘述沒有任何圖說，連電機博士都看得霧煞煞。

　　羅教授在本校電機系教授專業課程十餘年，依據他個人教學和指導學生的經驗，發現理工科系學生在撰寫報告、製作簡報文件、口頭簡報和碩士生口試等，無論書面和口語表達能力都普遍不足。有感於理工人所需的工程寫作與溝通技巧，非文科教師專業領域，而科技專業教師又沒教授該項課程；自 2000 年起，羅教授在電機系首開先例，教授「工程寫作與表達」課程，使專業理論與實務結合，深受學生歡迎，成為電機系的課程特色，對於學生在校學習及畢業後進入職場工作有莫大助益。

國立台北科技大學 校長　張 天 津

作 者 序

　　我在台北工專/台北科技大學教授電機專業課程十餘年來，發現理工科系學生以學習專業知識和技能為導向，不太重視如何表達溝通。這種思維，在從前「技術掛帥」的年代，為多數人所認同；但是，進入二十一世紀，以「溝通為主」的知識經濟時代，必需「技術和溝通」兼顧，才可以在社會上大展鴻圖。尤其是近年來，我國教育制度開始鬆綁，要進入高中、大學或研究所就讀，除了傳統的考試之外，新增申請入學或推薦甄試等多元入學方式，學生必需準備簡歷表、自傳、讀書計畫等各種書面資料，還要順利通過面談口試，才有可能獲得錄取。溝通技巧更形重要。

　　在台灣，理工學程的教育，缺乏文字寫作和口語表達的訓練。從前，很多台灣學生申請出國留學，不知如何用「英文」準備書面資料，連自傳、讀書計畫等都要委託代辦機構代為撰寫，十分離譜，深受國外學校詬病。如今，國內增設申請入學或推薦甄試，學生可以使用「中文」準備書面資料，還是不知如何下手是好。主要，是不知道要準備那些資料；其次，是不知各類資料的書寫重點和格式；最後，是不知如何整理出高品質的文件。

　　理工科系的學生，只有在國文課練習寫作文；但是，國文的作文和職場的寫作，還是有相當大的差異。以自傳為例，國文老師指導寫作的重點，偏重學生的個人喜好、厭惡等心理感受，以「文學表現」為主，所以，很多學生在自傳中，會描述小時候如何捉泥鰍、烤番薯等趣事。但是，甄選入學的自傳，以「自我推銷」為主，寫作重點要強調學生在升學相關項目的優秀表現，例如：參加社團奉獻、領導的經驗，專題製作的學習過程與成果，工讀的刻苦精神…等。同樣是自傳，目的不同，描寫的重點與方式也大不相同。畢業後求職時，自傳的寫作重點，則要強調「個人特質及成就」正好符合「出缺職務」所需條件，求職才能成功達陣。

　　此外，學生在學校的期末報告、專題製作成果，或是研究生的研究論文，最後都要用書面形式來發表。然而，國文老師不教科技論文寫作的技巧，科技專業教師又不擅長寫作；所以，對於報告或論文的結構、格式和如何寫作等，學生們只得土法煉鋼，到圖書館借閱前人論文「依樣畫葫蘆」，以致成效不彰。有鑑於此，筆者在台北科技大學電機系開設「工程寫作與表達」課程，以科學的方法蒐集資料，有系統的指導學生有關工程寫作和表達的技巧，深受學生的好評。

傳統上，台灣的教育方式是「老師教、學生聽」，所以，學生也很少接受口頭表達的訓練。甄試或申請入學面試時，如何準備報告資料？如何回答面談的各種問題？學生上台做簡報時，如何利用 PowerPoint 製作投影片？如何做簡報？因為，缺乏口頭表達的訓練，學生上台之後往往緊張得不知所措。以筆者在美國留學的經驗，很多課程都會要求學生在期末上台報告。老美從小就經常上台表達，一切輕鬆自在；大陸學生，也受過特殊訓練，個個能言善道；只有台灣學生，明明話都已經到嘴邊，還是說不出口，真是看得令人著急。

　　本書的內容分成五大部分，將理工科系的學生和一般社會人士，在學校或職場必需具備的寫作和表達技巧，分類加以敘述。

　　第一部分是「**基本寫作技巧**」。內容包含：為誰而寫和為何而寫、寫作程序的五部曲、寫作的一致性、文章的結構型式、文章段落如何撰寫、圖表的製作與表達、國際單位使用須知、標點符號的用法、WORD 的進階功能、改進文件的頁面設計等。指導學生如何從構思文章開始，接著逐步完成每一段落，並確保全篇文章的一致性，以及如何製作圖表，使文章更具溝通性，最後修飾並美化全篇文章，使之更為完美。

　　第二部分是「**升學與求職寫作應用**」。內容有：如何製作履歷表(包含簡歷表、自傳等)，讀書(工作)計畫的內容，推薦信要強調的重點，並指出製作履歷和參加碩士推甄應該注意的事項，封面信和感謝函…等，與升學與求職有關的寫作技巧。

　　第三部分為「**論文與職場寫作應用**」。內容為：論文寫作概要、論文的項目與格式、參考文獻和相關實例，Memo、會議紀錄和產品說明書等的寫法。希望指導學生運用基本寫作技巧，應用於工作和職場上。作者將散見於各種媒體，各式各樣常見的寫作錯誤或不良文體，加以分析、說明或指正，並且提出更有效的寫作範例，提供讀者比較和參考，以避免讀者也產生類似的錯誤。

　　第四部分是「**口語表達的藝術**」。重點有：如何成為一位簡報大師、PowerPoint 製作簡報實際範例、面談技巧與常見問題、上台演講等。本部分以口語表達的技巧為主，從介紹簡報的整體觀念開始，然後說明製作簡報投影片和 PowerPoint 的注意事項，並提供範例供讀者參考，然後是面談的技巧和常見問題，以及面談口試題目設計的目的和如何回答的範例。

第五部分為「**附錄**」。附錄 A 為筆者在報章雜誌所發表的散文作品。附錄 B 為寫作時的參考資料。隨書附贈光碟，內含作者的人文作品集、上課投影片及演講投影片，提供讀者做為寫作及表達時的參考。

本書的完成，首先我要感謝內人鍾欣芸無條件的支持，讓我能全力以赴。此外，我要感謝的人很多：張校長天津的鼓勵並且慨允寫序，電機系陳昭榮教授對於課程內容的建議，機械系林啟瑞教授和電機系學生鄭凱元、林宏誠、林俊昌等提供資料，兒子羅敦義、女兒羅詩淇協助校稿和吳佳迪同學協助繪圖，以及授課時同學的反應意見，對本書的出版貢獻良多。

寫作不能光說不練。美國作家也是諾貝爾文學獎得主辛克萊‧路易士，向一群有志創作的大學生演講，他問：「你們有多少人想要成為作家？」學生們全都舉手。路易士說：「既然如此，就不要浪費時間待在這裡聽我說廢話，大家立刻回家動手寫作吧！」說完，他掉頭就走。

我自己就是一個例子。雖然，學的是電機工程，但是對於人文和時事發展也相當關心。五十歲才開始投稿，非常幸運，第一篇文章「張爸爸每晚都要睡客廳」就獲得中國時報親子版採用，信心大增，陸續投稿中國時報時論廣場、浮世繪等專欄，雖然有時會摃龜，大部分都獲得採用，無心插柳，最後竟能出版本書。大多數人對於社會上發生的事務，都有自己的意見，希望讀者能夠從本書獲得啟示和激勵，遵照路易士的建議，套用 NIKE 的廣告詞「Just do it！」，立即動手開始寫作吧！

羅　欽　煌
於台北
2005 年 12 月

修訂版序

利用 Google 搜尋關鍵字「羅欽煌」，你會發現有三本書：《工程寫作與表達》、《寫作與表達》和《科技寫作與表達》，作者都是羅欽煌，真是令人迷惑啊！所以，利用本書修訂的機會，我想細說由來，也提醒讀者文章或書籍「命名」的重要性。

本書第一版約 160 頁，書名為《工程寫作與表達》，是沿用台北科大的課程名稱。後來，我曾請教國文科的鍾京鐸教授，他說書本內容不錯，但除了文學類學生，其他工程、管理、商學、農學等各類科的學生都有此需求，而書名有「工程」兩字，會讓非工程類人士都退避三舍，他建議改名為《寫作與表達》，讓更多讀者受益。

第二版增加 60 頁，書名改為《寫作與表達》。適逢誠品信義書店開幕，我走遍各樓層仍找不到自己的新書，經服務台以電腦查詢，才在「中國古典文學區」找到此書。真是糟糕！工程類學生絕不會到中國古典文學區找書，而中國古典文學愛好者，對於以白話文書寫的科技文書想必興趣不高，改名讓書本的銷售量不增反減。

其後，我多方請教各界人士，多數人都同意，本書是科技人必備的工具書，並大幅增加 100 餘頁，第三版定名為《科技寫作與表達》。幾年來，承蒙各校圖書館選購，同時多數學校也將學生表達溝通能力列為核心能力，而增開「表達與溝通」的課程，除了在專業學系開設「科技寫作」課程，也在通識課程中增開「寫作或口語表達」等選修課程，並選用本書做為教科書，所以本書的銷售量也逐年穩定成長。

近幾年來，本人除了在學校授課之外，也接受校外機構邀約授課。依據教學經驗，本修訂版有多處增修：第一部分的「段落」及「文章結構」兩章，是寫作的基本功夫，本版依據 ABC 模式全新改寫；第二部分增加「影音簡歷」及求職履歷；第三部分加強「產品說明書」的內容並舉例說明。此外，本人將 email 列印於封裡扉頁，希望讀者隨時提供建議，做為未來修訂之參考，期使本書更臻完美，對讀者更有助益。

羅 欽 煌
於台北
2013 年春

目次

第一部分：基本寫作技巧

壹、寫作前的準備功夫(你認識多少字) 2

貳、職場寫作的五部曲(進修學院招生宣傳) 8

參、文章段落的寫法(校園寫作亂象) 18

肆、文章的結構型式(清大寫作中心) 27

伍、圖表的製作與表達(世界曆) 43

陸、國際單位使用須知(ISO 知多少) 53

柒、中文標點符號(差不多先生) 63

捌、Word 功能知多少(工程師應具備的智能) 71

玖、美化文件版面(羅馬數字) 80

拾、作文加分祕訣(作文評分的品質管制） 92

第二部分：升學與求職之寫作

壹、應徵職務的書面文件(白話文也可以考深度) 100

貳、簡歷表(德國職訓 vs.台灣補習) 103

參、自傳(延畢與日行一善) 115

肆、簡歷自傳注意事項(抓住學習機會) 126

伍、推薦信(掌握知識交流) 134

陸、讀書計畫(地下管線) 142

柒、碩士推甄注意要點(8:10 的迷思) 148

捌、追加感謝函(悠閒不可得) 151

第三部分：論文與職場之寫作

壹、論文寫作概要(孟德爾的故事) 156

貳、論文的項目與格式(研討會論文格式) 165

參、參考文獻(法拉第的故事) 173

肆、備忘錄的寫法(俗不可耐) 183

伍、會議紀錄的寫法(勞動與感恩) 191

陸、公文和提案(模稜兩可公文用字) 195

柒、產品說明書(搶救寫作能力) 202

捌、文字-表格-曲線(一星期七天) 210

玖、工程溝通的特質(我的第一部電腦) 217

拾、技術報告(游走在羊猴之間) 221

拾壹、技術提案(無心插柳) 226

第四部分：口語表達之藝術

壹、簡報專家知多少(The Importance of Spoken English) 232

貳、簡報投影片(師大畢業典禮致詞) 237

參、PowerPoint 投影片範例(一張照片一個故事) 248

肆、面試注意事項(結婚典禮致詞) 253

伍、口試問答的訣竅(父親的禱告) 256

陸、上台演講(一元美金的故事) 265

附錄 A：科技人的人文情懷

科技人談人文寫作 272

一、張爸爸每晚都要睡客廳！ 273

二、全面推行郵遞區號的特效藥 275

三、不讓孩子看小說－也會出問題？ 276

四、2000 年清明節不是四月五日 277

五、零用錢問題知多少 279

六、都是中文橫寫惹的禍 281

七、真的是惡報嗎？ 282

八、變通與混亂 284

九、車主在不在，有關係？ 285

十、數字書寫與辨讀效果 286

附錄 B：寫作參考資料

一、公文橫書數字使用原則 288

二、台北科技大學論文格式規範 290

三、技術報告範例 303

四、學生英文簡歷常用詞彙 307

參考書目 316

索引 317

習題 319

第一部分

基本寫作技巧

壹、寫作前的準備功夫

為誰而寫、為何而寫

「見人說人話，見鬼說鬼話」，雖然有投機取巧的負面印象，卻是職場寫作的最重要觀念。寫作時，面對不同程度的人(例如：老師、管理階層、技術工人)，當然要用不同層次的語言和說法。因為，學生在學校寫作，都是寫給老師(專家)看的：作文寫給國文老師看的，期末報告是給任課老師看的，論文是給指導教授看的。所以學生寫作時，只想到老師，根本沒有考慮其他讀者。然而，進入職場開始寫作之前，要先換個腦袋，先建立「為誰而寫、為何而寫」的觀念。

寫作的作品，要給不同的「人」閱讀。學術論文，是寫給具有相同水準的專業人士參閱；產品說明書，要提供一般沒有專業常識的民眾參考；提案，是提供開會的人討論；報告，是寫給各級主管看的；公文，是政府與人民或機關之間的正式文書。讀者的層級和認知程度的不同，寫作的深度和表達方式也要有所改變。

科技寫作的目的只有二種：「教育」和「改變」。「教育」讀者以增進其對事物的瞭解；「改變」讀者對事物的看法並期望其採取行動。如果你知道為誰而寫和為何而寫，你才知道要寫什麼，以及如何寫，你的寫作才會真正發生作用。

大學生畢業後進入職場，將會發現職場必需寫作的場合及種類繁多。例如，書信類：寫備忘錄給主管或下屬、寫信給老客戶、寫推銷信給潛在客戶、寫 email 給同事或客戶；短篇報告：問題分析與建議、設備採購之評估、工程進度報告、實驗成果報告等；長篇報告：工程結案報告、計畫可行性評估、研究論文等；其他類：產品使用說明書、工程簡報、修訂製造程序建議書等。

因為對象和目的有所不同，寫作之前，必先確定「為誰而寫、為何而寫」。

一、分析你的讀者

理想的讀者，他的專業水平和喜好都和你(作者)相當，而且他會認真的研讀你的文章。但實際上，這種讀者十分罕見。多數讀者在閱讀你的文章時，經常會被電話、會議、email、訪客等干擾；還有，多數讀者都缺乏耐心，他們急著想知道「文章的重點是什麼？」、「文章和我有何關係？」。此外，讀者的背景和知識水平可能不如你，如果你用太專業艱深的詞彙，讀者讀不懂就不想讀。所以，在寫作之前，必須先分析你的讀者：

(一)讀者的專業水平

- 讀者對寫作內容的了解有多少？
- 讀者在公司職位的高低？
- 讀者的專長是什麼？
- 讀者是否了解問題的最新發展？應否提供更新(updated)的背景資訊？

(二)讀者的個人特質

專家和技術顧問，喜歡詳細和具體的技術分析。然而，管理階層卻不喜歡技術細節，他們只想知道結論。現場的技術工人，只想知道施工的程序或步驟。

有些人喜歡使用專業術語，例如：WYSIWYG(What You See Is What You Get.)、TSH(Thyroid-stimulating hormone)、ALD(Adreno-leuko-dystrophy)等，但是，很多人卻根本不了解這些術語是什麼。

寫文章給同儕看，可以輕鬆逗趣，但寫給公司高階主管，就要嚴謹正式。同一件事，某些人可能很喜歡，但卻會觸怒另一群人。寫作時，必須考慮讀者的特質，因人而異、量身訂做，才能打動讀者的心。

(三)讀者的職務立場

寫作時，要從對方利益著想，你的論點才容易被對方所接受。我曾經在網路上看到一篇短文〈羔羊的說服力〉，故事略述如下：

　　一個牧場主人養了一群羊。他的鄰居是個獵戶，他院子裏養了幾隻兇猛的獵犬。這些獵犬經常跳過柵欄，襲擊牧場裏的小羔羊。

　　牧場主人幾次請獵戶把獵犬關好，但獵戶敷衍了事，雖然口頭上答應，卻沒有積極做為。沒過幾天，他家的獵犬又跳進鄰家牧場橫衝直闖，咬傷了好幾隻小羊。忍無可忍的牧場主人找到鎮上的法官評理。

　　聽了他的控訴，明理的法官說：「我可以處罰那個獵戶，也可以發布法令讓他把獵犬鎖起來。但這樣一來你就失去了一個朋友，多了一個敵人。你是願意和敵人作鄰居呢？還是和朋友作鄰居？」

　　「當然是和朋友作鄰居。」牧場主人說。

「那好，我給你出個主意，按照我說的方法去做。不但可以保證你的羊群不再受騷擾，還會為你贏得一個友好的鄰居。」

法官如此這般交代一番，牧場主人連連稱是。

一回到家，牧場主人就按法官建議，挑選了三隻最可愛的小羔羊，送給獵戶的三個兒子。看到潔白溫順的小羊，孩子們如獲至寶，每天放學都要在院子裏和小羔羊玩耍嬉戲。因為害怕獵犬會傷害到自家兒子的小羊，獵戶做了個大鐵籠，把獵犬結結實實的關了起來。

從此以後，牧場主人的羊群再也沒有受到獵犬騷擾。為了答謝牧場主人的好意，獵戶開始贈送各種野味給他，牧場主人也不時用羊肉和奶酪回贈獵戶。漸漸地兩家人成了好朋友。

所以，要說服一個人，最好的辦法是為對方著想，讓對方也能從中受益。

(四)讀者想要讀什麼

職場寫作，依照讀者的專長和職務不同，文章應該強調的重點如下：

- 經理階層(決策者)：簡要結論、背景、專業術語之定義。
- 同行專家(指導者)：詳細技術佐證資料、相關圖表、附錄資訊。
- 基層員工(接受者)：文章與讀者有何關係、良好的組織、清楚的程序。
- 一般讀者(接受者)：文章與讀者有何關係、專業術語之定義、繪圖示意。

二、確定寫作目的

瞭解你的讀者和需求之後，接著問自己為什麼要寫作？不要用模糊的答案：「我要討論筆記型電腦未來五年的市場狀況。」不要只想你自己「要說什麼？」那是寫作的「主題」，不是寫作的「目的」。

職場寫作的目的，大致只有兩種：「教育」讀者，增進其對某件事物的瞭解；或是「改變」讀者，使其瞭解某件事物並採取行動。認清你的文件想要達成什麼任務，當讀者讀完之後，你希望他們瞭解、感覺、相信或動手做什麼？

找出寫作目的，最簡單的方法，就是強迫自己**用一句話**，說出寫作的目的：

- 我要<u>解釋</u>〈石油漲價對於本公司生產成本的影響〉。
- 我要<u>說明</u>〈新竹廠 IC 生產的良率〉。
- 我要<u>建議</u>〈公司為所有業務員購置 iPad〉。

請注意上述文句中的關鍵詞(<u>解釋</u>、<u>說明</u>、<u>建議</u>)，才是真正的工作重點。<u>解釋</u>或<u>說明</u>，屬於「教育」讀者，宜採用深入淺出方式；<u>建議</u>，則是要「改變」讀者的看法，其難度較高，除了用<u>說明</u>(教育)引起讀者的認同之外，還要進一步使讀者採取行動。而上述各條列之〈……〉則是寫作的主題。

瞭解寫作的目的，有兩個好處：

- 提供寫作方向：決定文件的內容和格式。
- 提供寫作策略：決定架構、句型和遣詞用字…等。

三、範例(來源：Markel, 1994)

背景：你是建築公司的製圖課課長，下轄 10 名員工。你發現，因為使用過時的電腦製圖軟體(CAD)，造成部分業務流失，你曾經多次向主管說明這個問題，都沒有下文。有一天，主管卻主動叫你寫一份研究報告，分析各種可能的改進方案。

首先，分析你的讀者：

- 他是部門經理，無權核准大額的資本支出，但是他可以推薦(或否決)你的點子給高層主管。
- 他不是你想添購製圖軟體的專家，但是他對於高科技產品沒有敵意。他可能無法完全瞭解電腦輔助設計(CAD)的所有術語。
- 他知道你的部門工作績效良好，你也未曾添購無用的設備。然而，公司最近曾經採購大而無當的設備，管理階層仍記憶猶新。
- 他可能會在你的建議案加註意見後送往高層，但不會改寫整個建議案。

以上的分析，讓你瞭解你的建議案必須滿足你的直接主管，以及更高層主管。所以，文章必須直接和客觀：你要為讀者(各級主管)加上簡要的總結，技術解說要簡單扼要，最重要的是必須強調新購軟體的具體優點。

然後，確定寫作的目的。你要說服直接主管，新購軟體的必要性、成本效益高，使

更高層主管核准此項採購案。最後，因為高層主管特別關切大額資本支出，你要說清楚新購軟體十分必要，而且是最有效率的產品。所以，建議案必需回答下列要點：

- 製圖課歷年來的工作績效如何？
- 現有製圖方式的缺點，改用新購軟體可以如何加以改進？
- 各種可行方案，是採用什麼標準加以評估？
- 哪一種方案，是最佳解決方案？
- 其他購用此項軟體者的使用經驗如何？
- 新軟體購置(或租用)、維修和使用之費用為多少？
- 新購軟體的成本效益——如何提高的生產率或品質，以回收投資費用？
- 新購軟體裝機時間——從安裝到可以正常使用，需時多久？
- 學習曲線——繪圖員需要多久才可以熟悉新購軟體之操作？

最後，在撰寫長篇建議案之前，最好「**再確認**」主管同意你所草擬的寫作摘要。因為，「你」認為他說的，和「你」認為他說的，可能有所出入。所以，最好花點時間把「你的認知」草擬成寫作摘要，請主管做非正式的確認；雖然，事後主管還是有可能改變心意，而修改你的作品，但是，事先獲得主管「**非正式的認可**」，總比「**完全沒有認可**」要高明得多。

相同的道理，碩博士生在完成研究(實驗)工作後，也千萬不要逕自立即開始撰寫論文。在撰寫論文之前，最好事先將論文的寫作大綱(各章、各節要點)，提交指導教授，互相討論並「**獲得認可**」後，才開始正式撰寫論文，以免你辛苦完成的長篇論文，被指導教授大砍大改；如此，既可減輕指導教授的負擔，也可減輕自己的挫折感。

你認識多少字

　　每個時代都會有新的字產生，所以，漢字到底有多少，沒有標準答案。清初，中國最完整的《康熙大字典》收錄 49,030 字，經過 200 多年，到民國初年，中華大字典增加 2,000 餘字，就算是漢學家，也無法完全認識這五萬多字。然而，普通人到底要認識多少字才夠呢？專家統計，普通人閱讀書報只約需 4,000 字。而國中畢業生大約認識 5,000 字，大學畢業生約可認識 6,000 字。

　　梁實秋先生主編的《漢英辭典》(遠東圖書公司出版)，是市面上長青的漢英字典。該辭典收錄最常用的 7,331 個漢字，對於過份典雅、粗鄙和專門的字，都沒收錄，可以滿足一般人的閱讀需求。我以《漢英辭典》為藍本，隨機取樣找出 100 字如下：

謗、稱、橫、與、襪、巷、差、塾、派、戮、
完、感、秋、鵬、衕、剛、募、踟、凋、仍、
幗、庚、梔、下、殲、紐、簁、游、燙、趣、
聽、納、鐵、篇、蒜、轉、蟆、贅、鈥、嘯、
技、襀、寞、潴、屋、襖、笠、莨、攉、快、
敕、偶、颯、豆、洞、期、艫、秣、阪、履、
昇、蹶、亭、柜、獗、械、蕃、排、獨、獸、
瑞、璧、嵊、暢、揩、粿、蝗、蜢、弛、獲、
邱、閭、軼、聰、輝、蝲、逃、旎、戀、績、
蒨、廳、晁、交、鋇、濩、照、惱、嶂、癡。

　　你到底認識多少字？利用上述 100 字，以下列方法計算之：

1. 知道讀音和意義者，算是認識一個字(打圈)；
2. 只知讀音或只知意義者，算是半個字(打三角形)；
3. 加總計算認識字數，乘以 73 倍，就是你認識漢字的總數。

　　如果你認識的漢字少於 4,000 字，將不足以閱讀書報，也就是所謂的「**教育文盲**」。如何增加自己認識的字呢？請你在閱讀碰到生字時，勤查國語字典，才可以逐步增進自己的字彙。

貳、職場寫作的五部曲
職場寫作，是技術，不是藝術

> 　　上班族(或學生)在日常工作中，經常要撰寫各種文書，例如：專題報告、簡報、產品說明書、公文、備忘錄、報告⋯等。多數人害怕動筆，認為寫作是文學也是藝術，必需文筆好，才適合寫作；而有些人卻又太隨便，信手塗鴉、錯誤百出，也常成為大家的笑柄。
>
> 　　其實，職場寫作(不像文學寫作必需咬文嚼字，或採用意識流、倒敘法⋯等特殊技巧)大都採用平鋪直敘的方式，把事情「說清楚、講明白」就好。只要邏輯事理清楚，瞭解相關文件的格式，每個人都可寫出合乎規定的職場文書。
>
> 　　職場寫作，是一種技術，而不是藝術。只要有意願，每個人都可以學會。

　　參加各級考試分秒必爭，書寫作文的時間相當緊迫，只能在心中略加思索後，立即書寫，所以寫不出好文章或許有藉口。然而，職場寫作或撰寫報告的時間較為寬裕，少則有一、二天，多則有一、二週，寫不出好文章就沒有藉口了。

　　時間寬裕的寫作模式，可以用系統化的「五個步驟」來撰寫。一、「腦力激盪、構思點子」；二、「點子重組、順理成章」；三、「一氣呵成、撰寫草稿」；四、「修改文稿、百煉成金」；五、「再三校稿、避免錯誤」。茲分段介紹如下：

一、腦力激盪、構思點子

　　寫作的第一步，就是構思寫作的點子。點子越多越好，所以，構思點子的時候，不要考慮點子是否合理、可行、立場⋯等問題，只要想到就記下來，以免打斷思路。

　　構思點子也有五種方法：1.想到就寫、2.腦力激盪、3.兩人對談、4.聯想繪圖、5.井字聯想。有些方法適合獨自寫作，有些則適用於集體創作。

(一)想到就寫(free writing)

　　想到就寫，適合於「獨自寫作」。把腦中想到的事情，直接寫下來，然後，再加以補充、修改，就可以完成一篇文章。用電腦寫作時，最適合想到就寫，因為將來要修改、移動⋯等，都非常方便。

以下是筆者在構思有關「長壽」的文章，想到就寫的點子：

> 「咒你長命百歲」，Springville 年輕不老，百歲不得不死。超過平均年齡，自然死，器官老化、疾病纏身，社會資源浪費，CPR，珍惜能動的時光，久病無孝子。蔣宋美齡家財萬貫、權傾天下，活到百歲才勉強有點尊嚴，臥病在床活到百歲，子孫早死。七十歲去世發粉紅訃聞當做喜事，往生者、家屬等，大家都獲得解脫。解開基因密碼，人類可以活到 1200 歲，創新精神創造力 30~40 歲高峰，然後頑固不化，沒有年輕人冒險犯難的精神，只會阻礙社會進步。

(二)腦力激盪(brain-storming)

腦力激盪，非常適合「集體創作」。例如大學生的「專題製作」，三至四人為一組，要合作完成一個專題。多人共同構思點子時，A 提出一個點子時，可能刺激 B 和 C 想到其他點子，B 的新點子又刺激 D 和 E 的點子，因而產生連鎖反應。此外，因為每個人歷練不同、立場不同，腦力激盪所產生的點子，比較多也比較週延。

實施腦力激盪時，團隊成員必須開誠布公，不要考慮點子是否可行，不要顧慮點子是否太幼稚，不要排除任何點子，全部都要記下來，時間愈快愈好。

依據文章的長短，以腦力激盪集體構思點子，持續的時間約為：

- 短篇散文：10~15 分鐘
- 長篇報告：20~30 分鐘

(三)兩人對談(talking)

以兩人「一問一答」的對談方式，逐步抽絲剝繭，解開問題的癥結，並找出解決方案。對談的紀錄方式，最好使用「錄音機」，才不會因手寫太慢，影響對話的流暢性。現今，各式各樣的數位錄音裝置，價格便宜、搜尋方便，做為對談記錄十分理想。紀錄下來的結果，經過整理後，可以做為寫作的良好素材。

以下的對談紀錄，B 負責提問，A 負責答覆。B 要鑽牛角尖盡可能發問，A 也要盡可能回答，直到兩人無話可說為止。

A：我想要選購新的電腦輔助繪圖軟體。

B：是嗎！哪麼舊的軟體有什麼問題呢？

A：舊軟體的速度太慢。

B：還有什麼缺點呢？

A：它和最新的軟體及硬體不相容。

B：和哪些軟體不相容呢？

A：……

B：和哪些硬體不相容呢？

A：……

B：問題要如何解決呢？

A：……

B：購買新的軟體是否合算呢？

A：……

(四)聯想繪圖法(linking sketch)

聯想繪圖法，是拿出一張白紙，以聯想方式在紙上畫記。首先分析主題(採購新 CAD 軟體)，聯想產生各種子題(簡介、結論、建議、現有軟體的缺點等)，又由各子題產生各種點子(太慢、3D 效果差、與其他軟硬體無法相容等)，最後，將主題、子題和點子之間的邏輯關係，以群組分類方式繪製成樹狀圖。

如圖 1-2-1 就是利用聯想繪圖法的範例。將「採購新 CAD 製圖軟體」所有可能想到的點子，以群組(clustering)分類方式聯起來，成為樹狀圖。

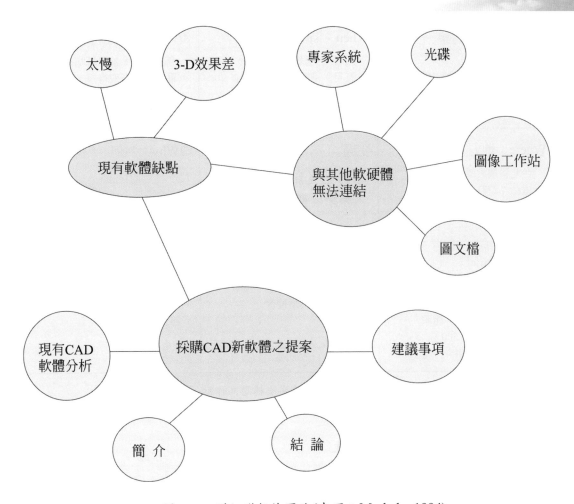

圖 1-2-1　群組聯想繪圖法(來源：Markel，1994)

(五)井字聯想法

　　井字聯想法，是用「5W1H」周全思考寫作點子，以免遺漏。先將寫作的主題，置於井字中央，再以 5W1H 的方式，將 Who(人)、When(時間)、What(事物)、Where(地方)、Why(為何)和 How(如何)以及「其他」等相關項目列在週邊，如圖 1-2-2 所示。然後，針對各項目分別聯想寫作的點子，而產生系統性的寫作素材。

　　在電腦寫作尚未成為習慣之前，我喜歡採用井字聯想法，有系統的產生寫作的點子。圖 1-2-2 是用井字聯想法構思點子的範例，並寫成一篇文章「專科生免試就讀台北科大美夢成真」附於本章之末，提供讀者比對與參考。

②Who：人、對象	When：時間	④What：事物
・專科畢業生 ・電機、化工、工業工程、冷凍、車輛、機械、土木、電子、經營管理	・四月：免試甄選簡章 ・五月：免試甄選報名審查 ・七月：考試入學報名 ・八月：考試入學筆試	・免試入學，越老越吃香 ・畢業後立即取得學士學位
Where：地方、電話	主題：	③Why：為何
・台北科技大學進修學院 ・電話：2771-2171 x 1800	專科生免試就讀台北科大美夢成真	・專科學歷不如人 ・知識爆炸、迎頭趕上 ・第二專長、避免被淘汰 ・週末進修，影響最小
⑤How：如何	①其他：	其他：
・免試甄選，質量並重 ・第一階段(量)：500 分 ・畢業成績、年資、證照 ・第二階段(質)：500 分 ・訓練、發明、研究、獲獎	・台北科大進修學院小檔案 ・是進修，不是補習	・終身回流教育 ・人人有書讀、處處可讀書 ・進修學院 LOGO

圖 1-2-2　用井字法構思寫作點子

二、點子重組、順理成章

第一階段所產生的大量點子，必需依據邏輯、道理加以整理篩選，訂定先後順序，有些可用、有些必須拋棄，才可以寫出一篇好的文章。如圖 1-2-2，是依照 5W1H 構思以求周全，強迫自己從不同方向想出寫作的點子，但是真正撰文時，要先決定其順序①②③④⑤，請參閱本章末範例「專科生免試就讀台北科大美夢成真」，加以比較。

通常，一篇文章，最好先有個楔子，讓讀者了解寫作的背景，然後再導入正題。同時，文章的開頭，必需顯示其重要性或趣味性，才可以吸引讀者，所以第一段文字特別重要。其次是，標題與標題之間必須互相輝映，最後，還要將觀念做總整理。

點子重組、順理成章的過程中，應注意下列要點：

• **寫作目的**：把寫作目的寫在紙張上方，經常提醒自己不要離題。
• **邏輯群組**：把各種點子，依照邏輯分成群組。
• **內容順序**：將群組加以組織，排定先後順序。

三、一氣呵成、撰寫草稿

點子經過篩選整理，排定先後順序之後，接下來要將其寫成草稿。此時，為了避免思路被打斷，最好找個安靜的地方，將電話關掉以免遭受干擾，一氣呵成完成草稿。

- 短文的草稿，最好一氣呵成，一次就完成。
- 撰寫論文等長篇文章，草稿無法一次完成。每次暫停之時，**不要正好停在一個段落結束之處，要延伸到新段落開頭之後才暫停**；以便下次提筆時，可以順利接續原來的思路。
- 長篇大論，簡單具體的章節先寫，結論和序論最後才完成。

撰寫長篇大論時，尤應注意「**簡單、具體的章節先寫**」，結論和序論最後才完成。以個人經驗，我寫第一本教科書《工業配電》時，呆呆的從第一章「**緒論**」開始寫，因為緒論要敘述工業配電的過去、現況和未來發展，寫了又改，改了又寫，寫寫停停，過了半年第一章仍然未完工，感到非常挫折。後來，改從第四章「**短路電流**」下手，因為有具體的公式和各種例題，一個月就完成，頗有成就；然後寫第三章「**電壓降**」，也很順利；陸續完成其他各章，最後回頭寫第一章，才終於大功告成。

所以，建議讀者在撰寫碩博士論文時，先參考教科書撰寫第二章「研究的基本理論」，再寫第三章自己很熟悉的「獨創的方法、程序」，接著順理成章撰寫第四章「研究的結果」，然後寫第五章「結論」，最後才寫第一章「緒論」。千萬不要最先寫第一章，以免刪刪改改，徒增論文寫作的挫折。

四、修改文稿、百煉成金

文章草稿寫好，只是成功的一半，還有一半的時間，要用來修改文稿。我很欣賞資訊作家侯捷的觀點：「好文章是改出來的、不是寫出來的。文字如果不放個十天，自己看過十遍，改個十回，怎麼精煉得起來？」

- **暫時休息**：草稿寫完之後，暫時(至少過夜)不要理它。
- **大聲朗誦**：修改文稿時，大聲朗誦。讀得通順，就是好文章。
- **請教親友**：文章寫好要請親友(非專家)閱讀，不懂的地方加以修改、補強。
- **請教專家**：文章經過專家指正，發表時更有信心。
- **內容完整**：再檢查是否漏掉一些點子？

- **內容結構**：文章是否清楚合理、轉折平順？能夠說服自己，才能夠說服別人。
- **強調重點**：重點和佐證的長度要相當，不要小題大作，也不可虎頭蛇尾。
- **段落主句**：每一段落都要有主題句，輔佐的證據是否充分？
- **數據正確**：沒有數據，就沒有發言權；如數據有誤，會大幅降低文章可信度。
- **文章風格**：正式文章不宜過份口語，亂用形容詞或亂用虛字。

　　集體創作，講求分工合作。撰寫草稿時可以分工，每人負責一至二章，但全文定稿時，最好由一人整合，以免前後不一致。我曾讀過一本電機教科書由二人合譯，其中有一設備「Surge Arrester」，第一譯者直譯為「閃電捕捉器」，第二譯者使用俗稱的「避雷器」，令讀者混淆以為是兩種不同的設備。

　　現代人作文贅詞連篇，有人戲稱「大概或者也許是，恐怕只能如此說，然而大家都以為，好像有點不見得。」鍾博先生在《中國時報》發表一篇文章〈贅詞之島〉，列舉台灣常見贅詞如下：大約有五十萬人左右、起碼要半個月以上、最信任的親信之一、當初始料未及、再度重申...等，多得不可計數。這些贅詞在寫作當時不易發現，必需在修改文稿時，謹慎檢視將其刪除。

五、再三校稿、避免錯誤

　　禪宗的《六祖壇經》有一段〈一字之差，五百世輪迴〉的故事，可以說明校稿的重要性。一名方丈誤導學僧說：「道行高的人不會落入因果循環，就是『不落因果』」，而被罰成為狐狸身；狐狸經過五百世輪迴後，才由百丈禪師開示頓悟後修成正果。百丈說：「道行高的人不在乎因果循環，也就是『不昧因果』」。故事十分精采，摘錄如下：

> 百丈和尚凡參次，有一老人常隨眾聽法，眾人退，老人亦退，忽一日不退，師遂問：「面前立者復是何人？」老人云：「某甲非人也，於過去迦葉佛時，曾住此山。因學人問：『大修行底人還落因果也無？』某甲對云：『不落因果！』五百生墮野狐身。今請和尚代轉一語，貴脫野狐！」遂問：「大修行底人還落因果也無？」師曰：「不昧因果！」老人遂於言下大悟，作禮云：「某甲已脫野狐身，住在山後，敢告和尚，乞依亡僧事例！」。師令維那白槌告眾：「食後送亡僧！」大眾言議：「一眾皆安，涅盤堂又無人病，何故如是？」食後只見師領眾，至山後巖下，以杖挑出一死野狐，乃依火葬。

「不『落』因果」和「不『昧』因果」，只是一字之差，某甲要經五百世輪迴方得頓悟。文章校稿的重要性不言可喻。

　　文稿修改之後，打印之前，通常需要經過三次校稿，以免錯誤發生。校稿以錯別字、標點符號為主，不宜對文章再做重大的結構改變。現代人多用電腦注音打字，電腦會把「祝你**事事**如意」，自動校正成為「祝你<u>逝世</u>如意」，如果你匆忙之間沒有校稿就寄出，會讓收件人和你絕交。校稿重點如下：

- 錯別用字：曾經看過鼓勵大家讀書的佳句：「貧者因書而富，富者因書而貴」，被打印成為「貪者因書而富，富者因書而貧」，鼓勵貪心者多讀書，讓富人不敢讀書。發生這種錯誤，不怪自己校稿不嚴，卻推卸責任為打字誤植，令人扼腕！
- 輸入法：以電腦打字，使用不同輸入法，錯別字也不同。注音輸入法多為同音錯別字，倉頡輸入法則為同形錯別字。例如：

  注音輸入法：工作實在事態(是太)忙碌了、生(身)懷絕技、皇天不付(負)苦心人、考上帝(第)一志願、劣(列)祖劣(列)宗

  倉頡輸入法：貪(貧)者因書而富、飲水思鴻(源)、歡嘉(喜)、昱(是)否

- 英文錯別字：在網路看到一則笑話，先生出差到一處風景名勝，希望老婆也能同享美景，發封 e-mail 給老婆，「I wish you were here.」，匆忙之間，少打最後一個「e」，成為「I wish you were her.」，老婆以為老公帶小三出遊，回家後夫妻大吵一架。
- 標點符號：參考辭典，正確使用標點符號。例如：「冗長句，可以依據朗讀停頓之需，加上逗號予以分開。」如果沒有標點符號，則「冗長句可以依據朗讀停頓之需加上逗號予以分開。」讀起來會十分困難。

寫作知多少

範例：專科生免試就讀台北科大美夢成真

台北科大進修學院小檔案

- 台北科大附設進修學院(簡稱本校)的前身「台北工專附設進修專科補校」成立於民國66年。上課時間為週六晚間及週日全天，招收高中職畢業生修業三年，提供在職人士另一條進修管道。結業生需經資格考試合格，才可取得二專同等學歷。

- 86年校本部改名國立台北科技大學，87年本校奉准升格改制為進修補習學院，88年立法院修法通過，取消「補習」兩字，全名「國立台北科技大學附設進修學院」；設立大學部二年制，招收專科畢業生修業三年，畢業生不需經過資格考，直接取得學士學位。

- 目前設有電機、化工、工業工程、冷凍、車輛、機械、土木、電子、經營管理等9系12班，學生數約1800人。

- 其中1班，為電機系與泰山職訓中心建教合作設立的職訓大學，課程以電機/電子整合為特色，學生平常日在泰山中心接受職訓師訓練，週末在本校上課，修業兩年；畢業生同時獲得本校工學士學位及職訓局職業訓練師證書。(註：職訓大學自91年起停辦)

一、在職進修，心有餘力不足

處於知識爆炸、科技發展日新月異的時代，很多早期專科學校優秀畢業生，在社會上工作多年，小有成就之餘，看到一個個大學畢業的後起之秀迎頭趕上，心中不免著急，想要再進修唸大學，一方面學習新知以免落伍，一方面取得學士學位。然而，想到繼續升學，必須通過入學考試，還要拿起書本，再和年輕小夥子一起應考，心有餘力不足，只好打退堂鼓，年復一年的蹉跎，除了著急，還有些許遺憾。

二、免試甄選入學，越老越吃香

目前，正常學制的免試甄選，只有應屆畢業生可以享受。台北科大進修學院反其道而行，鼓勵年齡較長、經驗豐富的社會人士回流進修，兩年前首開全國先例，以招生名額的四分之一，辦理免試甄選入學。

據研究顯示，免試入學的學習成效良好，進修學院將逐年增加免試生的比例，最後甚至可能全面採行免試甄選入學，希望達成「人人有書讀，處處可讀書」的理想目標。

三、免試甄選，質量並重

據校務主任羅欽煌表示，甄選完全採書面審查方式辦理。依申請者的畢業成績、相關專業工作年資、考試及格證書、技能檢定證照等，可量化的資料，由招生委員會計算點數，總分500分。此外，對於獲獎記錄、研發成果、發明、著作等，職場工作中無法量化「質」的表現，則送交各學系審查，總分500分。兩項成績加總後，排序擇優錄取。

四、週末進修，對職場影響最小

進修學院為二技學制，招收專科生修業三年，畢業時授與學士學位。週末上課只需兩天的時間，不致影響學生在工作崗位的日常業務，也不會妨礙週一至週五夜間經常必需加班之狀況，最適合在職人士利用工作之餘進修充電。部分中部或東部地區的中階主管，就是利用週六北上、週日晚間返回工作崗位的方式在職進修。

五、是進修教育，不是補習

以往很多人對於進修專科補習學校有不正確的觀念，因為畢業證書上有「補習」二字，感覺不是正規教育，甚至有些業界主管也會給予不平等的待遇。

教育部廣納民意推動修法，通過將高等回流教育中有關「補習」的字眼予以刪除，同時取消結業生必須資格考之規定，畢業生直接授與學士學位，對於在職進修教育的發展，產生極大的鼓舞。

六、進修學院向上提昇

本校升格改制進修學院後，招收專科生而非高職畢業生，雖然只有兩年辦學經驗，已經發現成效良好，略述如下：

- 學生素質大幅提升，其中有多位已獲碩士學位者，尋求第二專長，繼續進修。
- 學生職場能力強，很多是業界中、上級主管，例如經理、廠長、段長⋯等經歷良好者；通過高考、工業技師、甲級技術士等國家考試的學生也不在少數。
- 學生學習意願強烈、上課秩序良好、尊敬師長、成績優良，較其他學制的學生有更好的表現。
- 學生珍惜進修機會，學院部學生退學率較以往專科部大為減少。

七、打通技職教育進修管道

五專、三專、二專等學制在我國有長久的歷史，專科畢業生人數眾多，以往只有一所台灣工業技術學院可以繼續進修，然而，招生名額極為有限，絕大多數的專科生因為家庭、年齡、距離⋯等因素，無法繼續升學。

近年來，政府積極推動技職教育改革，大量開放專科學校改制技術學院、科技大學。此外，教育部也開放多重回流進修管道，例如在職進修專班、推廣學分班、進修學院、遠距教學⋯等，幾乎已經達到「處處可讀書」的地步。

八、回應專科生需求，免試讀大學

當年，多少優秀專科畢業生，因為種種因素，沒有機會取得方帽而有些許遺憾，幸好，當年專科畢業就可以行遍天下，雖不滿意勉強將就；如今，大學生滿街跑，專科生學歷矮人一截，有志難伸耿耿於懷。年紀較長的專科生對於考試心生畏懼，希望可以免試就讀大學取得學位。

現在，台北科大進修學院回應專科生之需求，特別提供機會，讓你免試讀大學。請不要再找藉口，今天起就把握機會返校進修。這個天大的好消息，你可以獨享，也歡迎轉告親朋好友，鬥陣來進修。年輕的專科生則歡迎參加招生考試入學，繼續進修學士學位。

進修學院免試申請入學，每年四月份發售簡章，五月初現場報名審查；招生考試於七月初報名，八月初考試。過期簡章附回郵免費索取，歡迎電話洽詢：(02) 2771-2171 轉 1800，或參閱網址：http://www.ntut.edu.tw，或 e-mail：chlo@ntut.edu.tw。(羅欽煌於台北科大進修學院)

註：本文是依圖 1-2-2 井字法點子寫作而成。

參、段落的寫法

科技寫作的 ABC 模式

> 科技寫作，以有效溝通為目的，大都採用平鋪直敘的寫法(不像推理小說講求曲折離奇)，有話直說就好。一篇文章由幾個段落所組成，文章和段落的寫法相似，只要將每個段落寫好，組合完成就是一篇好文章。
>
> 段落的寫法，基本結構是 ABC 模式，而且「一個段落」，只敘述「一個主題」。第一句是摘要 A(Abstract)，就是用主題句來敘述段落的重點；中間是內文 B(Body, supporting details)，提出幾個具體事例，來支持主題句；末尾是結論 C(Conclusion)，將主題句以換句話說的方式，再度強調，以加深讀者的印象。
>
> 寫作熟練之後，段落可以簡化成 AB 模式。摘要 A，還是放在段落的第一句。接下來的內文 B 列舉幾個具體實例，來支持主題句的論點。

一、段落寫作的 ABC 模式

科技寫作，每一個段落，只描述一個想法(觀點)，採用 ABC 模式來撰寫：

1. 摘要(Abstract)：將主題和想法(觀點)，寫成主題句，並置於段落的開始。
2. 內文(Body)：在主題句之後，至少列舉三項實例，來支持主題句。
3. 結論(Conclusion)：結尾句，再重述整個段落的想法(觀念)。

二、主題句的寫法

科技寫作的「段落」，是由主題句開始。主題句也是段落的摘要(Abstract)，由「主題」和「想法(觀點)」結合而成。以下是主題句的範例：

1. 人為的疏忽造成廢水溢流。
2. 決定遷廠受三個主要因數影響。
3. DNA 的結構類似旋轉梯。

第一主題句中，人為的疏忽，是主題，造成廢水溢流，作者的想法；接下來的內文，就要舉出人為疏忽的實例，說明為何其會造成廢水溢流。

第二主題句中，決定遷廠，是主題，受三個主要因數影響，是作者的想法；接下來的內文就要說明是哪三種因數，造成決定遷廠。

第三主題句中，<u>DNA 的結構</u>，是主題，類似旋轉梯，是作者的看法；接下來的內文，就要說明旋轉梯和 DNA 相似之處。

請讀者注意，通常主題句結束時，都使用「句點」。

三、主題句要放在句首

文學寫作為求創新，可能將主題句放在段落的末尾。但是，科技寫作有話直說，要將主題句放在段落之首。兩者的效果，舉例說明如下：

下段內容，將三個假設，放在段落之首，而將主題句置於段落之尾，例如：

> 最大產能為 1000 個，研磨廠的容許不良率不超過 1.5 %，黏滯係數範圍維持在 16-20 cps，<u>這是分析產能和黏滯係數時使用的三個假設。</u>

上述內容讀起來十分突兀。如果將其改寫，主題句放在段落之首，成為：

> <u>在分析產能和黏滯係數時，使用三個假設。</u>第一，最大產能為 1000 個。第二，研磨廠的容許不良率不超過 1.5 %。第三，黏滯係數範圍維持在 16-20 cps。

兩相比較，將主題句放在段之首，讀者比較容易瞭解。此外，第二段的寫法，將內容中的三個假設，用序數(第一、第二、第三)來敘述，也更為簡潔明瞭。

四、段落 ABC 寫作的範例

接者利用三個範例，說明如何使用 ABC 模式，來撰寫「段落」。

• 第一個範例，是學生描述在二專求學的荒唐歲月。

> [A]人不輕狂枉少年。[B1]上大學之後，竟然因為同學一句：「沒蹺過課哪算大學生？」我也跟著出走；[B2]每天除了上學就是玩樂，錢不夠就打工；[B3]上學也不見得是在教室上課，花在社團和泡馬子的時間更多；[B4]雖然有些課程被當，還是勉強混畢業；二專的兩年，就這樣渾渾噩噩溜走了。[C]<u>這段歲月雖然有點荒唐，但我成長不少也不後悔。</u>

首句，「人不輕狂枉少年。」，是主題句，正是本段文字的摘要 A。中段的內文，提出「蹺課、玩樂、打工、社團、泡馬子等」幾個具體的例證，才可以說服讀者「少年輕

狂」的含意，是段落的內文 B。末段「這段歲月雖然有點荒唐，但我成長不少也不後悔。」是結論 C，用換句話說重述主題句「人不輕狂枉少年」。整個段落，就是 ABC 模式的寫作範例。

- 第二個範例，是在職進修的已婚學生，描述讀二技時，在職場、學校和家庭之間，緊張忙碌的生活情形。

> ^A在龍華的兩年進修歲月，我身兼數職，忙得不亦樂乎。^{B1}家住木柵，白天在台北上班，晚上到龍華上課，每天在三地之間——趕、趕、趕。^{B2}下課回家已經午夜，還要準備明天公司要的報告，或是寫學校的作業、複習功課。^{B3}去年，老婆又生下第二個小孩，雖然很高興，但也讓我更加忙碌；^{B4}所幸在父母的幫忙、老婆的體諒、同事們的支持之下，能夠繼續完成學業。^C在公司做一個好員工、好同事，在校做一個好學生、好同學，在家做一個好兒子、好老公、好爸爸，雖然很忙，但我過得很快樂。

首句是主題句，「在龍華的兩年進修歲月，我身兼數職，忙得不亦樂乎。」正是本段落的摘要 A。中段是內文 B，提出「在木柵、台北、迴龍三地奔波」、「午夜趕公司報告和學校作業」、「老婆生第二胎」、「大家幫忙才能完成學業」等幾個具體的例證，說明在職進修的忙碌情形。末段是結論 C，「在公司做一個好員工、好同事，在校做一個好學生、好同學，在家做一個好兒子、好老公、好爸爸，雖然很忙，但我過得很快樂。」也是將主題句以換句話說重述一遍。整個段落，就是 ABC 模式的標準範例。

- 第三個範例，是我為學生參加碩士班甄試所寫的推薦信。

> ^A俊達是理論和實務兼備的學生。^{B1}在理論方面，他在校學業成績優異，獲得宗 XX 先生獎學金。^{B2}在實務方面，他在暑假期間到台南科學園區擔任技術助理，把以前所學的機械知識運用到生產線上；^{B3}高職時獲得汽車修護丙級技術士證照；^{B4}還獲韓國頒發的跆拳道二段證書。^C俊達是個手腦並用的好學生。

首句是主題句，「俊達是理論和實務兼備的學生。」正是本段落的摘要 A。中段的主體，提出「學業優良獲獎學金」、「暑期實習」、「技術士證照」、「跆拳道二段」等幾個具體的例證，說明他理論實務兼備手腦並用，是段落的內文 B。末段「俊達是個手腦並

用的好學生。」是結論 C，以「手腦並用」換句話重述主題句「理論實務兼備」。整個段落，就是 ABC 模式的寫作範例。

五、段落寫作缺失與改寫

　　根據我教學多年的經驗發現，學生寫作最常見的毛病，是只有主題句，但是缺乏具體實例證明，以致主題句淪為口號。茲舉數例，並以「修訂前」和「修訂後」，兩相比較，期使讀者有更深刻的印象。

　　首先，以內人在美國學習英文的經驗，做為範例：

修訂前

> [A] 在美國每天苦學英語一年，[C] 我的英語會話進步很多。

　　本段只有摘要 A，「在美國苦學英語」，和結論 C，「我的英語進步很多」。但是，沒有任何苦學的具體內容 B，來支持主題句，以致主題句淪為一句口號。

修訂後

> [A] 在美國苦學英語一年，我的英語會話進步很多。[B1] 我每天獨自到超市購物，看到青花菜、蜜梨、內衣…等，對照品名，用電子字典查單字學發音。[B2] 回家將單字貼冰箱，走過就背。[B3] 週日，參加查經班，和老美哈拉。[B4] 每週，到社區學院免費學英語。此外，[B5] 還請查經班老美喝下午茶用英語聊天。一年後，[C] 我不再害怕英語會話，[C1] 我敢獨自和售貨員聊天，[C2] 也可以在機場和美國老太太瞎掰幾個鐘頭。

　　主題句 A 是「在美國苦學英語一年，我的英語會話進步很多。」支持句 B 則是，超市查單字、回家背單字、參加查經班、社區學院和下午茶聊天等，以 B1～B5 五種方式學英語；結尾句 C，更以敢和售貨員及老太太聊天，做為英語進步很多的具體事實，做為證明。

　　其次，再舉學生專題製作報告為例，也是有主題和結論，缺乏具體實例：

修訂前

> [A] 二技專題製作是無人載具之操縱與監控，[C] 我學習了不少硬體的實務經驗。

　　本段第一句，是主題句「二技專題製作是無人載具之操縱與監控」，第二句「我學習了不少硬體方面的實務經驗」，就是結尾句，中間沒有任何具體內容，說明作者如何學到硬體的實務經驗。

修訂後

> [A] 二技專題製作是無人載具之操縱與監控。[B1] 老師使用開放式的引導教學，讓我們自由發揮，也提供足夠的設備和技術支援；[B2] 很多機械問題，是我以前從未碰觸的；[B3] 此外，由於無人載具空間有限，如何有效利用空間成為關鍵因素；[C] 所以，我也學習了不少硬體的實務經驗。

　　主題句是「二技專題製作是無人載具之操縱與監控」，接者以 B1、B2、B3 的支持句具體描述學習的情形，最後，才是結尾句，「我學習了不少硬體方面的實務經驗」。

　　第三個範例，是在職進修的學生重新回到校園，在職場工作和學校學習兩者之間，難以適應的狀況。

修訂前

> 但開學沒多久就感到無比的壓力，一開始就想放棄，我去詢問現在辦退學學費可退多少。記得當時上第一節電子電路吳老師就規定 6:40 準時點名，遲到三次算一次，三次不到就當掉。對目前我從事科技業的研發專案工程師而言是不可能的，於是開始每天偷偷摸摸的，離開時電腦不敢關機，關機人家就知道你下班了。等到上英文課又是一大挑戰，老師上課是不講中文的，於是我買了錄音筆，別人上課聽一次甚至沒有聽，我可以聽很多次，同學們年輕有的是時間，可以慢慢來，我要靠的是堅持與毅力，事後真覺得進步很多。

　　本段敘述在職進修的壓力很大，學生一開始就想放棄。有具體內容：一、老師點名很嚴格；二、研發工程師無法準時上下班，不敢關電腦的困境；三、上英文課的困難等。內容雖然豐富且具體，可是缺乏組織，表達效果不佳。

修訂後

> ^A 然而開學後，學業和工作的雙重壓力超乎想像。首先，^{B1} 電子電路第一節上課，吳老師就規定 6:40 準時點名，遲到三次算曠課一次，三次曠課就當掉；從事科技研發專案工程師的我，必需每天偷偷摸摸的，離開時電腦不敢關機，關機人家就知道你下班了。其次，^{B2} 上英文課又是一大挑戰，老師上課是不講中文的，就算買了錄音筆，回家再聽很多次，還是很難跟上進度。所以，開學不久，我就去詢問退學和退費的事，想要放棄。^C 幸好，班導李文猷博士適時的鼓勵：「輕言放棄就是否定你當初的決定，不堅持下去幾年後回頭看你將會後悔。」才讓我繼續讀下去。

　　開頭，以主題句「學業和工作的雙重壓力超乎想像」點出在職進修的壓力。中段，支持句則是：電子學老師點名嚴格、電腦不敢關機的困境、學習英文課的困難。結尾，以班導師的勉勵詞，做為結論。經過 ABC 模式有系統的改寫，有主題、細節、結論，表達溝通的效果更好。

六、段落的簡化 AB 模式

　　ABC 模式，是段落的寫作標準，初學者最好按照 ABC 模式，養成良好的寫作習慣。實際寫作時，可能省略結論 C，也就是簡化的 AB 模式。AB 模式，第一句還是主題句(摘要 A)，接下來就是佐證的實例(內文 B)。

• 第一個範例，是有感於「老太太認為 921 大地震倖存孤兒命底不好，日後會刑剋親人不要領養。」我撰文發表在中國時報，反駁老太太觀念的一段文字。

> ^A 華人社會普遍受佛道教的影響，「善有善報、惡有惡報」的觀念已經根深蒂固。^{B1}「善有善報」勸人多行善，「惡有惡報」勸人不要做惡，有其積極價值；但是惡有惡報的說法，能否減少惡行尚不可知，其副作用卻會造成民眾對受災族群冷漠無情，更糟的是還會使受難家屬遭受精神上無盡的折磨。^{B2} 厄運真的是惡報嗎？921 大地震，死亡及失蹤 2,378 人，受傷 8,722 人，難道個個都是罪有應得嗎？^{B3} 倖存的孤兒，還要被認為「命底不好」日後會刑剋親人，不是太冷酷了嗎？^{B4} 每年因車禍死傷的數萬人，真的都是為惡的報應嗎？

　　首句，「華人社會普遍受佛道教的影響，『善有善報、惡有惡報』的觀念已經根深蒂固。」，是主題句 A。中段內文 B，提出「惡有惡報反而造成民眾對災民冷漠」、「921 大

地震的死傷者，個個都是罪有應得嗎？」、「車禍死亡者，都是惡報嗎？」等具體的例證。全段沒有用「換句話說」做結論 C，就是簡化的 AB 模式。

- 第二個範例，是我在台北科大教授專業科目，認真聽課的張三期中考試成績不好，他說補習班老師教的他都懂，學校老師教的他沒法吸收。我在中國時報撰文，說明圖像世代的語文理解能力不足，才是問題的癥結。

> ^A 圖像世代研讀文字的能力逐漸退化。^{B1} 在升學補習班，老師會替學生整理考試的各類題型，並且反覆演練，所以，張三可以考高分，但是他也逐步喪失獨自學習的能力。^{B2} 在大學，老師教學不可能反覆演練，課本內容要靠學生自己消化整理。^{B3} 所以，校內考試題目如果全用文字敘述——沒有圖表，張三就捉瞎，雖然，他理解和計算能力都不錯，但是不懂題意答非所問，成績當然不好。

首句，「圖像世代研讀文字的能力逐漸退化。」，是主題句 A。中段內文 B，提出「補習班老師的反覆演練」、「大學生需要靠自己研讀」、「大學考試試題文字化」等幾個具體的例證，說明圖像世代文字能力衰退才是問題所在。全段沒有結論 C，就是簡化的 AB 模式。

- 第三個範例，是兒子參加高中英語演講比賽，我替他撰寫的演講稿〈The importance of sporken English〉。

> ^AWhy is spoken English important? There are lot of cases we need spoken English immediately. ^{B1}Here is the one.　In many international meetings, it happens that some other member critic about our country.　We need response immediately at the meeting with spoken English. ^{B2} "A stitch in time saves nine." ^{B3} It is useless that we write a strong comment after wrong image had been made.

首句，「Why is spoken English important?」，用問句做為主題句，正是本段落的摘要 A。中段的主體，提出「Sporken English is needed in international meetings」，並以成語「A stitch in time saves nine」加強之、「Write comment after meeting is useless」等幾個具體的例證支持主題句，是段落的內文 B。省略結尾句 C，就是簡化的 AB 模式。

校園寫作萬象
沒有分段

我教授「技術寫作」，第一次上課都會要求學生寫一篇作文，讓學生以其原有寫作模式自由發揮。期末，再請學生檢視自己期初的作文，是否有需要改進之處。檢附兩篇學生的作文，做為解說之示例，提供讀者參考。

• 不良寫作示例(為求寫真，以掃瞄之圖檔呈現)

> 我是在 89 年時考上○○的，當時因為二專剛畢業，考完也無心上課，所以就先當兵，服完兵役後，一退伍就到冷氣公司上班，所以就將學業由日間的課改至夜間部，在龍華也唸了近兩年了，學生的生涯也即將結束，這兩年我也獲益良多，雖然在學業方面並不是一切盡如人意，但成績方面還尚可，我覺得夜間跟日間的不同就是身體上的負荷比以前多了，唸日間的時候晚上可以在家裡休息或複習白天的功課，但唸夜間的時候，白天需要上班，晚上要趕到學校，這是我未當兵前無法承受的，但當時想，已經當完兵了，對自己想法，行為應該自己負責，所以選擇自己來半工半讀，來完成學業，退伍後來○○，○○已經從當初的技術學院，進昇為科技大學了，這兩年的變化，還有目前工作所需的人員也從二專進昇到大學了，為了讓自己有更大的進爭力，所以我選擇了繼續唸書，第一學期來到了○○，因為要從日間轉到夜間我真的覺得是一件相當麻煩的事，所以一開學我就忙的一團亂，後來雖然有進入狀況，但還是有些事必需白天到學校去處理的，唸完了三學期，最麻煩的還是上學期要到學去上白天的課，每個禮拜三必需在公司請假半天，請了一學期，我也累了一學期，好在皇天不負苦心人，我有修到那門課的學分，不然真的會離畢業很遠了哦，終於到了最後一學期，如果正常的情況下六月初就能畢業了，現在我也面臨要找新的工作了，但學業還沒完成真的有點煩惱，希望這一次能完成學業也能找新工作。

姑且不論文章好壞，整篇文章沒有分段，實在很難閱讀。細讀整篇文章，作者以想到就寫的方式描述，沒有主題、證據和結論。此外，作者對於標點符號的使用也沒有概念，全篇文章只有一個句點，其餘全部是逗點。

• 優良寫作範例

我的大學生活

　　我，就讀於國立台北科技大學電機系四年級。我目前的身份是：大學生，一個聽起來高尚的稱謂。由於所唸的學制是五專升二技，所以我的大學生涯，格外地短促，也就顯得格外地寶貴。

　　學生的「正務」是學習。在課業上，我很感謝系上給我們很大的「選課空間」。自由的選課制度，即所有的專業科目皆為選修課程，讓我們可以完全地主宰自己的課表以及自己的修課方向。這兩年，我大部分修的課偏向於控制、通訊和電力電子這三個領域，另外也搭配了一些基礎的程式語言課程。由於所有的科目都是自己所選擇的，所以面對課業也就更增添了一份責任感，希望自己能表現的更好。

　　以前在專科時期，對「學習」的體會不深，在課業上往往是：老師教什麼，我就讀什麼；老師要考什麼，我就準備什麼。上了大學之後，在功課上有不懂的地方，會自己到圖書館找資料，或跟同學一起討論。也不再「拜讀」老師指定的那一本教科書，取而代之的是：多找幾本相關書籍，互相對照比較。這樣一來，不僅可以檢視書本上是否有錯誤，而且還可以選擇研讀表達比較清楚、易於明瞭的那本，方便學習。

　　為何會有這樣子的成長呢？我想，這應該要歸功於專科和大學時期的兩次專題實作。專題，就是把之前所學的專業知識，藉由實作的方式，完成某項任務或實品。在這個過程中，我們會遇到許多的問題，為了解決這些問題，我們必須找資料、請教學長或老師、或是接觸一些公司行號的專業人士。從這些事務上，我了解了「作學問」的意涵與目的，也更懂得多方運用資源來「幫助學習」，並且更能體會到學習不是盲從，而是自己要知道自己在學些什麼、為何要學這門學問、這門學問的用處是在於哪些方面。我覺得，要能明確地知道自己所學何事？為何而學？如何去學？才是一個真正的「大學生」。

　　除了課業方面之外，我這兩年的課外活動，亦多采多姿呢！喜歡唱歌的我，大三、大四都參加了吉他社舉辦全校性的民歌大賽。很可惜的，未能拿下任何獎項來肯定我的好歌喉。另外，在運動方面，我也代表班上參加系上所舉辦的桌球賽，這是以班級為單位採得點制的比賽。雖然，「很可惜的」，我們班未能奪得好成績，但是能與班上同學一起奮鬥、有共同目標一同作戰的感覺，真的很棒！

　　目前，我沒有再升學的打算，這短短地兩年大學生涯，我學到了學習的方法與目標，也結識了很多的好朋友。未來，不管是就業或者是有機會再回到校園進修，我都希望自己能夠保持不斷學習的態度，當個永遠的「學生」。

　　本文以 ABC 模式撰寫，分段明確，確屬佳作。第一段，簡述其大學身份。中段，以實例說明「學習」方式的轉變，以及課外活動等。末段，以終身學習為結論。

肆、文章的結構型式

在現代人眼中，八股文是食古不化的象徵，但是八股文的結構：「起、承、轉、合」，卻是文章的結構範例。起，是文章開頭的引言；承，是將引言加以正面發揮；轉，就是轉變或從不同方向的思考；合，就是將文章做總結。

有日本詩人做的漢詩，被引用在日本歌中，其結構正好符合「起、承、轉、合」的模式，利用短短的七言四句，就能精彩完整的敘述一個故事。

起：京都絲商有二女　(引言，描述二女的出身)

承：長女二十次十八　(接續，說明妙齡的二女)

轉：武士殺人用刀劍　(轉述，武士殺人的方法)

合：二妹殺人用眼睛　(總結，二女眼睛可勾魂)

中國八股文「起、承、轉、合」的結構，也是文學寫作的樣版。而科技寫作則是「有話直說」的 ABC 模式。兩者相同的是開始和結尾：起，是引言，相當於摘要 A；合，是文章的總結，相當於結論 C。而兩者的中間段有所不同，八股文的中間段：承，是接續主題的陳述；轉，是出人意料的轉變。但科技寫作的內文 B，則是直接陳述相關的證據或論點，不會有驚人的轉變。所以，科技寫作的 ABC 模式，相當於文學寫作的「起、承、合」等段落，中間段不會有「轉」的段落。

大多數人閱讀文章時，開頭興致高會很認真，在中段長篇大論時注意力低落(略有起伏)，到結尾又再提起精神，如圖 1-4-1 所示。所以，趁讀者興致高時，第一段就要寫出文章重點，也就是摘要(Abstract)。中間段，最好提出三個以上具體實例(讀起來較輕鬆)，也就是內文(Body)，來支持文章主題。文章結尾，讀者再提起精神時，重申文章的精華，也就是結論(Conclusion)，這就是科技寫作的 ABC 模式。

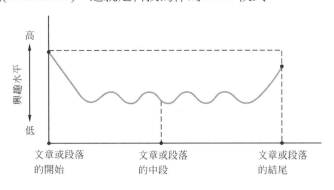

圖 1-4-1 讀者的注意力曲線

　　根據統計，每年國中基本能力測驗(俗稱基測)的作文，全文分成二段以下者約 15%，三段者約 55%，四段以上者約 30%。所以，國中老師指導學生寫作，多以「三段論」為主，也就是俗稱的「鳳頭、豬肚和豹尾」。文章的首段像「鳳頭」，要能吸引讀者；中段像「豬肚」，要有具體內容；末段像「豹尾」，要強而有力。三段論寫作和科技寫作 ABC 模式互相呼應，鳳頭相當於摘要 A，豬肚相當於內文 B，豹尾相當於結論 C。

　　我曾經看過一篇文章，描寫老師和和學生的對話，節略如下：

　　老師說：「只要 30～40 秒鐘，我就可以打完一篇作文的成績。」

　　學生說：「怎麼可能呢？」

　　老師說：「第一句及結尾句看一看，再算算文中列舉幾個支持論點，大筆一揮，一切搞定。」

　　學生心想，老師真是太好當了吧！學生埋頭苦寫幾十分鐘，老師 40 秒搞定分數，未免太不成比例了吧！不過，依據 ABC 模式的寫作原理來思考，似乎也很有道理。

　　全文寫作的結構，有多種說法：國中作文是「鳳頭、豬肚、豹尾」，科舉八股文是「起、承、轉、合」，科技論文是「簡介 I、方法 M、結果 R、討論 D」，職場寫作是「重點、內容、總結」。各種段落的名稱或許不同，其實結構還是相同。

　　文章的第一段，無論是「鳳頭、起、簡介、重點」等，都是希望能引起讀者的興趣。文章的中間段，可能只有一段(簡文)，也可能分成二或三段，無論是「豬肚、承和轉、方法和結果、內容」等，都是要提出具體內容，以增進讀者對文章的瞭解。文章的結尾段，無論是「豹尾、合、討論、總結」等，都是要加深讀者對文章結論的認同。

　　總而言之，全文寫作還是可用 ABC 模式概括代表之。但請特別注意，科技寫作的 ABC 模式是有話直說，所以，中間段的內文 B，不會有驚人之舉的「轉」的段落。

一、全文 ABC 模式的範例

科技寫作的整篇文章，要使用 ABC 模式。首先，內人在美國一年，以其學習英語的經驗，寫成〈英語一點靈──不要臉〉做為範例：

英語一點靈──不要臉

[A] 師專畢業，我在國小教書多年，英語程度只剩 ABC。1992 年遊美，我連「廁所在哪裡？」都不敢問；1993 年陪老公赴美遊學，一年後，我敢獨自和售貨員聊天；機場候機，我可以和美國老太太瞎掰幾個鐘頭。

[B1] 在美國苦學英語一年。每天獨自到超市購物，看到青花菜、蜜梨、內衣…等，對照品名，用電子字典查單字學發音，回家將單字貼冰箱，走過就背。週日參加查經班，和老美哈拉；每週到社區學院免費學英語；還請查經班老美喝下午茶用英語聊天。

[B2] 你會說，我到美國遊學，機會好、環境又好，當然學好英語。不見得！有多少老中在美國坐移民監多年，學習英語環境更好，但是，每天讀華文書報、看華語電視，還是說華語不敢開口說英語。

[C] 中國人最愛嘲笑別人英語破，正是學英語的最大障礙。想要學好英語，除了決心之外，just say it，不怕丟臉，保證成功。

首段，「師專畢業……瞎掰幾個鐘頭」，敘述作者英語程度從 ABC 到敢和老美聊天，是全文的主題和摘要 A。讀者一定好奇，作者是如何在一年間，學好英語。中間兩段就提出具體學習英語實例：首先，提出「超市查字典、社區學院學美語、和老美吃下午茶等」，做為支持的例證；接者再舉列「華人坐移民監，……，不見得可以學好英語」；中間的兩段，是文章的內文 B。末尾段「just say it，不怕丟臉，保證成功。」是結論 C。就是 ABC 模式。

本文是投稿副刊的人文作品，符合八股文「起、承、轉、合」架構。第一段是「起」，敘述作者英語從 ABC，到敢和老美聊天；第二段是「承」，說明學習英語的具體作法；第三段是「轉」，指出在美國坐移民監的人，英語仍說不出口；結尾是「合」，點出英語學習必需「不要臉」。但提醒讀者，科技寫作還是 ABC 模式，沒有「轉」的段落。

第二個範例，以我個人經驗，從投稿中國時報開始，然後教授科技寫作課程，最後再出版成書的過程，寫成〈**助我出書暨招牌**〉一文，再度獲得中國時報採納刊登。

助我出書暨招牌

民國五十四年，我從苗栗鄉下到台北都會求學，開始接觸「徵信新聞報」，算起來和「中國時報」結緣已經四十年。不知何時開始愛上《浮世繪》，與《人間副刊》想比，《浮世繪》——有點文學又不太文學，寫實和詼諧兼具，最讓我喜歡。

學習電機工程的我，向來都認命當報紙的忠實讀者，從未妄想自己能寫作投稿。直到五十歲那年，因為對「教改」有話要說，第一次忍不住投稿《時論廣場》，獲得刊登後信心大增，其後又投稿《家庭》，抒發個人對家庭和教育的各種經驗，也相繼成功，最後才進攻《浮世繪》版面。

《浮世繪》版面包羅萬象。還記得，開始投稿，是從小品短文〈給你笑笑〉開始，例如：G8 高峰會、颱風成功登陸、延畢的條件、日行一善等；然後是〈旅行明信片〉——地下管線、怎一個亂字了得……。闖關成功後，再接再厲參加〈每月徵文〉——一見鍾情自投羅網、感恩懷舊話 PC、欠錢有理要債無門；還有〈我的哲學〉及其他——好一點差很多、擦撞自首、變通與混亂、陰陽合曆等。我和《浮世繪》結了不解之緣。

除了多年老友來相認之外，《浮世繪》造就我和學生的另一種因緣。經過《浮世繪》的加持，同事們也肯定我的寫作功力，鼓勵我開設「工程寫作」課程，以改善理工學子寫作水平低落，論文不成體統的窘境。幾年下來，我寫成一本教科書——《科技寫作與表達》，教導學生各種求學和求職的寫作技巧，頗受歡迎；「技術寫作」這門課，理工和人文教授，爹不疼娘不愛，反成為我的招牌。無心插柳，我從電機工程到教導技術寫作，如果學生寫作能力有所提升，那是《浮世繪》的功德。

首段，「民國五十四年……最讓我喜歡」，敘述作者和中國時報結緣，喜歡藝文副刊，和編輯博感情，算是引言(摘要 A)。中間兩段，是文章的內文 B，描述學工程的作者開始在報紙投稿，從《**時論廣場**》、《**家庭親子**》開始，再進攻《**浮世繪**》，而在《**浮世繪**》版，由〈**給你笑笑**〉、〈**旅行明信片**〉等從簡單的入門，再逐步進展到〈**每月徵文**〉。結尾段是結論 C，說明作者無心插柳，從投稿開始，進而開設「工程寫作」的課程，最後修成正果寫成教科書《**科技寫作與表達**》。全文就是 ABC 模式。

　　最後，在個人電腦 IBM-PC 20 週年慶，中國時報和 IBM 合作徵文「我的第一部個人電腦」，我將個人電腦使用經驗，寫成〈「雞肋」情已盡〉一文，投稿獲得刊登。

「雞肋」情已盡

　　E 世代孩子，上大號用衛生紙、抽水馬桶，認為理所當然，無法想像老爸說從前上毛坑用竹片刮屁股，好像天方夜譚。現在用滑鼠開啟舊檔，彈指之間就可以完成，在個人電腦史前時代卻困難萬分。當年我有一台仿蘋果電腦，用錄音機當硬碟，錄音帶當磁片；開檔前，要先將錄音機和電腦連線，再確定錄音帶內舊檔位置，然後從電腦下達指令，最後按錄音機的放音鍵，才可以下載檔案到主記憶體，前後約 3-5 分鐘。想不起當時用電腦做過什麼大事，只記得玩過小精靈張嘴巴吃大力丸。

　　1981 年，IBM 宣佈進軍個人電腦市場時，蘋果電腦獨霸全球不可一世，信心滿滿歡迎 IBM 參加競爭。因為個人電腦市場需要靈活反應，學者專家也不認為財大氣粗的 IBM 恐龍可以成功。沒想到 IBM 另立研發小組，採取大膽的開放式架構，讓任何人都可以免付費製造硬體或撰寫軟體，一舉打敗封閉的蘋果電腦，開啟個人電腦的新紀元。第一代 IBM PC 使用 8088 CPU，磁碟作業系統 DOS，5.25 吋軟碟，速度「快」，操作「方便」，讓我口水直流，但是，原裝 IBM 個人電腦價格昂貴，只有公司或學校才買得起。

　　直到台裝電腦普及，1990 年我買了第一台個人電腦，主機 CPU 是 80286，加上週邊配備：VGA 卡、彩色顯示器、點矩陣彩色印表機、硬碟、軟碟機等，雖然全套設備都是台灣製造的，總價仍高達近十萬元。當時暢銷軟體有：文書處理 PE2、速算表 MULTIPLAN、資料庫管理 dBASE、俄羅斯方塊…等，如今都已成明日黃花，286 也變成慢吞吞的代名詞，電腦世界汰舊換新快速令人目不暇給。感謝這中古時代的電腦，讓我設計軟體、發表論文、順利升等，所有投資和努力都值回票價。

　　1993 年，80386 當道 Window 上路，我再度赴美留學，這台電腦才用了三年就像雞肋，帶出國已經太老，只好送給朋友，結束了我和第一台個人電腦的一段情。

　　首段摘要 A，「E 世代……吃大力丸」，敘述作者在 IBM PC 史前時代，使用錄音機和錄音帶，操作電腦的艱苦情形。中間兩段是內文 B，敘述 IBM PC 推出時，方便快速令人垂涎，以及作者使用台裝個人電腦，發表論文順利升等的情形。結尾段結論 C，因作者即將出國留學，才使用三年的個人電腦已經像「雞肋」──食之無味，棄之可惜。全文正是 ABC 模式。

二、文章的結構模組

專家們將撰寫文章的結構模組，分成下列七種。這些結構模組可以單獨使用，也可以兩三種結構模組混合使用，來完成整篇文章。

(一)時間順序法

時間順序法，依據一連串事件發生的時間先後次序來描述。這種結構，非常適用於撰寫論文的「文獻回顧」。文獻回顧，一定要從最早期的文獻開始，依據時間先後逐一回顧，千萬不可做前後跳躍式的回顧，以免造成讀者時序錯亂。

例如，專案管理的團隊，是從各部門挑選專門人才，組成專案團隊挑戰特殊任務，任務完成之後，團隊人員又回到各自的部門。如圖 1-4-2 專案團隊發展會經歷四個階段，依時間先後順序發生，所以要用時間順序法來描述。

範例：專案團隊發展的四個階段

    1. 醞釀期

      1.1 團隊感受

      1.2 工作績效

    2. 風暴期

      2.1 團對感受

      2.2 工作績效

    3. 規範期

      3.1 團對感受

      3.2 工作績效

    4. 成效期

      4.1 團對感受

      4.2 工作績效

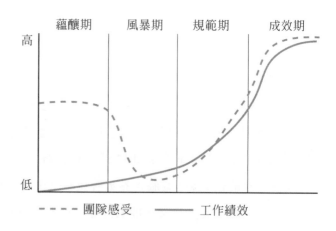

圖 1-4-2 專案團隊發展的四個階段

(二)空間位置法

空間位置法，適用於實體物件或情景的討論。通常，是按照作者本人親身觀察時所見的順序來描述，從上而下、由外到內、從前到後、從左到右，依序描述被觀察物件各個部分的功能。

範例：標準電腦鍵盤(如圖 1-4-3)的解說

    1.上列：軟性功能 F 鍵

    2.中上列：數字/符號鍵

    3.下左群：英文字母鍵

    4.下中群：方向/位置鍵

    5.下右群：數字/符號鍵

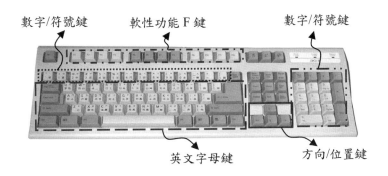

圖 1-4-3　標準電腦鍵盤

(三)分類法

　　分類法，適用於很多資料需要討論時，可以先將資料分類，然後分段加以描述。例如，學生撰寫「我的大學生活」時，多數人都按大一、大二、大三、大四的時間順序來寫作；我常建議學生打破時間順序，改為依據社團、戀愛、學業等，分類分段加以描述，更有條理，更能引人入勝。

範例：說明追蹤系統的主要分類

    1. 追蹤系統的主要分類

        1.1　磁性系統

            1.1.1　運作原理

            1.1.2　優點

            1.1.3　缺點

            1.1.4　零售商

        1.2　音訊系統

            1.2.1　運作原理

　　　　　　1.2.2　優點

　　　　　　1.2.3　缺點

　　　　　　1.2.4　零售商

　　　　1.3　慣性系統

　　　　1.4　機械系統

　　　　1.5　光學系統

(四)分解法

　　分解法，適用於將一個實物，依分解(或解剖)成零件。分解法和空間位置法有些類似，但是分解法，是將物件一層一層解剖(或分解)之後，分別描述；而空間位置法，是將物件的外表(未加分解)，按其相關位置直接加以描述。

範例：描述細胞構造

　　　1.人體細胞各部分

　　　　1.1　細胞核

　　　　1.2　核膜

　　　　1.3　核仁

　　　　1.4　細胞質

　　　　1.5　細胞膜

　　　　1.6　粒腺體

(五)先整體後個別

　　對於一個複雜的系統，要先讓讀者有「整體」概念，然後再針對「個別」物件詳細介紹。通常，整體概念，就是摘要(主題)A；個別物件介紹，就是內文 B。

　　例如，介紹個人電腦時，先做「整體」說明：輸入裝置(2 頁)、中央處理裝置(4 頁)和輸出裝置(2 頁)，讓讀者對系統有整體概念。然後，針對複雜的中央處理裝置，以 50頁的篇幅，做「個別」的詳細介紹，讓讀者可以深入瞭解各物件的基本原理。

範例：個人電腦簡介

　　　1.個人電腦的組成結構

　　　　1.1　輸入裝置(2 頁)

　　1.2　中央處理裝置(4頁)

　　1.3　輸出裝置(2頁)

2. 中央處理裝置(50頁)

　　2.1　中央處理單元

　　2.2　記憶單元

　　2.3　輔助儲存裝置

(六)從重要到次要

　　科技文章寫作遇到重要性不同的情形。通常，先解釋「重要」觀點，然後，再補充敘述「次要」的論點。以個人電腦測試為例，測試發現「有問題」的組件，就是「重要」的，測試合格的組件，反而成為「次要」的。所以，撰寫報告時，有問題的「重要」組件要先寫，然後敘述「次要」的合格組件。

範例：通告個人電腦的測試結果

1. 簡介

　　1.1　消費者描述 PC 的異狀

　　1.2　說明測試程序

2. 測試發現的問題區域

　　2.1　電源供應器故障

　　2.2　鬆動的網路卡

3. 測驗合格的組件

　　3.1　硬碟

　　3.2　母板

　　3.3　擴充板

(七)問題－方法－解答

　　科技文章經常先描述「問題」成因，然後提出可能的各種「解決方法」，最後說明「解答」。這種「問題—方法—解答」的邏輯結構，與讀者預期解決問題的程序互相吻合，乾淨俐落十分自然。

範例：解釋我們如何解決停電造成的電腦癱瘓

1. 問題：停電造成電腦當機

　1.1 發生頻率：4 次 / 年

　1.2 期間：平均 3 小時

　1.3 受影響的功能

　　　1.3.1 調度

　　　1.3.2 維護

　　　1.3.3 薪資

　　　1.3.4 統計

2. 方法：考慮備用電力系統

　2.1 互動式柴油發電 / 不斷電之組合

　2.2 低壓引擎發電機

3. 解決方案：購置低壓引擎發電機

　3.1 和不斷電電池組並聯自動開和關

　3.2 發電機 14 天循環充電以確保正常運作

　3.3 維護記錄與油水添購

三、文題、標題

　　研究顯示，文題(Title)或標題(Heading)，是引導讀者瞭解文章內容的首要關鍵。好的文題，要能涵蓋文章的主體和目的，產生「畫龍點睛」的效果，讓讀者眼睛為之一亮。所以，文章完成之後，多花一些時間反覆斟酌，選一個適當的文題，絕對值回票價。

　　如何為文章取個好文題，就好像為一本書取個好書名一樣，十分重要。就我的經驗，本書初版定名《工程寫作與表達》，以理工學生為銷售對象。然而，有朋友建議，書中內容不僅適用理工學生，文法商學生也要知道，所以第二版改名《寫作與表達》，希望所有學生都適用；但改名後，卻發現理工學生以為它是文學寫作參考書，反而不感興趣。第三版才又改回《科技寫作與表達》，希望能囊括非文學類科的讀者。幾經波折，讓讀者眼花撩亂，也浪費了發行、廣告和銷售的最佳時機。

　　投稿報紙副刊的文題，必需有趣以吸引讀者的注意力。例如本書附錄 A〈一、**張爸爸每晚都要睡客廳**〉，是副刊編輯代為修訂的，我原訂文題是〈**夜間電視節目應加以管制**〉；附錄 A 的〈七、**真的是惡報嗎？**〉，我原訂文題是〈**921 地震災後感想**〉。

四、撰寫 A(摘要)的注意事項

摘要 A 的形式,因文件性質不同而異。通常,第一段「摘要」說明下列:

- 本文主題:為何要寫本文?文章包含哪些內容?
- 本文目的:本文和讀者有何相關?告訴讀者為何要讀本文。
- 本文結構:告訴讀者本文包含哪些章節?
- 文獻回顧:和本文相關已由他人發表的研究有哪些?
- 本文重點:提供管理階層快速瞭解本文的重點
- 本文關鍵詞:專有名詞的解說。

說明本文主題及內容:

> 本報告的主題,是科技界對於核四的關鍵問題仍無法達成共識。例如:核能發電是否夠安全?備用電力容量是否足夠?核廢料最終處理地點?核能電廠受到攻擊時輻射線外洩?核能電廠面臨地震(海嘯)時是否安全?

說明本文目的:

> 本報告的主要目的,是針對房地產業的最新趨勢及最熱門地段進行分析,以做為公司未來行銷之參考。

介紹本文背景:說明和本文相關之背景資訊,並告訴讀者如何取得更多資訊。

> 本研究計劃的背景,包含兩項主要因數。第一,自從 1991 年起,歐洲已經推出效果極佳的事後(the morning after)墮胎丸,美國的製藥廠對於是否產製類似產品,已經就科學和法律上的問題進行極為審慎的探討。第二,對於傳統墮胎逐漸高漲的政治敵意,使婦女希望擁有更多自主權的新墮胎技術。讀者如欲獲得此兩項因數更詳細的資訊,請參考附錄 A(第 xx 頁)。

說明本文結構(討論範圍):

> 本操作手冊的第一部分,介紹如何使用新電話系統,包含如何操作基本功能,例如電話會議、轉接、自動撥號等。但是,請注意:語音儲存,不在此討論;本公司下週出刊的小手冊「瞭解你的語音儲存系統」,將會有詳盡的介紹。

說明本文討論結構：

> 本文的第一段，敘述核廢料掩埋合法性的背景，因為必需先瞭解法律的限制，才可以理解專案小組如何做成決定。接著，再討論多數人(majority)的意見；最後，討論少數人(minority)的意見。

說明本文關鍵詞：

> 「彈性上班」是讓員工可以依照法規，自行選擇開始上班與下班時間的辦法。只要經過妥善的規劃，彈性上班可以延長對學生服務的時間；同時，也可以滿足員工依個人特殊需求對工作時間進行規劃。

五、撰寫 B(內文)的注意事項

　　文章的中間段，就是內文 B。中間段的目的，是提出合乎邏輯的具體事實，使主題段變得更清楚和更有說服力。依據文章性質不同，中間段「內文」內容如下：

- 建議報告：問題描述、建議方案、支持數據、獲益、可能缺失
- 實驗報告：實驗目的、使用儀器設備、實驗程序方法、實驗結果
- 技術提案：問題之重要性、解決方案、人員資歷、計畫時程、成本
- 產品說明書：關鍵詞、注意/警告/危險事項、使用步驟、故障排除
- 問題分析：問題背景、問題陳述、觀察數據、可能後果

中間段說明主題的關鍵詞：

> <u>工程總會的任何分會都可以召開研發會議</u>。要安排一個會議，分會秘書應該於會議召開至少 30 天前通知工程總會，同時，應於 14 天前寄發開會通知給分會會員。

這是簡單的中間段範例。段落主題句是「工程總會的任何分會都可以召開研發會議」，支持句只需說明召開會議的必要程序，就可以構成一個完整的段落。

修訂前

中間段內文 B，經常看到冗長且複雜的文句，例如：

> 我們建議營運部門採購此項設備，因為它使用最新的生產科技，它完全以電腦化操作，無論內建和外加都有足夠的容量做為處理、儲存及未來擴充之用。

修訂後

1. 上述冗長且複雜的文句,可改用條列方式敘述,更為簡單明瞭,例如:

> 我們建議營運部門採購此項設備,有下列三項理由:
>
> - 它使用最新的生產科技。
> - 它完全以電腦化操作。
> - 內建和外加容量,足夠做為處理、儲存及擴充之用。

2. 如果一定要用文字敘述,可在文句中以數字標示,以減低文句複雜性,例如:

> 我們建議營運部門採購此項設備,有下列三項理由:(1)它使用最新的生產科技。 (2)它完全電腦化操作。(3)內建和外加容量,足夠做為處理、儲存及擴充之用。

項目符號(如圓點),比數字更適合做為條列式的前導符號,因為使用數字,通常隱含有操作順序或優先次序的意思,採用圓點就沒有這種暗示。例如:

> 進修學院將推派下列三人出席會議:
>
> - 課務組長,林啟瑞
> - 註冊組長,劉興華
> - 生輔組長,陸志成

如果採用文字敘述,可以改寫如下:

> 進修學院將推派下列三人出席會議:課務組長,林啟瑞;註冊組長,劉興華;生輔組長,陸志成。

請注意,文章中如何巧妙使用「;」,做為區分。

段落的長度:段落到底要多長?沒有標準答案。有時 10 幾個字就是一個段落,有時 250~300 字才可以把主題說清楚。如果你覺得段落太長,可以加以分段。例如:

> 支援虛擬實境產品的軟體工具有兩類:商用級產品和研究級產品。商用級產品,可以使新手迅速進入虛擬實境的領域,但是老手卻受到很多限制,而且令人挫折;因為商用級產品只能適用於軟體商或其結盟店所販賣的硬體,對於有創意的虛擬實境研究者這實在是一個發育不全的環境。

> 反之，研究級產品使新手開始時要花更多時間來瞭解，但是在進行高級研究時更為容易。研究級產品並不受限於某一種硬體架構；事實上，它本來就希望能適用於各種硬體。雖然其原始碼幾乎可以免費取得，新研究者必須花費大量時間改寫原始碼，以使其能適用於自己所用的硬體，然而，一旦介面處理成熟之後，研究者可以不受限制的去發展虛擬實境。

主題句中提到兩類產品：商用級產品和研究級產品，所以上述文句應該屬於同一段落。但是，因為整段文字的字數太多而分成兩段，方便讀者的閱讀。

然而，有些作者堅持每一段落都要有主題句，可以將上文改寫如下：

> 支援虛擬實境產品的軟體工具有兩類：商用級產品和研究級產品。
>
> 商用級產品，可以使新手迅速進入虛擬實境的領域，但是老手卻受到很多限制，而且令人挫折。因為商用級產品只能適用於軟體商或其結盟店所販賣的硬體，對於有創意的虛擬實境研究者這實在是一個發育不全的環境。
>
> 反之，研究級產品使新手開始時要花更多時間來瞭解，但是在進行高級研究時使用更容易。研究級產品並不受限於某一種硬體架構；事實上，它本來就希望能適用於各種硬體。雖然其原始碼幾乎可以免費取得，新研究者必須花費大量時間改寫原始碼，以使其能適用於自己所用的硬體，然而，一旦介面處理成熟之後，研究者可以不受限制的去發展虛擬實境。

文中，把主題句獨立成為一段。然後，利用兩個段落分別敘述商用產品和研究級產品，也是一種不錯的表達方式。

六、撰寫 C(結論)的注意事項

結論的形式，因文件性質不同而異。通常，科技寫作的「結論」要點如下：

- 建議報告：重述建議案、建議案主要獲益、作者可提供之協助
- 實驗報告：重述實驗重要結果、後續之工作
- 技術提案：重述提案之可能獲益、後續之工作
- 產品說明書：重述程序的重要性、後續服務
- 問題分析：重述問題、問題的急迫性、後續之工作

報告本文得到的主要結論是什麼？

經由我們的研究分析得到兩個主要結論。第一，一般非破壞性試驗，例如紅外線攝影和液晶顯示，雖然精確，但是因為對於某些特殊材料不夠靈敏，以致效果不佳。第二，超音波試驗可能是非破壞性試驗最適合的方法，其中點觸式(因為更方便和更便宜)比浸泡式更為有效。

說明本手冊後續工作是什麼？

本章中，我們專注於初學者撰寫規範時，最常遭遇的一般性困難。我們沒有討論特殊的困難。所以，我們極力建議你研讀第七章(論規範的技術部分)，第八章(論規範的一般條件)及第九章(論投標文件)。

本手冊告知讀者如何找到更多資訊？

假如您想獲得有關「墾丁渡假計畫」的更多相關資訊，請填妥下列資料及通信地址，寄回本公司，我們將儘快提供您所需的資訊，謝謝。

本手冊告訴讀者未來如何聯繫。

國立台北科技大學進修學院樂於協助校友繼續進修。如果您有任何疑問，敬請隨時利用下列方式，逕向本校進修學院洽詢或建議。

電話：(02) 2771-2171 x 1800
傳真：(02) 2751-9204
網站：http: // www.oes.ntut.edu.tw/
電子郵件 e-mail：chlo@ntut.edu.tw

清華大學「寫作中心」

2002 年 1 月 10 日，中時晚報焦點話題，以半版篇幅報導：國立清華大學成立全國大學第一所「寫作中心」，用以搶救學生的寫作能力。然而，清華大學是我國高等科技教育的龍頭之一，學生水準很高，為何還要成立寫作中心？

據瞭解，清大成立寫作中心原因有二：

一、 清大規定，碩士和博士生必須在國際性期刊，以外文發表論文 1～2 篇，才可以畢業。學生常感撰寫論文能力不足，多次建議學校開設「寫作課程」。

二、 學生英文寫作能力不足，論文草稿不知所云，指導教授都有不知如何修改的痛苦經驗。所以，教授們也呼籲學校成立寫作中心，以提升學生寫作能力。

因為學生和教授都有相同需求，加上前校長劉炯朗全力支持，「寫作中心」終於成立。清大寫作中心主任蔡英俊教授指出，成立目的是在解決學生的中英文寫作問題，包括學術論文格式、邏輯以及學期報告常見的毛病。寫作中心之服務，以「英文」為主、「中文」為輔。服務內容分成下列三種：

■ 研習課程：每學期安排 4～6 週的短期研習課程約 3 次，每週一次 2 小時。由老師講授「一般性寫作原則」、「科技論文寫作」、「文法與句型研討」等課題，採小班教學每班 15～20 人。

■ 預約諮商：兼任老師每週提供一次約 3 小時時間，提供學生預約諮商。每週約可提供 18 人時的諮商服務時間，每位學生諮商一次 1 小時為原則。

■ 資料提供：中心準備寫作相關資料，提供學生索取。

其實，美國、英國各著名大學，也都有類似的寫作輔導中心，目的在改正學生的寫作毛病，幫助學生清晰的陳述觀點。國內多數教師，東吳大學許清雲教授、政大許銘舜教授、大直高中校長余霖等，對於清大成立寫作中心，都給予正面的評價。

伍、圖表的製作與表達

> 　　論文和職場寫作，幾乎離不開圖表。圖表的編製方式，對於報告的溝通成效有重大的影響；圖表製作不當，可能減損表達效果，甚至會引起讀者的誤解。
>
> 　　圖表的種類很多，例如：表格、曲線圖、圖片、照片、地圖和流程圖等，依據不同目的，可以選用不同圖表，其表達的效果也不盡相同。例如：表格可以提供精確的數值，折線圖適合顯示變化的情形。

　　「一張圖表勝過千言萬語」，對於理工學子尤其真確。圖 1-5-1 為 TFT 液晶顯示積體電路的結構圖及等效電路圖，更是教學上不可或缺的工具。讀者可以想像，如果沒有結構圖，不知要花費多少文字來敘述，讀者還是摸不著頭緒；而右側的電路圖，是將實體構造轉化成等效電路，更是電路分析的重要工具。

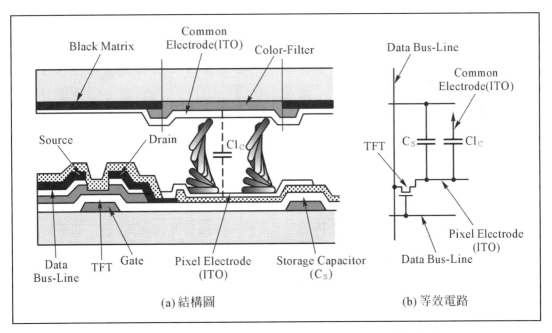

圖 1-5-1　TFT-液晶顯示元件　(a)結構圖　(b)等效電路

一、圖表的基本構造

(一)表的基本構造

如表 1-5-1 所示，表的構造包含：表號(Table No，表的編號)、標題(Title，表的主要內容)、標題說明(Head note，也是副標題，必要時才用)、表身(Field，表內各項數字)、欄標目(Caption，表上方標題，學校、教師、學生等)、列標目(Stub，表左方各列標題，76、77、78 等)、總標目(Stub head，表左上角總標題，學年度)、附註(remark，下方對於表格內容的註解，包含資料來源等資訊)。

其中，表號、標題、總標目、欄標目、列標目等，是必要項目，其餘，標題說明和附註等，是選用(Option)項目。請注意，表號和標題一定要置於表上方。任何表格都有其目的，要依據表格的主要內容，選擇適當的標題，不可只有表號而沒有標題。

表 **1-5-1**　中華民國教育發展狀況**(76-86 學年度)** ← 表號與標題

欄標目

學年度	學校		教師		學生		生師比	每千人口學生數
	校數	百分比	人數	百分比	人數	百分比		
76	6,628	100.0	195,742	100.0	5,123,742	100.0	26.18	259.8
77	6,698	101.1	199,806	102.1	5,197,002	101.4	26.01	260.4
78	6,740	101.7	206,172	105.3	5,212,521	101.7	25.28	258.6
79	6,743	101.7	212,820	108.7	5,279,864	103.0	24.81	258.8
80	6,787	102.4	219,788	112.3	5,323,715	103.9	24.22	258.4
81	6,797	102.5	223,418	114.1	5,326,519	104.0	23.84	256.1
82	6,909	104.2	227,821	116.4	5,316,947	103.8	23.34	253.2
83	7,062	106.5	232,735	118.9	5,274,350	102.9	22.66	249.1
84	7,224	109.0	241,337	123.3	5,226,109	102.0	21.65	244.7
85	7,357	111.0	247,246	126.3	5,191,219	101.3	21.00	241.2
86	7,562	114.1	251,768	128.6	5,195,241	101.4	20.64	238.9
增減	+934	+14.1	+56,026	+28.6	+71,499	+1.4	-5.5	-20.7

列標目

備註：增減比較以 76 學年度為準　　　　　　資料來源：教育部

附註

(二)圖的基本構造

　　圖的基本構造，請參考圖 1-5-2，包含：圖號(Figure No，圖的編號)、標題(title，圖的主要內容)、縱軸(Vertical axis，研究經費，以百萬美元為單位)、橫軸(Horizontal axis，材料科學、生物科技等各種研究領域)、圖例說明(Legend，解說圖上使用的符號，以不同顏色代表 1992、1993、1994 年)。

　　請注意，圖號和標題為必要項目，一定要置於圖的下方。任何圖像都有其目的，要依據圖像的主要內容，選擇適當的標題，不可只有圖號而沒有標題。

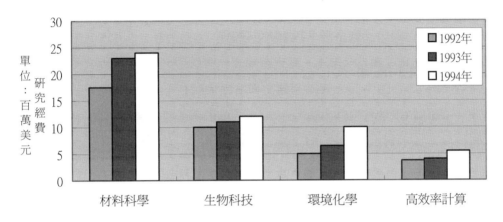

圖1-5-2 美國國家科學基金會之重點研究經費(1992-1994)

二、決定是否需要圖表

　　很多人是先畫圖表，然後再寫文章加以解釋；有些人則是先寫故事，再繪圖補充；大多數的人是故事和圖表同時在腦海中浮現。無論如何，作者必需決定是否要用圖表補充說明。圖表有下列的特點：

- **圖表比文字有趣**

  即使是普通的表格，也會吸引讀者的注意。

- **圖表容易瞭解和記憶**

  電路圖之接線，或是機器安裝程序，使用圖解最為有效。如果不用圖片完全用文字敘述，要解釋安裝露營帳棚的步驟，幾乎是不可能的任務。

- 圖表可以強調特殊資訊

  要比較中國和台灣的大小，用地圖一目了然。

- 圖表節省空間

  如果要比較兩國的人口、面積、物產、種族…等，用表格最有效。

- 圖表表達統計數據最方便

  想要瞭解開車繫安全帶與交通事故傷亡增減的比較，圖表最清楚。

寫作時，見到下列詞句，例如：面積、數字、分類、零件、程序、機構、比較、功能、層級、結構、形狀、總結…等，應考慮是否要用圖表，來加強解說效果。

三、決定選用何種圖表

一種想法，可用不同的文體來闡述，也可用不同的圖表來表達。例如，要表達學生的成績分布情形，可以使用統計表、圓餅圖、條狀圖、曲線圖…等，作者必需自行決定，採用何種圖表溝通的效果最好。

- 表格：只提供數字，說服力最低

- 條狀圖：賽馬(領先者最搶光)

- 圓餅圖：可顯示分項比例大小

- 折線圖：掌握變化趨勢(民意支持度的變化)

- 雷達圖：同時比較多種項目

- 組織圖、流程圖、照片、示意圖

每一種圖表都各有其特點。表格只提供數字，沒有解說效果，說服力最低。圓餅圖之分項所占比例大小，不說自明；但是分項過多時，效果會降低；但是，兩個分項大小相當時，讀者難以分辨何者較大。條狀圖好像賽馬，最大的分項(如同領先的馬)總是吸引最多的目光，如圖 1-5-3 所示，排名第一的美國研究經費是明星，最引人注目。

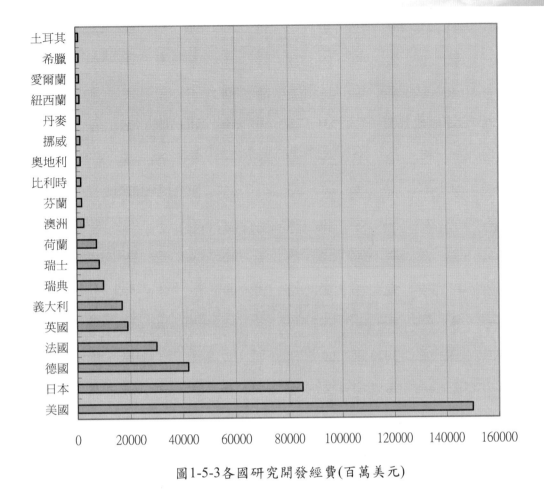

圖1-5-3各國研究開發經費(百萬美元)

四、繪製曲線圖要誠實

　　不僅是讀者，有時作者都可能誤解圖表上的資訊。所以寫作時，作者一定要先仔細研讀圖表，確實瞭解圖表上的事實，然後再做誠實的表達。

- 使用座標的最佳比例，縱座標的長度大約是橫座標的三分之二。
- 如圖 1-5-4，(a)的縱座標過長，讓人感覺瘦長；
- 如圖 1-5-4，(b)的橫座標過長，則顯得矮胖；

兩者都不是適當的表達方式，容易造成讀者產生錯誤的印象。

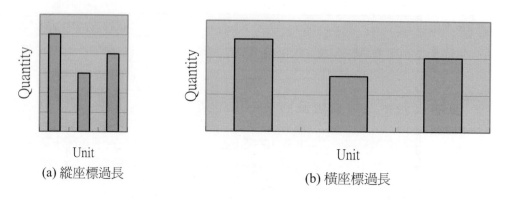

(a) 縱座標過長
(b) 橫座標過長

圖 1-5-4 座標長度不正確

- 圖 1-5-5(a)是完整的正確表示圖。

  但是,如果座標軸不是完整的由零開始而必需切斷時,要注意切斷的技巧,如果最好從 3000 或 4000 處切斷,才可以看出三者之差異;

- 反之,如圖 1-6-5(b)從 6000 處切斷,就會造成 Item A 比 Item C 大好幾倍的錯誤暗示。

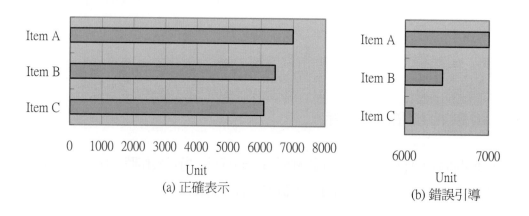

(a) 正確表示
(b) 錯誤引導

圖 1-5-5 座標軸切斷之技巧 (來源:Markel,1994)

五、圖表合而為一

有些時候，需要解釋多種複雜的情形，如果每一種狀況都使用一個圖表以及文字解說，文章會變成很長。此時，最好採用圖和表混合的方式，如圖 1-5-6 所示，本圖以表格方式呈現，左側表格顯示八種典型電力干擾的波形變化，右側表格則以條列說明產生干擾可能的原因，將圖和文字整理成表格，解說效果佳，是圖表混合的範例。

請注意，圖 1-5-6 的樣式雖然是表格，但是表格左欄的「電壓波形」無法以打字方式呈現，所以應該歸類為「圖」。表格的內容，必須全部可用打字完成，才算是「表」。

Typical power disturbances

Typical		Typical cause
Outages		• Severe weathher • Accidents involving power lines • Transformer failure • Generator failures
Sgas		• Lightning • Turm-on of heavy looads • Bbrownouts
Swells	Waveform distortion	• Sudden load ddecreases • Incorrect transformer-tap settings
(a)Harmonic distortion		• Converters and unverters • Rectifier loads • Switcching power supplies
(b)Commutation notches		• power-line-feeder switching • Circuit-breaker reclosing • Brief short-circuits
Frequency deviations		• Generator instabilities • Region-wide network problems
Surges		• Lightning • Power-line-feeder switching • Power-factor-capacitor switching • Turn-off of heavy motors • Short circuits or system faults
Electrical noise		• Radar,radio signals • Arcing utility and industrial equipment • Switching apparatus • Converters and inverters

圖 1-5-6 圖和表混合之範例 (來源：Clemmensen，1993)

六、讓圖表能自我解釋

很多讀者不看文章只看圖表，而且讀者沒有耐心來回翻書，以求讀懂圖表的內涵，所以，每張圖表最好可以完整的自我解釋。

- 如果是正式的數字表，要清楚標明其標題。
- 標題是否清楚？

  例如有一數字表，到底使用標題為「台北市人口」或「1990~2000 年台北市人口增減情形」何者比較恰當？你可以嘗試在圖表預定標題之前，加上「本表說明」，做為判斷。本表到底是要說明「1990~2000 年台北市人口增減情形」，還是要說明「台北市人口」，何者比較恰當，立即可辨。

- 清楚並誠實的標示圖片的各分項，避免造成讀者誤解。
- 圖表如果是他人的作品，要註明其來源，以避免侵犯著作權或被控剽竊。

七、決定何處放置圖表

一般論文的圖表，最好和文字敘述盡量靠近。但是，做業務報告時，可以另外增加總結，並且將總表放在報告的前面，讓主管可以迅速的掌握要點。大多數的圖表都放在內文中，做為本文的補充說明。有些只是參考用的圖表，要放在附錄，提供有興趣的讀者，進一步瞭解時的參考。

八、讓圖表與文字掛勾

很多學生將實驗的<u>重要</u>結果做成表格，然後在報告中敘述：「實驗結果請參考表 X。」沒有對實驗結果做任何解說，就直接跳到下一段落，這樣是不對的。在文章中，放入任何圖表，一定有其意義，例如：「從表 X 可以看出，溶解液的濃度和溫度成正比。」作者必須將這個重要意義在文章中點出，不可留待讀者自行去判讀

解說的文句，要儘可能與圖表掛勾。最好的方式，就是圖表出現時，立刻用文字解釋它。如果無法如此做，一定要確定閱讀文字時，讀者可以明確的找到對應的圖表。出現在本文中的圖表，必須(MUST)清楚的加以解說；而置於附錄的圖表，在本文中可以點到為止，不需詳細解說。

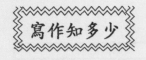

世界曆

　　當我們想要解釋一種不尋常的事物時，無法完全以文字敘述，藉助圖表則可以說明得更為清楚。以巧妙的「世界曆」為例：

　　現行曆法，每個月的日數不相同，二月只有 28 或 29 天，大月 31 天、小月 30 天。還有各種節日如新年、聖誕節等是星期幾，每年也會改變，十分不便。於是，有熱心人士提倡改革成為世界曆。然而，世界曆是什麼？

　　世界曆，如圖 1-5-7 所示。其設計理念：將一年分為四季，每一季 91 天，再分成 31、30、30 天的三個月，恰好可分成 13 週，因此三個月的一季，可以從星期日開始，而結束於星期六。每一季 91 天，四季總共 364 天，而一年有 365 天，多餘的一天，加在十二月尾，稱為 12 月 W 日(世界日)，不屬於任何週日。閏年有 366 天，則另一個非週日加在六月尾，叫做「閏年日」。如此，每季日數相同，每一天都在固定週日，這個年曆，每年都相同，可以適用到永遠。

　　世界曆，於 1930 年提出，曾經在聯合國經濟社會理事會被提出和討論，廣獲多國代表認同。但是，少數宗教人士因為「世界日不屬與任何週日」，違反「一週七日」的規則，大加反對；再加上人類的惰性，希望「日子，要有規律，又不要太規律。」以致這種設計巧妙的世界曆，最後還是遭到否決，相信也將永遠胎死腹中，不可能再被世人所採用了。

世界曆

JANUARY								FEBRUARY								MARCH					
S	M	T	W	T	F	S		S	M	T	W	T	F	S		S	M	T	W	T	F	S
1	2	3	4	5	6	7					1	2	3	4						1	2
8	9	10	11	12	13	14		5	6	7	8	9	10	11		3	4	5	6	7	8	9
15	16	17	18	19	20	21		12	13	14	15	16	17	18		10	11	12	13	14	15	16
22	23	24	25	26	27	28		19	20	21	22	23	24	25		17	18	19	20	21	22	23
29	30	31						26	27	28	29	30				24	25	26	27	28	29	30

APRIL								MAY								JUNE					
S	M	T	W	T	F	S		S	M	T	W	T	F	S		S	M	T	W	T	F	S
1	2	3	4	5	6	7					1	2	3	4						1	2
8	9	10	11	12	13	14		5	6	7	8	9	10	11		3	4	5	6	7	8	9
15	16	17	18	19	20	21		12	13	14	15	16	17	18		10	11	12	13	14	15	16
22	23	24	25	26	27	28		19	20	21	22	23	24	25		17	18	19	20	21	22	23
29	30	31						26	27	28	29	30				24	25	26	27	28	29	30

JULY								AUGUST								SEPTEMBER					
S	M	T	W	T	F	S		S	M	T	W	T	F	S		S	M	T	W	T	F	S
1	2	3	4	5	6	7					1	2	3	4						1	2
8	9	10	11	12	13	14		5	6	7	8	9	10	11		3	4	5	6	7	8	9
15	16	17	18	19	20	21		12	13	14	15	16	17	18		10	11	12	13	14	15	16
22	23	24	25	26	27	28		19	20	21	22	23	24	25		17	18	19	20	21	22	23
29	30	31						26	27	28	29	30				24	25	26	27	28	29	30

OCTOBER								NOVEMBER								DECEMBER					
S	M	T	W	T	F	S		S	M	T	W	T	F	S		S	M	T	W	T	F	S
1	2	3	4	5	6	7					1	2	3	4						1	2
8	9	10	11	12	13	14		5	6	7	8	9	10	11		3	4	5	6	7	8	9
15	16	17	18	19	20	21		12	13	14	15	16	17	18		10	11	12	13	14	15	16
22	23	24	25	26	27	28		19	20	21	22	23	24	25		17	18	19	20	21	22	23
29	30	31						26	27	28	29	30				24	25	26	27	28	29	30	W

圖 1-5-7 永恆的世界曆

陸、國際單位使用須知

　　科技上使用的計量單位，有十進公制和非十進英制兩大系統。這兩大系統，又有多種不同的慣用單位，轉換係數繁雜，讓人抓狂，是所有科技人的痛。工程寫作一定要用符號和單位，如果大家使用相同符號和單位，就不會雞同鴨講造成誤會。

　　例如：

　　老美：這台冷氣只有 10,000 BTU，冷房能力不足，室溫還高達 85°F。

　　老中：改用這台 5,000 kCal 的冷氣，應該可以將室溫降至 22°C。

　　相信很多人都搞不清 10,000 BTU 和 5,000 kCal，何者之冷房能力較強？85°F 與 22°C，何者之溫度較高？使用不同單位，溝通十分不便。國際標準組織(ISO)訂定國際單位(SI)，提供科技人士溝通時之共同語言，可以避免誤會，增進溝通效率。

一、國際單位制簡史

　　全世界絕對多數的國家，都使用十進公制系統(例如：法國、德國、俄國、日本、加拿大……)，只有少數受英國影響甚深的國家採用英制系統(例如：英國、美國……)。其實，英國——英制系統的老祖宗，已經在 1970 年起逐步改制，現已成功改用十進公制。而美國，雖也在 1972 年通過立法改用十進公制，可是無論官方或民間，仍然使用英制系統，例如：溫度 100°F、時速限制 65 哩、體重 200 磅等；立法徒具形式，改革沒有成功。

　　人類創造以「十進位」為基準的公制系統，歷史悠久過程曲折。國際單位制的推行，是全世界統一度量衡制度劃時代的大事，也是人類追求「世界大同」過程中的重要步驟。國際單位制，由法國首先倡導並大力推動，英文全名為 The International System of Units，法文全名 Le Systeme International d'Unités，其簡稱為「SI」，就是依據法文而得。現行國際單位制的基本單位有七種，其概略演進過程如下：

　　1799 年，法國大革命時期，法國就率先選用公尺(meter)和瓩(kilogram)為度量的基本單位。1874 年，採用 CGS 系統：長度為公分(Centimeter)、重量公克(Gram)，並增加時間以秒(Second)為基本單位。1946 年，基本單位改用 MKS 系統：長度為公尺(Meter)、重量為瓩(Kilogram)、時間秒(Second)，同時因電學的蓬勃發展，再增加電流安培(Ampere)為第四種基本單位。1954 年，增加溫度凱文(Kelvin)、照度燭光(Candela)。1971 年，又增加物質量莫耳(Mole)。所以，現在國際單位制(SI)共有七種基本單位。

二、國際單位制之優點

國際單位制，最大的優點，就是單位的一貫性，也就是每一導出單位都可以由其他單位用乘或除的方式表示之，所有換算係數都是 1。例如：

$$1\ 牛頓 = 1\ 瓩 \times 1\ 公尺/秒^2 = 1\ kg{\cdot}m/s^2$$

$$1\ 焦耳 = 1\ 牛頓 \times 1\ 公尺 = 1\ N{\cdot}m$$

$$1\ 瓦特 = 1\ 焦耳\ /\ 1\ 秒 = 1\ J{\cdot}s^{-1}$$

$$1\ 庫倫 = 1\ 安培 \times 1\ 秒 = 1\ A{\cdot}s$$

相形之下，其他單位就沒有一貫性，例如：耳格(erg)、卡(cal)、瓩小時(kWh)等都是能量單位，它們和 SI 基本單位之換算係數複雜，記憶不易令人抓狂。

$$1\ 耳格 = 1 \times 10^{-7}\ 焦耳$$

$$1\ 瓩小時 = 3.6 \times 10^6\ 焦耳$$

$$1\ 卡 = 4.186\ 8\ 焦耳$$

三、國際單位制

(一)基本單位

現行國際單位制的基本單位，由七種互相獨立的度量所組成，是構成國際單位制的基礎，如表 1-6-1 所示。

表 1-6-1 SI 的七種基本單位

基　本　單　位	名　　稱	符　　號
長度(length)	公尺(meter)	m
質量(mass)	瓩(kilogram)	kg
時間(time)	秒(second)	s
電流(electric current)	安培(ampere)	A
熱力學溫度(thermodynamic temperature)	凱文(kelvin)	K
物質量(amount of substance)	莫耳(mole)	mol
發光強度(luminous intensity)	燭光(candela)	cd

(二)導出單位

導出單位,是由國際單位制的七種基本單位,和數學關係方程式所衍生定義之。導出單位分成兩大類:以基本單位表示的<u>普通導出單位</u>,如表 1-6-2,和特別命名之<u>特定名稱導出單位</u>,如表 1-6-3。

表 1-6-2 普通導出單位(部分)

導　出　單　位	名　　稱	符　　號
面積(area)	平方公尺(square meter)	m^2
體積(volume)	立方公尺(cubic meter)	m^3
速度(speed,velocity)	公尺每秒(meter per second)	m/s
質量密度(mass density)	瓩每立方公尺 (kilogram per cubic meter)	kg/m^3
磁場強度(magnetic field density)	安培每公尺 (ampere per meter)	A/m
亮度(luminance)	燭光每平方公尺 (candela per square meter)	cd/m^2

表 1-6-3 特定名稱導出單位(部分)

導　出　單　位	名　　稱	符　　號	以其他 SI 單位表示
平面角(plane angle)	徑度(radian)	rad	―
力(force)	牛頓(newton)	N	―
壓力(pressure, stress)	巴斯卡(pascal)	Pa	N/m^2
能量(energy, work)	焦耳(joule)	J	N·m
功率(power)	瓦特(watt)	W	J/s
電阻(electric resistance)	歐姆(ohm)	Ω	V/A
電容(capacitance)	法拉(farad)	F	C/V
磁通密度(magnetic flux)	塔斯拉(tesla)	T	Wb/m^2
照度(illuminance)	勒克斯(lux)	lx	lm/m^2

(三)詞冠

國際單位制，使用詞冠(prefix)，也就是將十進制的倍數或分數，用英文或希臘文字母來代表，用以表示很大或很小的數值。例如：$M = 10^6$，$\mu = 10^{-6}$，所以，1 000 000 B = 1 MB，1/1 000 000 s = 1 μs。表 1-6-4 是工程上最常用的八種詞冠。

表 1-6-4　工程常用的詞冠

pico-(p-, 10^{-12})，電容器容量 100 pF	tera-(T-, 10^{12})，布希總統減稅 10 T\$
nano-(n-, 10^{-9})，波長 555 nm	giga-(G-, 10^{9})，記憶體容量 50 GB
micro-(μ-, 10^{-6})，時間 50 μs	mega-(M-, 10^{6})，電阻 100 MΩ
milli-(m-, 10^{-3})，電流 25 mA	kilo-(k-, 10^{3})，電壓 345 kV

請注意，瓩(kilogram，kg)是將詞冠 k(千)，內含成為基本單位的特例。k 要用小寫字母，常見公路里程錯用大寫的 KM，正確應為小寫的 km。詞冠字母的大小寫，有其特定的定義，例如：大寫的 $M = 10^6$，而小寫的 $m = 10^{-3}$，兩者不可任意混用。

四、非國際單位制

有些非常重要且廣泛使用之單位，例如時間或角度等，不是十進制，不屬於國際單位制，未來也不太可能更改，將會和國際單位永久並行，稱為並用單位。另外，有些現行習慣使用單位，例如英制的長度(呎、哩)、華氏溫度(°F)等，都可由國際單位取代之，建議讀者盡量改用國際單位制，以減少麻煩。

(一)並用單位

人類使用「時間日期」或「數學角度」等，採用六十進制或非規則進制，因使用年代久遠，積習已深，不可能改變，只能繼續沿用，不屬國際單位制，稱為並用單位。如表 1-6-5 所示。

表 1-6-5　非十進制並用單位

名　　稱	符　號	相當於 SI 之數值
分(時間，minute)	min	1 min = 60 s
時(hour)	h	1 h = 60 min = 3600 s
日(day)	d	1 d = 24 h = 86 400 s
度(角度，degree)	°	1° = (π/180) rad
分(角度，minute)	'	1' = (1/60)°
秒(角度，second)	"	1" = (1/60) '
貝爾(bel)	B	1 B = (1/2) ln 10 Np

(二)避免使用單位

雖然美國於 1972 年國會通過立法，決定使用國際單位制 SI，但是無論官方或民間仍然沿用英制單位；因為美國是全世界的超級強權，在科技方面居於領先地位，全世界都受其影響，以致部分英制單位仍然和國際單位並用。

因為美國使用的英制單位，都可以被 SI 所取代，未來終將廢止，所以建議讀者盡量避免使用，如表 1-6-6 所示。此外，非屬 SI 的公制單位，例如 CGS 制的耳格(erg)或卡(cal)等，因為換算係數複雜，也應該避免使用。

表 1-6-6　避免使用單位(部分)

物　理　量	名　　稱	符　號	以其他 SI 單位表示
長度(length)	吋(inch) 呎(feet)	in ft	1 in = 0.025 4 m 1 ft = 0.304 8 m
質量(mass)	磅(pound)	lb	1 lb = 0.453 592 kg
壓力(pressure, stress)	大氣壓(atmosphere)	atm	1 atm = 101 325 N·m^{-2}
能量(energy, work)	英熱單位 (British Thermal Unit)	BTU	1 BTU = 1 055.06 J
能量(energy, work)	耳格(erg)	erg	1 erg = 10^{-7} J

五、國際單位使用須知

英文字母的字體或型式不同，其所代表的意義也不同，使用時應該小心。例如「A」，在不同場合其意義說明如下：

義大利斜體	表示純量	面積(area)	A；
羅馬正體	表示單位	安培(ampere)	A；
義大利斜粗體	表示向量	向量(vector)	$\boldsymbol{A}$。

一般而言，發表論文時，使用符號的字體基本原則如下：

符號(表變數)	用*義大利斜體*，例如：電流 I。
符號(表單位)	用羅馬正體，例如：電流 10 A。
符號(表敘述)	用羅馬正體，例如：電容性電流 I_C 的下標 c。

上述規定，是國際標準組織頒定之標準(ISO 31-0: 1992 to ISO 31-13: 1992)。讀者對於國際單位如有任何疑問，請自行上網查證，網址：http://physics.nist.gov/。

國際單位制也制定「SI 單位之規則和型式規約」，將常見的錯誤及正確用法，舉例說明。茲摘錄部分經常發生錯誤如下：

(一)單位符號的使用

所有單位符號，均為符號(symbol)，而非縮寫(abbreviation)，所以，單位符號之後不應使用句點(period)，單位符號本身亦不應使用複數。

例如：	正確用法	不正確用法
	1 kg	1 kg. (kg 之後不要有「.」)
	5 kg	5 kgs (kg 之後不要有「s」)

(二)單位相乘之合組

兩個和兩個以上之單位相乘合組時，可用下列數種表示法表示之。

例　　如：力矩(moment of force)

單位名稱：牛頓米(Newton meter)

正確用法：N•m 或 Nm

(三)單位相除之合組

　　兩個單位，因為相除而組成另一個導出單位時，可以實線(斜線或橫線)或負次方的方式來表示。

　　　　　　例　　如：速度、速率(speed, velocity)
　　　　　　單位名稱：米每秒(meter per second)
　　　　　　正確用法：m/s 或 m·s^{-1}

(四)實線(除號)的使用

　　在一個單位中，實線不可多次使用，但可使用括號；遇到複雜的單位時，必須使用負次方或用括號來表示。

　　　　　　例　　如：加速度(acceleration)
　　　　　　單位名稱：米每秒平方(meter per square second)
　　　　　　正確用法：m/s^2 或 m·s^{-2}
　　　　　　不正確用法：m/s/s
　　　　　　例　　如：電場強度(electric field strength)
　　　　　　單位名稱：伏特每米(volt per meter)
　　　　　　正確用法：v/m，m·kg/(s^3·A)或 m·kg·s^{-3}·A^{-1}
　　　　　　不正確用法：m·kg/s^3/A，m·kg/s^3·A

(五)詞冠使用要點

1.詞冠符號(希臘字母)，除了微(10^{-6}，micro，μ)外，其他均為正寫羅馬字體，而且詞冠與單位符號之間不留空格。

　　　　　　例如：　　　　　微秒(micro-second)　毫升(mili-litre)
　　　　　　正確用法：　　　μs　　　　　　　　ml
　　　　　　不正確用法：　　us　　　　　　　　　ml

2. 帶有詞冠之單位符號，若附有指數時，則此一單位之十進倍數或分數之冪次，應與此指數相乘。

例如：　　　$1 \text{ cm}^3 = (10^{-2}\text{m})^3 = 10^{-6} \text{ m}^3$

$1 \text{ cm}^{-1} = (10^{-2} \text{ m})^{-1} = 10^2 \text{ m}^{-1}$

$1 \ \mu\text{s}^{-1} = (10^{-6}\text{s})^{-1} = 10^6 \text{ s}^{-1}$

3. 不可使用複詞冠(compound prefix)，也就是在一單位前，不可同時使用兩個或兩個以上之詞冠。

例如：　　　　　10^{-9} m

正確用法：　　　1 nm

不正確用法：　　1 mμm(1960 年代以 m = 10^{-3}，μ = 10^{-6}，相乘而得 10^{-9})

4. 除瓩(kilogram，kg 為基本單位)之外，分母不應使用詞冠。

例如：　　正確使用法　　　　不正確使用法

2 km/s　　　　　　2 m/ms

200 J/kg　　　　　2 dJ/g

(六)數量的正確使用法

1. 數值與單位或單位符號之間，必須有一空格做為間距，唯一的例外為攝氏溫度(℃)，在數值與攝氏度符號間，有間距或無間距均屬正確。但在熱力學使用凱氏(Kelvin)溫度時，其符號應為 K，而非°K。

例如：　　正確用法　　　　　　不正確用法

300 ml　　　　　　　300ml

15°C 或 15 °C　　　　15C 或 15 C

15 K　　　　　　　　15 °K 或 15K

150 km　　　　　　　150km

30 l，30 L 或 30 litre　30l 或 30litre

註：容量的 SI 單位是公升(liter)，其符號最好用大寫「L」取代小寫「l」，以避免和數字「1」混淆。

2. 在表示數值時，能使用詞冠，則最好使用詞冠。

　　　例如：　　　最好使用　　　　　避免使用

　　　　　　　　20 km　　　　　　　20,000 m

　　　　　　　　5 mm　　　　　　　0.005 m

3. 國際單位制是以十進制為基礎，所以表示數值時應以採用十進表示法為原則，避免使用分數及混合單位。

　　　例如：　　　最好使用　　　　　避免使用

　　　　　　　　十進表示法　　　　　分數或混合單位

　　　　　　　　0.25 kg　　　　　　¼ kg

　　　　　　　　500 ml　　　　　　½ l

　　　　　　　　14.35 m　　　　　　14 m 350 mm

4. 小於 1 的數值，小數點前的零(0)不應省略。

　　　例如：　　　正確用法：　　　0.24 m

　　　　　　　　不正確用法：　.24 m

5. 工程數值：每三位之間應有間距(空白格)，不使用商業分節逗號(,)。

　　　例如：　　　正確使用　　　　　不正確使用

　　　　　　　　3 000 km　　　　　　3,000 km

　　　　　　　　0.587 2 m　　　　　0.587,2 m

　　　　　　　　587.2 mm　　　　　0.5872 m

(七)數值運算

數值運算應該使用符號，不應使用文字。

　　　例如：　　　正　確：$1° = (\pi/180)$ rad

　　　　　　　　不正確：一度 $= \pi$ 弧度 $\div 180$

　　本章資料參考「The International System of Units」網站、「SI unit rules and style conventions」以及 ISO 31-0：1992 to ISO 31-13：1992 之相關資料撰寫而成，讀者如有任何疑問，請自行上網查閱，網址：http://physics.nist.gov/。

ISO 是什麼東西？

　　近幾年來，ISO 大大有名——儼然就是高品質的代名詞。很多知名的公司和廠商都標榜獲得 ISO 認證，甚至連學校、區公所和房屋仲介公司等，也要搶搭 ISO 列車。公元 2000 年，台北科大也通過 ISO 9001 驗證，正式成為 ISO 家族的一員。

　　ISO 代表國際標準組織(International Organization for Standardization)。但是，你是否好奇，國際標準組織為什麼不用簡稱 IOS，而要用 ISO？

　　原來，ISO 起源於希臘字(isos)，也就是「相等」或「標準」。很多用 iso-開頭的英文字，就是相等的意思，例如：isotope 是同位素，isotherm 是等溫線，isobar 是等壓線…等。

　　國際標準組織在 1947 年成立之後，就選用 ISO 為代表，以避免「國際標準組織」，被翻譯成各國文字之後，其縮寫五花八門。例如：英文縮寫「IOS」，法文縮寫「OIN」(Organisation Internationale de Normalisation)，中文縮寫「國標組」，阿拉伯文縮寫「※？＃」…等。

　　所以，無論你走到全世界任何一個角落，看到「ISO」就是「國際標準組織」，只此一家，別無分號，真正成為世界的標準。

柒、中文標點符號

　　e世代的年輕人使用中文標點符號很隨便。但是，錯用標點符號可能會引起誤會，例如：告示牌「行人等不得在此小便」，原意為「行人等，不得在此小便。」被加上標點符號成為：「行人，等不得，在此小便。」意義完全被扭曲。

　　現代人中文、英文的標點符號混合使用的情形也屢見不鮮，例如：中文標點符號中，根本沒有"……"之引號，正確的中文引號是「……」，但是連政府文書和電視台都錯用，造成民眾混淆，以致"……"隨處可見。

　　我們從小就開始學習標點符號。從小學到大學，已經通過無數次作文訓練與考試，但仍有少數大學生，寫一篇幾百字的報告，不只全篇文章沒有分段，全文都用逗點，只在結尾時使用句點。我認為有必要對「標點符號」進行再教育。

　　本章將現行各種中文標點符號及其使用方式，依序向讀者介紹。

一、句號（ 。 ）

句號，是用在一句話的結尾，表示這句話的意思表達完畢，語氣完結。

例句：1. 我的名字叫羅欽煌。(語意完畢)

　　　2. 學校還沒放暑假。(語意完畢)

註：中文的句號是中空的小圈圈(。)；英文則在文字下方使用小黑點(.)。讀者在使用時應注意。

　　例：今年暑假來了 3 個颱風。

　　There were three typhoons during this summer vacation.

二、逗號（ ， ）

逗號，是用在標明句子中應該停頓、分開或重複的符號，通常用於較長或較複雜的句子中。

例句：1. 除了釣魚以外，你應該多做點其他的休閒活動。(停頓)

　　　2. 他喜歡游泳，所以臉曬得黑黑的。(停頓)

註：中文逗號是全形字，用在每行之中間(，)；但英文逗號是半形字，用在每行之下

緣標記(,)。中英文混合時，無論是句號或逗號，都應該使用全形符號。

錯誤與訂正

錯誤

　　多數學會出版的雜誌規定:論文使用中文撰寫,除中文摘要外,需另加英文摘要.

訂正

　　多數學會出版的雜誌規定：論文使用中文撰寫，除中文摘要外，需另加英文摘要。

說明：中文標點符號，均應使用全形。

錯誤

　　寫作不能光說不練，套用 NIKE 的廣告詞 "Just do it!",立即動手開始寫作吧！

訂正

　　寫作不能光說不練，套用 NIKE 的廣告詞「Just do it！」，立即動手開始寫作吧！

說明：中英文混用時，應使用中文標點符號

三、頓號（ 、 ）

　　頓號，用以表示一句話中並列辭之間的停頓，是隔斷力最小的符號。標明數字的節位，或者在表示次序的數目字之後(要與下文隔開)，也都用頓號。

例句：1. 紙、指南針、印刷術和火藥都是中國人發明的。(並列辭之停頓)

　　　　2. 本公司今年收入共一、七一三、五六九元。(數字節位)

　　　　3. 學習語言必須有六多：一、多聽，二、多說，三、多讀，四、多寫，五、多記，六、多想。(標明次序)

註：在中文中，頓號和逗號是有分別的；但在英文中，頓號和逗號都是以相同的符號(,)來表示。

　　例：在 1350 年間，藝術、學術以及科學正興盛的在歐洲發展。

　　　　Around 1350, art, learning and science started to flourish in Europe.

錯誤

只需求得 L, Lq, W, Wq 四個值中的任何一個值，即可求得答案。

訂正

只需求得 L、Lq、W、Wq 四個值中的任何一個值，即可求得答案。

說明：英文的「,」，等於中文的「，」或「、」。

四、分號（　；　）

分號，是用來表明並列或對比的分句所使用的符號。有時也用於表示句子完了，但是意思還不夠，使底下的句子跟上面的句子合成更完備的一整句話。

例句：1.溶化的臘固化時發出熱；蠟燭燃燒時也發出熱。(對比)

　　　2.人人都喜歡熱鬧；但他卻喜歡寂寞和冷靜。(語氣補足)

使用範例

• 附錄散文分成多種類型。有親子關係：張爸爸每晚都要睡客廳、圖像世代的危機；反諷：中文橫寫的困擾；評論：作文評分的品質管制、郵遞區號。(並列、對比)

• 燕子去了，有再來的時候；楊柳枯了，有再青的時候；桃花謝了，有再開的時候；但是，聰明的朋友！請你告訴我，我們的日子為什麼一去不復返呢？(朱自清)

五、冒號（　：　）

冒號，是標明結束上文或提起下文的符號，並用在總承上文，總啟下文，或提出引語的地方。因此，在「某某人說：」，或「詳情如下：」、「總計：」等之後，要使用冒號。

例句：1. 老師說：「文章雖佳，但題目不好，可以改進。」(提出引語)

　　　2. 爸爸出國帶回來很多東西：玩具啦、衣服啦、吃的啦，什麼都有。

　　　　(總起下文)

六、問號（　？　）

問號，是標明疑問的符號。句子中有懷疑、發問等等，也要使用問號。但間接疑問，

不用問號。

例句：1. 你是哪裡人？(發問)

　　　2. 我的東西在哪？(發問)

　　　3. 我想知道你到底懂不懂。(間接疑問)

　　　4. 我不懂你的話是什麼意思。(間接疑問)

七、驚嘆號（　！　）

驚嘆號，是標明語氣、情感、聲調的符號，或是表示加強語氣的命令、斥責、招呼。若是情緒不夠強烈就不用此符號。

例句：1. 趕快去！不要遲到了！(標明語氣)

　　　2. 什麼！新加坡下雪了！(標明情感)

八、引號（　「」是單引號，『』是雙引號　）

引號，用在文章中引用人的話時，或是在句子裡一些具有特別意義的句子。中文的主引號是單引號，而在單引號中還要用到引號的話，就使用雙引號。

他說：1. 校長說：「這次的典禮一定要辦好。」(引人說話)

　　　2. 他剛剛問我說：「你聽過『愚公移山』這個寓言嗎？」

　　　　(『愚公移山』是引人說話之中的特別意義)

註：

　• 英文：主引號是雙引號 " "，主引號內再次引用時，使用單引號 ' '。

　• 中文：主引號是單引號「 」，主引號內再次引用時，使用雙引號『 』。

例：電影「珍珠港」即將上映。

　　The movie "Pearl Harbor" is coming.

使用範例

1. 他只尊重科學和事實，不承認其他的「權威」。(強調的詞句)

2. 劉代洋於「論發行彩券的財政收支效果」一文中指出，……(研究報告的篇名)

錯誤與訂正

錯誤

日本彩券可分為"開封彩券"與"被封彩券"兩大類。

訂正

日本彩券可分為「開封彩券」與「被封彩券」兩大類。

九、夾註號（　（　）　）

夾註號，用以表示在上下兩個符號之間的說明或詮釋部分。

例句：1. 毛筆可以分為軟毫、硬毫及兼毫(軟硬相濟)等三種。(說明)

　　　2. 二十年前，我就住在那個甘榜(馬來話的「鄉村」)裡。(詮釋)

錯誤與訂正

錯誤

作業研究（operation research）就是管理科學。

訂正

作業研究(operation research)就是管理科學。

說明：當註解為英文時，括號使用半形。

十、破折號（──）

破折號，是用來表示下面寫出說明的部分。

例句：1. 他整天陪著他的寶貝──那隻可愛的小貓。(說明)

　　　2. 他常常去跑步──雖然他的腳並不靈活。(說明)

註：破折號和夾註號都是說明，功能非常相似，使用時不容易區分。

　　因為破折號「──」和中文的「一」很相似，容易混淆。

十一、刪節號（……）

刪節號，用在文章中省略的部分，或者意思沒有說完的地方。刪節號，和「等」或「等等」的意思相通。若是寫了「等」或「等等」，就可不用刪節號。注意，中文刪節號標準是 6 點，英文刪節號是 3 點；可以利用 WORD 的「插入」，從符號中找到三點相連「…」的標點符號。

例句：1. 我們要學的科目有工程數學、工程統計……。(省略)

我們要學的科目有工程數學、工程統計等。(等可以替代刪節號)

2.「噹！噹！噹！……」下課鈴響了。(省略)

註：請注意英文的刪節號只有三點(…)，和中文不同。

例：你應該多吃點水果，如香蕉、蘋果、葡萄……。

You should eat more fruits, like bananas, apples, and grapes…

十二、書名號（ ﹏﹏﹏ ）

書名號，是用以標明書名、雜誌等名稱的符號。直排的標在文字左邊，橫排的標在文字下邊。

例句：1.我喜歡看三國演義。(標書名)

2.中國時報是台灣的大報之一。(標報章雜誌名)

註：中文寫作時已經不太使用書名號(﹏﹏)，而採用(《　》)。

例：我喜歡看《三國演義》。

現行的報章、雜誌和書籍，使用書名號的方式有下列兩種：

1. 雙書名號《》：書籍、報紙、雜誌、電影、歌曲名稱

例如：《科技寫作與表達》是寫作溝通的工具書。

電影《阿凡達》是叫好又叫座的 3D 電影。

2. 單書名號〈〉：文章的篇名

例如：朱自清的〈背影〉，是描寫親情的散文傑作。

十三、私名號（ _____ ）

　　私名號，是用來標明人名、地名、國家名、種族、山川、機關組織、公司行號、學校、特殊工程建築等的符號。私名號和書名號相同，也是直排的標在文字左邊，橫排的標在文字下邊。

　　例句：1. 現在的台北科技大學就是以前的台北工專。(標學校名)

　　　　　2. 華盛頓是美國第一任總統。(標人名、國名)

　　註：現行大多數的中文作品都沒有加私名號(_____)。

十四、音界號（ ‧ ）

　　音界號，用於外國人的名與姓之間。

　　例句：1. 約翰‧F‧甘迺迪(John F. Kennedy)

　　　　　2. 丹尼爾‧舒茲(Denial Shultz)

　　註：沒有音界號，經常搞不清楚外國人的姓和名。例如，

　　　　Q：亂世佳人女主角「費雯麗」，是姓「費」還是姓「麗」？

　　　　A：費雯麗的全名是 Vivian Leigh，名 Vivian，姓 Leigh。

　　現行的報章、雜誌和書籍，使用音界號的方式如下：

1. 用於朝代和人名之分界

　　唐‧李白是中國最有名的詩人

2. 用於作者和作品之分界

　　《羅欽煌‧科技寫作與表達》說：「文章的段落寫法，要把握 ABC 原則。」

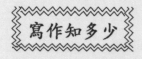
寫作知多少

標點符號

五四運動後，胡適先生首倡白話文，將日常用語寫成文字，對中國現代化影響很大。推行白話文的同時，也開始採用標點符號。他曾以白話文撰寫「差不多先生」，諷刺中國人凡事都是「差不多」的壞毛病。請在 p.325 加上標點符號。

差 不 多 先 生

差不多先生的相貌和你我都差不多他有一雙眼睛但看得不很清楚有兩隻耳朵但聽不很分明有鼻子和嘴但他對於氣味和口味都不很講究他的腦子也不小但他的記性卻不很精明他的思想也不細密

他常常說凡事只要差不多就好何必太精明呢

他小的時候媽媽叫他去買紅糖他卻買了白糖回來媽媽罵他他搖搖頭說紅糖白糖不是差不多嗎

他在學校的時候老師問他河北省的西邊是那一省他說是陝西老師說錯了是山西不是陝西他說山西同陝西不是差不多嗎

後來他在一個店舖裏做夥計他也會寫也會算只是總不會精細十字常常寫成千字千字常常寫成十字老闆生氣了罵他他只是笑嘻嘻地賠小心道千字比十字只多了一小撇不是差不多嗎

捌、Word 功能知多少

> 　　我在學校教授「技術寫作」多年，要求學生繳交作業要用 Word 列印，發現很多大學生的 Word 功力只有初級水平。一般人只需使用 Word 的 20-50%功能，就足以應付日常的工作需求。然而，Word 有很多進階功能，如果能夠找一本好書全盤瞭解 Word 的各項功能，將可以大幅提高工作效率和美化文件。

　　多數讀者雖然已會使用 Word，但可能只有粗淺的認識。作者強烈建議讀者，選購一本 Word 書籍，從頭到尾仔細研讀，進一步瞭解 Word 的各項進階功能，以提升自己的文書處理之功力。

　　本書的宗旨在教授寫作觀念，不是 Word 教科書，不做詳細示範。作者將 Word 常用的標題，以文字簡單描述其功能，建議讀者逐段閱讀，如發現有興趣但不熟悉的標題，則可以參考 Word 書籍，進一步研讀。以下文字解說，是參考黃景增先生編著松崗公司出版的「*Word 2000 中文版精修範本*」做為範例。

一、認識環境

1. 檢視文件的方法：Word 有好多種不同的環境，你知道幾種？

   - 標準模式

     標準模式，是顯示文件的預設模式。在標準模式下，大部分文字的格式(如：字型、點數、字體、行距、縮排等)都會如同它被列印時的樣子，顯示在螢幕上。但是，段落中文字和圖片物件的對齊方式則會被簡化。

   - 整頁模式

     整頁模式，和預覽列印模式一樣，可以看到文件的最後輸出結果，也就是「What You See Is What You Get(WYSIWYG)」，它所占用記憶體較多，以致文件捲動時有點遲緩。編寫短文時，記憶體不是問題，可以使用整頁模式；但是，編寫論文或長篇報告時，改用標準模式或大綱模式，可以提昇捲動效率。

   - Web 版面配置模式

     Web 版面配置模式，使文件版面最佳化，段落中的每行字數及表格寬度，都會隨文件視窗大小而自動改變，以確保不必左右捲動文件。

• 主控文件模式

長文件(如：書本、論文或年度報告等)含有數個章節，為編輯方便，必需分割成數個次文件檔案，也因此增加整體性作業(索引、目錄、章節編號)的困擾，主控文件模式正好可以解決此項難題。

主控文件，可以將個別完成的次文件檔案整合在一起。主控文件的檢視模式，可以讓你看到併合在主控文件中的次文件。主控文件也適合團隊合作，共同完成專題製作或學期報告時使用。

2. Word 電子書

使用「Office on the Web」：Word 的範例已經和網路 Web 結合。閒來無事，泡杯好茶，可以連線看看 Word 的精彩範例，還可以下載使用，非常方便。

二、基本編輯技巧

如何輸入日期/時間資訊：撰寫文件時，最好養成標示日期的習慣。WORD 提供插入日期/時間方式，並提供各種日期/時間格式，讓讀者選用。如果啟動「自動更新」，則每次打開檔案，電腦會自動更新成為當天的日期/時間。

三、美化文字與段落

平常，我們看到電視新聞的主播小姐個個美如天仙，但如果主播小姐沒有化妝就出門還是挺嚇人的。沒有化妝的主播小姐，不宜直接上台播報新聞；如同沒有美化的文件，也不宜直接印發。雖然，美化文件不是萬能，但是，文件沒有美化卻是萬萬不能。

1. 字型與大小

中英文字型種類繁多，但是各種字型都有其特性。以中文字型為例：

• 隸書體字型較粗，具有強調的特性，非常適合做為標題，但不適合做為整篇文章的內文字型，因為讀起來很吃力。

• 仿宋體字體纖細，適合做為內文字型。

• 細明體在螢幕上辨讀效果最佳，所以細明體被微軟選為預定的內文字型。

• 適用於本文：細明體、標楷體、仿宋體、Times New Roman、Courier New

• 適用於標題：中黑體、細圓體、中隸書、Arial、Comic Sans MS、

2. 文字框線網底：框線和網底適合做為加強與提示。

行程、行程、注意事項

3. 特殊處理：Word 有「組排文字」功能，可以在同一列中以雙排並列方式呈現。

並列文字：聯絡人：黃珮雅
　　　　　　　　　　郭至誠

4. 清單項目的符號及編號

(1)中文：壹、一、(一)、1、(1)、①

中文項目編號，以中文數字和阿拉伯數字並用，盡量少用英文字母：

①第一階大寫數字「壹、貳、參」，

②第二階是「一、二、三」。

③通常加括弧降一階，所以，「一」之後是「(一)」。然後，用阿拉伯數字 1、2、3，接著是(1)、(2)、(3)，阿拉伯數字加圓圈又降一階，如：①②③。

(2)英文：I、A、1、(1)、a、(a)

英文項目編號，以羅馬數字、英文字母和阿拉伯數字並用，不宜使用中文數字：

①第一階是羅馬數字，也就是的「I、II、III、IV」，

②第二階是英文大寫字母「A、B、C」，然後是阿拉伯數字「1、2、3」；所以，不宜先用「1」，再用「A」。

5. 定位點

在打字機時代，要繕打「表格」相當不易，為使資料對齊，打字機設有「TAB」鍵就是「定位鍵」。WORD 設計五種定位點，如能巧妙使用「TAB」鍵，對於資料的對齊非常有用。

靠左定位點「└」：讓文字串的左端對齊定位點；

靠右定位點「┘」：讓文字串的右端對齊定位點；

置中定位點「⊥」：讓文字串的中間點對齊定位點；

小數定位點「⊥」：讓數值資料的小數點對齊定位點；

分隔線定位點「｜」：在定位點位置顯示一條可列印的垂直分隔線。

四、樣式

　　樣式功能，可以將字元和段落的格式儲存起來，使用者可以「套用」，對文件進行格式之統一。尤其是撰寫論文或長篇報告時，如果不應用「樣式」功能，除了撰寫時必須記憶各段落的設定與字型變化外，日後校對時如有需要修訂，開頭還有精力也很仔細，但改到末尾時，精疲力竭容易造成遺漏和失誤。

　　此外，當一份文件是由多位作者共同創作時，事先定義全篇文件可能用到的各類樣式，就可以避免發生彼此格式不一的問題。如有需要修改，也只要修改樣式之後再予以套用，就可以變更使用相同樣式名稱的所有文件。

1. 建立新的樣式

　　Word 的樣式分為「段落」和「字元」兩種。段落格式，適用於整段文字；而字元格式，只適用於選定範圍內的文字。因此，一個段落只能有一個段落樣式，卻可以有多個字元樣式。

2. 運用樣式來設定格式

　　你可以先寫好文章，然後選擇「樣式」，應用到文件中，被加上樣式的段落或字元就會擁有完全相同的格式。

3. 樣式內容的編修

　　如果你的文件經過套用樣式處理，事後決定變更文件之格式，則只要修訂樣式之格式設定，Word 會自動修改套用此樣式的所有段落或字元之格式。

4. 樣式的共享

　　利用樣式的「組合管理」作業能力，可以將作用文件的樣式，複製給工作團隊的其他伙伴共同使用，則不同成員所建立的文件，也可以獲得一致的格式。

5. 樣式庫

　　Word 的範本文件提供許多預定的格式設定，例如：字型、邊界設定、欄數和其他格式。你可以從範本中擷取合用的格式，不必浪費時間自己去定義樣式。

五、文件的表格

　　繪製表格，到底要用 Excel 或 Word 呢？Word 的特色是可以製作「不等欄數、不等欄寬」的表格，Excel 的表格特點則是數值重新計算方便好用。所以，製作履歷表最好

使用 Word，可以隨心所欲設定格式；至於製作報價單，最好使用 Excel，方便隨時修改價格。

1. 表格美化作業

    表格也要美化。使用不同的樣式、粗細的框線、不同色彩與深淺的網底、文字的字型變化和對齊方式，可以設計出賞心悅目的專業表格。

2. 標題資訊跨頁重複顯示

    閱讀跨越數頁(例如財務報表、法律條文等)的表格，在第二頁以後往往不知欄位是啥？必須前後翻閱十分不便。如果在製作表格時，在每頁前端自行繕打表頭欄標目，則在表格增刪時，又要經常挪移表頭位置，十分惱人。

    如何讓表頭欄標目資訊，正好顯示在第二頁以後的各頁表頭前端呢？答案是，只要在表格功能表中，點選「跨頁標題重覆」就一切搞定。

3. 表格數值資料的計算

    Word 表格內的資料雖可做簡單的加總或平均值等的計算，但是其計算功能遠不如 Excel，同時其公式複製時，也不像 Excel 那麼聰明。建議讀者，大量數值運算還是使用 Excel 較有效，大量文字資訊其中只有少部分數值運算則使用 Word 較佳。

4. 資料的排序

    同樣，Word 也可進行簡單排序作業，不過排序後還要謹慎核對，以免錯誤發生。

5. 小數點對齊

    Q：表格中的數值資料要如何對齊？

    A：數值資料「必須」採用小數點對齊。

    數值資料靠左對齊當然不對。Word 預設的數值資料是靠右對齊，但如小數點之後位數不一致，靠右對齊還是有問題。經常看到有人將數值置中對齊，但如數值的總位數不同時，小數點還是無法對齊。最簡單的做法是採用「小數點定位點」。

六、欄與節

報紙、期刊或雜誌為有效運用版面，經常要求論文標題、作者等使用一欄式，但是本文則採用多欄方式。Word 擁有完整的多欄格式作業，讓你可以製作出變化多端的文件。「欄(Column)」是「節(Section)」之下的屬性，不同的節可以設定各種欄位。

1. 建立多欄式版面

 欄格式以「插入點指標」所在的節為處理對象，如果文章沒有分節，則整份文件都會受到影響。也可以採用「選定範圍」設定欄位，所以，一頁中可以有不同欄數。

2. 均分最後一頁中各欄行數

 兩欄以上格式，最後一頁經常發生左右欄位長短不一，只要略施小計，就可以使兩欄長短相同。

七、版面設定

 版面設定，是列印的基礎設定，可以設定紙張大小和方向、邊界、每頁行數、每行字數等。Word 以預設範本 normal.dot，提供使用者一份制式版面的空白文件。學生撰寫報告，經常使用 Word 制式版面格式，未做任何修飾就交給老師，十分不妥。

1. 調整邊界

 Word 預設左右邊界為 3.17 公分(1.25 吋)，上下邊界為 2.54 公分(1 吋)。你可以調整成為個人喜好或公司規定的邊界寬度。

2. 左右對稱頁

 「左右對稱」的功能，可以用在製作報表時的雙面印刷，或是編輯書本時，奇數頁在右，偶數頁在左。

3. 強制分頁

 繕打文件時，Word 會依版面設定自動分頁，但是經常發生寡婦(一個段落的首行，被單獨遺留在前頁底端)或孤兒(一個段落的末行，被單獨遺留在次頁頂端)的情形。你可以用「強制分頁」、「段落中不分頁」或「與下段同頁」等指令，消除這些分頁不良的情形。

4. 頁首與頁尾

 「頁首與頁尾」是邊界裡預留的一塊區域，其內容適用全篇文件(類似於投影片的母片內容)，凡是列印在文件上，可是又不屬於本文內容的資訊，都可以利用「頁首/頁尾」顯示在文件的「每一頁」上。

 頁首/頁尾區域可以存放任何文字或圖形物件。常見的有：公司 Logo、文件標題、章節名稱、頁碼、作者、檔案名稱、製作日期等。

5. 編入行號

行號不是正式文件上應有的資訊，但是在長篇文件的審校階段中，若能在文稿左側顯示行號，將有利於溝通，等到審校任務完成後，再將行號移除，並不會影響原稿之版面。

八、繪圖物件

圖像有吸引注意力的功效，「一張好的圖像，勝過千言萬語。」但是，圖像不可亂插，不信的話，請你在碩士論文中插入一張卡通圖像，看看後果如何？

1. 讓繪圖物件可以輸入說明文字

大部分的「快取圖案」物件是沒有文字方塊屬性的。但是，圖案如能加註文字更能增進解說效果。Word 允許使用者用「新增文字」為快取圖案加註文字。

2. 文字藝術師

「文字藝術師」是 Word 內建的繪圖程式，可以輕易地將文字轉化成具有特殊效果的美術字圖案物件，例如：令文字彎曲、旋轉、倒轉、拉長等。

九、合併列印

廣告信函以「敬啟者」開始，沒名沒姓，不尊重收信者，通常都會被丟入垃圾桶中，完全達不到效果。Word 提供「合併列印」的各項功能，可以讓你有效率的製作出專屬每個收件人的信件、信封或郵件標籤。

1. 合併式文件基本架構

合併文件包含三個步驟：建立主文件、建立資料來源檔案、插定連結及合併。

(1)主文件：就是撰寫信函的文稿，因收信者而異的部分則以插入方式處理。

(2)資料來源檔：就是信件寄送對象的基本資料(姓、名、性別、職稱、地址等)，

Word 可以直接沿用多種資料庫檔案(Access、Excel、dBase、FoxPro、Paradox 等)。

(3)插定連結：是在主文件中插入「功能變數」，合併列印就會自動完成必要工作。

2. 合併列印的功能變數

依據功能變數，可以使用「IF…THEN…ELSE」等判別式，製作更貼切的文件。

3. 套印信封

大量寄送募款或廣告郵件，除了信件主文之外，信封也要因人而異，同樣可以用合併列印完成。

十、文件的大綱結構

　　一份長篇論文或報告，從開始構思到最後定稿，中間必定要經過多次的增刪編修，甚至到最後階段，教授或主管才決定要大幅調整章節順序。如果想要增進效率，這種長篇文件的編修作業，一定要用到 Word 的「大綱模式」。

　　大綱模式的好處多多，可以調整章節順序，可以簡化長文件的搜尋作業，可以提昇捲動效率，可以建立目錄。

1. 先建立大綱，再輸入內文

　　通常撰寫長篇大論，最好先建立大綱，再輸入本文內容。

2. 全文打完，再指定大綱層級

　　如果文件已經完成，也可以將現有文件設定大綱層級。

3. 大綱文件的檢視與編修

　　論文頁數長達數十頁甚至數百頁，檢視編修時不只頭昏腦脹，長久處理很難心平氣和，最好使用大綱模式來處理。在大綱模式中檢視本文段落時，可以指定查看多少列的本文內容。移動到需要編修之標題，可以展開某段標題的整個段落，編修結束後，可以再摺疊回復大綱之標題。

4. 文件引導模式

　　如果文件已經建立大綱模式，則「文件導引模式」可以做為切換章節的捲動利器，找到所需要的章節位置後，再把它關閉，直接處理內文之編修。

5. 轉換成 Power Point 簡報大綱

　　撰寫技術報告或論文，經常需要再做簡報，而簡報 PowerPoint 投影片的綱要，通常都是論文的大綱，如果已經建立大綱模式，就可以直接轉換成簡報大綱，所有標題段落都會複製過去，本文段落則全部放棄，不需要重新繕打或編輯，非常方便。

6. 建立目錄

　　長篇報告和論文必須製作目錄，很多學生都是依據本文的章節段落，重新一一輸入段落標題及頁碼，辛辛苦苦建立目錄。但是，如果論文已經建立大綱模式，Word 可以在彈指之間自動替你建立好目錄。

以上資料參考黃景增先生「*Word 2000* 中文版精修範本，松崗電腦，台北，2001」。

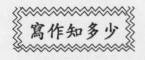

工程師應具備的智能

工程師的工作範圍十分廣泛,從基礎的研究、發展、設計、製造、運轉維護、銷售、工業工程和高階管理等。擔任研究發展工作,需要具備大量的抽象科學理論,只要少許財務和人力資源的管理知識;反之,擔任高階管理工作,則需要大量財務理論和人力資源運用智能,對於抽象科學理論的需要很少,如圖 1-8-1 所示。

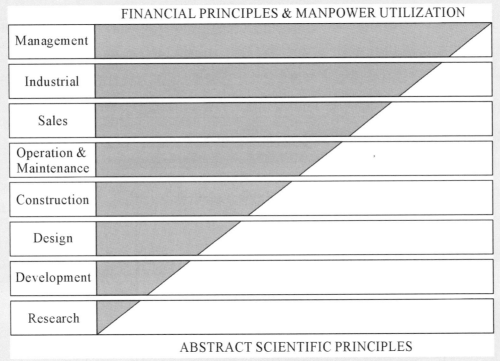

圖 1-8-1 工程師擔任各種職務應具備的智能

然而,無論工程師擔任何種職務,都需要具備溝通表達能力。研發工程師,雖以研發為主,但發表論文或技術報告時,仍需要相當的表達能力;管理職工程師,則需要向各級主管或現場作業員推銷各種觀念,必需具備更高級的溝通與表達能力。

玖、美化文件版面

　　職場寫作使用文字和圖表來說故事，圖文是溝通的主體；但是妥善的版面設計，對於有效的溝通也一樣重要。「美化文件不是萬能，但是文件沒有美化萬萬不能」。平常，我們看到電視新聞的主播小姐個個美如天仙，但是如果主播小姐沒有化妝就出門是挺嚇人的。沒有化妝的主播小姐，不宜直接上台播報新聞；而沒有美化的文件，也不宜直接列印。

　　美化版面，沒有絕對的標準，本章的建議，是筆者的研究心得，僅供參考。

一、保留適當的邊界留白

　　邊界留白，一方面是求美觀，一方面是因為裝訂的需要。台北科大學位論文採用的標準邊界留白，如圖 1-9-1 所示：左邊界 3.5 公分，上方和右邊界各 2.5 公分，下邊界 2.75 公分。邊界留白，除了做為裝訂時修邊之外；上下邊界，還要做為頁首/頁尾的註解並插入頁碼。偶而，為了把稍微超過一頁的文章擠入一頁，可以調整為窄小的邊界；但是，千萬不要為節省紙張，過度擠壓邊界，反而嚇跑讀者。

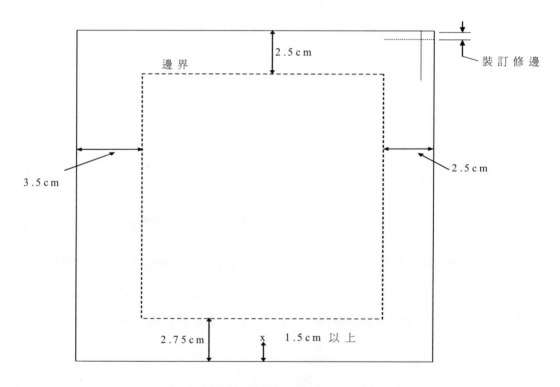

圖 1-9-1 台北科大學位論文邊界規定(未依比例)

二、考慮使用多欄格式

多欄格式，可以放入更多的資訊，所以大部分的期刊都採用兩欄式設計。此外，兩欄格式用在產品說明書或技術手冊時，左欄可以做文字說明，右欄繪製接線圖，非常方便。兩欄式格式，請參考 1-2 範例「專科生免試就讀台北科大美夢成真」。

三、使用適當的行距

過寬的行距

難度高的科技文章應該採用較寬邊界，因為密密麻麻的文章，會嚇跑一般的讀者。除非絕對必要(例如：想要把超個一頁的文章擠入一頁)，否則不要採用窄小的邊界，因為文章主要是其可讀性，為節省紙張以致人家不看，也是枉然。

適當的行距

難度高的科技文章應該採用較寬邊界，因為密密麻麻的文章，會嚇跑一般的讀者。除非絕對必要(例如：想要把超個一頁的文章擠入一頁)，否則不要採用窄小的邊界，因為文章主要是其可讀性，為節省紙張以致人家不看，也是枉然。

太窄的行距

難度高的科技文章應該採用較寬邊界，因為密密麻麻的文章，會嚇跑一般的讀者。除非絕對必要(例如：想要把超個一頁的文章擠入一頁)，否則不要採用窄小的邊界，因為文章主要是其可讀性，為節省紙張以致人家不看，也是枉然。

通常，備忘錄和信件通常都採用單行間距，段落之間採用雙行間距。報告和論文採用雙行間距，段落之間不再加寬，但是段落開頭縮排兩字間距。

四、瞭解字型及其可讀性

中英文字型種類繁多，但是各種字型都有其特性。以中文字型為例，特圓書字體較粗，具有強調的特性，非常適合做為標題，但不適合做為整篇文章的內文字型，因為讀起來很吃力；仿宋體字體纖細，適合做為內文字型；細明體在螢幕上辨讀效果最佳，所以細明體被微軟選為預定的內文字型。

中文報告的字型以「細明」體為主，其對應的英文字型是「羅馬字型」，也就是 Times New Roman。雖然尚未有共識，但是，通用的中英文字型對等方式如下：

Roman	細明
Italic	楷書
boldface	**粗明**
BOLDFACE	細黑
`Typewriter`	仿宋

> **粗圓體，字型字體較粗，具有強調的特性，適合做為標題，但不適用於整篇文章的內文字型，因為讀起來很吃力。**
>
> 仿宋體，字體纖細，適合做為內文字型；細明體，在螢幕上辨讀效果最佳，所以被微軟選為預定的內文字型。

標題常用：**中黑體**、**細圓體**、**隸書體**、Arial、Comic Sans MS、

內文常用：細明體、標楷體、仿宋體、Times New Roman、`Courier New`

五、最好使用同一家族的不同字型

市面上有各式各樣電腦用的中文字型，例如華康、中國龍…等。通常在整篇文章中，最好是使用同一家族的不同字型，以保持其一致性。標題，可以依據層級採用二至三種不同字型；但是，文章的內文，不要使用超過兩種以上字型，以免造成混亂。以下是華康的各種字型：

華康細明體	華康仿宋體	**華康隸書體**	華康瘦金體
華康細圓體	**華康行書體**	華康楷書體	

六、使用適當的字型大小

字型的大小，會影響文章的可讀性。8 點以下者，字型太小難以辨讀，最好避免使用。內文以 12 點和 10 點最普遍。10 點大小，以雷射印表機輸出可以辨認，但是用點矩陣印表機則難以辨讀，期刊大都採用 10 點可刊出較多資訊；12 點大小，無論雷射或點矩陣印表機輸出都可以辨讀，是微軟預設的內文字型大小。

　　14 點以上適合做為標題，20 點以上適合做為文題，PowerPoint 則要使用 28 點以上的大字型，效果才好。

使用 8 點的字太小，難以辨認，最好避免使用（勉強可以用做註解）。

採用 10 點大小，以雷射印表機輸出，字型可以辨認；但是用點矩陣印表機輸出，則難以辨讀。

採用 12 點大小，以點矩陣印表機輸出可以辨讀，是微軟預設內文字型大小。

採用 14 點大小，適合做為標題。

採用 20 點大小，適合做為文題

28 點以上，適用於 PowerPoint

七、文題和標題的排列

　　文題是整篇文章的靈魂，一定要特別突出，通常其字型大小都用 20 點以上者，並採用置中對齊方式。標題的處理方式和文題類似，但是不用置中，採靠左對齊方式。標題 1、標題 2…等，其所屬的段落內文，最好比標題向右增加縮排一格。

簡介

　　標題和內文之間最好保持一行空行，以強調標題的特殊重要性。

簡介
　　本範例的標題和本文沒有間距，效果較差。

簡介　　本範例的標題和內文在同一列，完全未加區分，效果最差。

　　標題和本文不宜分開，造成「寡婦」和「孤兒」的情形。接下來的範例中，第一頁末尾的標題「德東重建」，孤伶伶的沒有下文，稱為寡婦(無後)；其次頁有關德東重建的本文，缺乏標題引導，不知主題何在，稱為孤兒(無頭)。

A. 從馬丁路德談起	要將資本主義轉成共產主義，只要派幾個人占領工廠或公司，然後宣稱屬於國家的就完成了，好像將鮮雞蛋變成炒蛋，那麼簡單；可是要從共產主義變回資本主義，卻是困難重重，就好像要將炒蛋變回鮮雞蛋。
馬丁路德痛恨天主教會的腐敗和斂財手段，倡議宗教改革。他翻譯拉丁文聖經成為德文，使每個人都可看得懂，自我修行，仍然信奉上帝和耶穌，稱為新教，以「protest」為字根，稱為抗議教(Protestant)，中文翻譯為基督教。	
B. 德東重建	

　　要避免發生寡婦和孤兒的情形，做法有二：第一，縮小第一頁行距，使「德東重建」標題和其下文至少一行出現在第一頁末尾。第二，將德東重建的標題，以強制分頁方式另起一頁，從次頁開始。第二種方式較佳，如下圖所示。

A、從馬丁路德談起	B、德東重建
馬丁路德痛恨天主教會的腐敗和斂財手段，倡議宗教改革。他翻譯拉丁文聖經成為德文，使每個人都可看得懂，自我修行，仍然信奉上帝和耶穌，稱為新教，以「protest」為字根，稱為抗議教(Protestant)，中文翻譯為基督教。	要將資本主義轉成共產主義，只要派幾個人占領工廠或公司，然後宣稱屬於國家的就完成了，好像將鮮雞蛋變成炒蛋，那麼簡單；可是要從共產主義變回資本主義，卻是困難重重，就好像要將炒蛋變回鮮雞蛋。

八、設計清晰的條列句

　　如果條列句不是完整的文句，句尾不要加標點符號，但是，最後一列的句尾可以加上句點，比較完整。例如：

> 新的批發倉庫，有下列三項優點：
> • 距離展售店面較近
> • 較新的儲藏技術
> • 工作人員使用較新的設備。

如果條列句是完整的文句，句尾可以加上標點符號。例如：

新的批發倉庫，有下列三項優點：
- 它可以更方便將貨品送到展售店面。
- 它採用較新的儲藏技術。
- 它提供較新的設備給工作人員使用。

九、將所有文件改為 A4 紙張

在台灣，紙張的尺寸主要有 A3、A4、B4、B5 等，少數人採用美規的 letter size(8½ 吋×11 吋)。經常看到各單位提供的會議資料，各種尺寸都有；打字方式，中式由右到左採直式，西式由左到右採橫式，各行其是，裝訂和閱讀都很困擾。

台灣使用最普遍的紙張是 A4 尺寸(21 公分×29.7 公分)，同時，絕大部分的公文夾都是為 A4 而設計，我認為列印文件最好採用 A4 尺寸。不得已要用更大尺寸可用 A3，因為 A3 正好是 A4 的兩倍，裝訂時對摺就是 A4 沒會有困難。文件最好避免採用 B4 和 B5 的尺寸，因為裝訂時，它們和 A4 尺寸不相容。

十、多階層項目編號方式

多階層項目的編號方式，雖然沒有定論，但是項目編號重要性還是有差別。編號方式中文和英文有別，列舉如下：

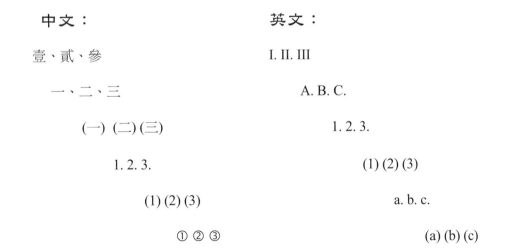

中文：　　　　　　　　　　英文：

壹、貳、參　　　　　　　　I. II. III

　一、二、三　　　　　　　　A. B. C.

　　(一) (二) (三)　　　　　　　1. 2. 3.

　　　1. 2. 3.　　　　　　　　　(1) (2) (3)

　　　　(1) (2) (3)　　　　　　　　a. b. c.

　　　　　① ② ③　　　　　　　　(a) (b) (c)

中文項目編號，以中文數字和阿拉伯數字並用，盡量少用英文字母。第一階大寫數字「壹、貳、參」，第二階是「一、二、三」。通常加括弧降一階，所以，「一」之後是「(一)」。

然後，用阿拉伯數字 1、2、3，接著是(1)、(2)、(3)，阿拉伯數字加圓圈又降一階，如：①、②、③。

英文項目編號，以羅馬數字、英文字母和阿拉伯數字並用，不宜使用中文數字。第一階是羅馬數字，也就是的「I、II、III、IV」，第二階是英文大寫字母「A、B、C」，然後是阿拉伯數字「1、2、3」；所以，不宜先用「1」，再用「A」

十一、打字和手寫文件的差異

在個人電腦普遍使用之前，人們都用手寫文件和報告；自從電腦文書處理軟體功能增強後，一般人都可以很容易的用 WORD 打書信，學生們也都改用 WORD 打讀書報告、論文等文件。手寫文件比較隨便，電腦打字文件要求比較嚴格。

手寫報告時，對於字體和格式等，沒有辦法嚴格要求，過得去就好了。例如：手寫英文符號時，我們不會刁難要用正體字或斜體字；書寫數學公式之時，也不會要求運算符號之間必需空一格。通常，打印碩士或博士論文就有嚴格的格式要求，而校內的讀書報告或公司內部報告之格式，則視老師或主管對於格式的瞭解和要求而定。但是，如果學生們在求學期間，就養成良好的打字習慣，並遵守論文格式，將可以減少讀者之誤解，大幅增進打字文件的水準。

其實，中文打字應該注意的事項，WORD 已經在 段落 中文印刷樣式 中提供部分功能，可供使用者選用。但是，最重要的是使用者必需知道格式的相關規定，才可以打出合乎規定的報告。以下介紹一些常見的錯誤格式、正確格式及相關說明。

1.繕打數學公式時

常見錯誤：a=b+c，

正確的打字應該是 $a = b + c$。

說明：

- a，b，c 是數學運算符號，不是文字，要改用斜體字 a，b，c。
- 符號與運算符號之間要空一格。

2.國際標準組織 ISO 規定使用的 SI 系統，英文詞冠縮寫字首如下

pico-(p-, 10^{-12})，電容器容量 100 Pf	tera-(T-, 10^{12})，布希總統減稅 10 T\$
nano-(n-, 10^{-9})，波長 555 nm	giga-(G-, 10^{9})，記憶體容量 50 GB
micro-(μ-, 10^{-6})，時間 50μs	mega-(M-, 10^{6})，電阻 100 MΩ
milli-(m-, 10^{-3})，電流 25 mA	kilo-(k-, 10^{3})，電壓 345 kV

　　詞冠縮寫字首大小寫有關係，電機人常誤用的有 M = 10^6，k = 10^3，m = 10^{-3}。

常見錯誤及說明：

- 電晶體的電流很小只有 0.010 A，正確應該寫成 10 mA。但有人寫成 10 MA，
- 這是錯的，因為 10 MA 是 10,000,000 A。
- 發電機的短路電流為 20 KA，正確應該是 20 kA。（要用小寫的 k）

3.繕打方程式之後，「解說符號的字體要與公式中的符號相同」。

$$歐姆定律 \quad R = \frac{V}{I} \ (\Omega)$$

常見錯誤解說：

- 歐姆定律中：電阻 R 的單位，使用希臘字母 Omega，也就是Ω；電壓 V 的單位，是伏特(Volt)V；電流 I 的單位，是安培(Ampere)，簡稱 A。

正確解說：

- 歐姆定律中：電阻 R 的單位，使用希臘字母 Omega，也就是Ω；電壓 V 的單位，是伏特(Volt)V；電流 I 的單位，是安培(Ampere)，簡稱 A。

請注意：

- 公式中的符號電壓 V 要用斜體字，但是單位伏特(V)則要用正體字。

4.英文符號的下標

錯誤 V$_R$ (符號 V 是正體字， R 只是用較小的 8 點字體，不是下標)，

正確 V_R (符號 V 改用斜體字， R 是用 12 點字體的下標)。

5.數字與單位要空一格。

> 常見錯誤:150lm,
>
> 正確方式:150 lm。

說明:

> lm 是照明學的單位「流明」,150 lm 是 150 流明。但如果數字和單位之間沒有空格,打成 150lm,則可能誤解為 1501 公尺。

6.英數字最好使用 Times New Roman 字型,比較美觀。

> 中文字型(例如:細明體、標楷體)都提供有英文字母,但是每個英文字母的寬度都相同。
>
> 例如:美國前總統約翰·甘迺迪的就職演說中,最有名的一段話:「不問國家能為你做什麼,只問你能為國家做什麼。」
>
> Ask not what your country can do for you. Ask what you can do for your country.
>
> 這段文字用細明體打英文,整段文字看起來呆呆的。
>
> 如果改用 Times New Roman 字型,每個英文字母寬度不同,例如 m 比 l 較寬,英文單字會依字母寬度比例調整,整段文字觀感較佳。例如:
>
> Ask not what your country can do for you. Ask what you can do for your country.
>
> 所以,美國多數知名媒體,例如紐約時報(New York Times)、時代雜誌(Times)等,以及電腦軟體 WORD,都採用 Times New Roman 字型為預定的內文字型。

十二、中文橫寫標題

台灣地區中文報紙的標題，直式、橫式並用，如果標題包含英文，常常令人不知所云。例如，中國時報於民國 92 年 3 月 19 日刊登一則評論，標題為：「？NO 說 WHO」(如圖 1-9-2)，直覺反應是「不說誰」。然而，細讀全文後，發現作者是因為台灣的 SARS 疫情嚴重，想要參加世界衛生組織(WHO)，但卻被拒絕，而表達的不平之鳴。標題真正的意義為「WHO 說 NO？」。

？NO 說 WHO

圖 1-9-2 中英文橫寫標題

羅馬數字的迷思

　　諾貝爾因發明炸藥而致富，他逝世時，留下時值約 400 萬美元的資產，約等於現今 (2004 年)1 億 7 千萬美元，不算是最有錢的人，但是他預立遺囑將遺產設立諾貝爾獎，每年對於物理、化學、生理或醫學、文學、和平五個項目，具有重大發明或貢獻的人，卻讓他的名聲永垂不朽，真是最有智慧的人。這篇遺囑摘要如下：

　　「本人經審慎考慮後，對遺產做如下分配：[私人物品之贈與，略] ……，其餘換成現金，處置如下：遺書執行人可將現金投資於有價證券做為基金，將每年利息所得，授予前一年度對人類社會有最大貢獻的人。利息分成五等分，分別頒給：對物理學有重大發明或發現者；在化學上有重大發現或改良者；在生理學或醫學上有重大發現者；在文學上以理想主義而有最優良作品問世者；調停各國糾紛、廢止或縮小軍備、或對和平會議組織盡最大努力者。……」

圖 1-9-3 諾貝爾獎章樣式

　　諾貝爾獎章的樣式，如圖 1-9-3 所示，中央是諾貝爾本人側面半身浮刻，左側刻有其名 Alfred Nobel，右側有兩段羅馬數字：「MDCCCXXXIII」和「MDCCCXCVI」，則是他的生年和卒年。但是，你知道是哪一年嗎？。

　　羅馬數字，是西方文明的重要註記符號。很多著名大學創校、大教堂奠基或體育競賽屆數等，都採用羅馬數字標記其年代。但是，多數國人(甚至大學生)對羅馬數字都不甚瞭解，出國旅遊的收獲也會打折，殊為可惜。

　　羅馬數字符號有：I = 1，V = 5，X = 10，L = 50，C = 100，D = 500，M = 1000。羅馬數值計算規則有：①小數在大數之後，兩者相加，例如：VI 等於 6；②小數在大數之前，兩者相減，例如 IV 等於 4；③字符最多重複三次，例如：40 不是 XXXX，而是 XL；④所有符號數值相加，得到總和，例如 CCLIX = 100+100+50+(-1)+10 = 259。

　　依據上述原則，你應該可以算出，諾貝爾生年「MDCCCXXXIII」是 1833 年，卒年「MDCCCXCVI」是 1896 年。順便動動腦，1976 寫成羅馬數字，怎麼寫？

　　「凡事都有例外」：羅馬數字的字符，規定不可以重複四次。但是，你也許看過鐘錶面上的 4 卻寫成 IIII(如圖 1-9-4)，為什麼？

圖 1-9-4 鐘錶面上的羅馬數字

　　據說，在時鐘下緣 IV(4 時)和 VI(6 時)容易混淆，為避免乍看之下產生錯誤，法國皇帝路易十四特別規定，以四個 I 代表 4。因為，當時法國國勢日正當中，瑞士鐘錶製造商遵照這個規定製作，而沿用至今。在其他場合，4 仍然使用 IV。

拾、作文加分祕訣

> 　　有一位學生問筆者，為什麼英文作文成績老是無法進步？筆者引用托福作文評分標準向他解釋，依據托福的作文評分標準，發現要拿高分的訣竅，除了要嫻熟運用語言之外，最容易忽略的觀念就是「描述主題時，必須要用相當的細節(事實或說明)做為支持」。要嫻熟運用語言，必須靠長期的努力，不是兩三個月惡補就可以生效；但是，寫作時，隨時注意使用細節來支持主題句，則是立即可以改善、提高分數的祕訣。
>
> 　　其實，英文托福作文評分的標準，也就是增進中文作文成績的祕訣。

　　長久以來，托福 TOFEL(Test of English as a Foreign Language)考試只考測驗題，分為聽力、文法和閱讀等三部分，不考作文。後來，美國的大學發現很多托福考高分的考生，在撰寫各類報告和論文時，文辭不通、結構亂無章法；所以，幾年前，托福考試排除萬難，決定加考英文作文。新制托福考試，作文成績和文法測驗成績「連動」，如果考生作文不好，表示其書面溝通能力有瑕疵，就算其文法測驗成績高，必需扣減；反之亦然。

　　主辦托福考試的美國 ETS(Educational Testing Service)是一個非營利的私人機構，為了托福考試加考作文，必須建立評分的公信力。ETS 特別制訂作文評分認證制度：先建立評分標準，然後建立人才庫。徵求有意願的老師參加認證，每人先瞭解評分標準後，試評數十份考卷，合格就發給證書；如果評分太嚴或太鬆者，由主辦單位加以個別指導說明，重新試評，直到合格才發證；獲得認證並不是終身保證，每隔一段時間還要經過抽查校正。

　　其實，作文評分就好像測量，評分老師正如同儀器。學理工的人都知道，出廠前儀器都須經過標準校正，出廠後每隔一段時間還要重新校正，才可以確保測量結果的正確性。托福作文的評分認證制度，相當科學，值得我們借鏡。

　　以下是托福考試公佈的英文作文評分標準，也可以做為中文寫作之參考。

一、托福作文評分標準

評分	Contents of writing	寫作內容
0	An essay will be rated 0 if it • contains no response • merely copies the topic • is off-topic, is written in a foreign language or consists only of keystroke characters	作文將被評為 0 分，如果它 • 言不及義 • 只是抄題目 • 文不對題、用外文書寫或只是一堆亂碼
1	An essay at this level • may be incoherent • may be underdeveloped • may contain severe and persistent writing errors	本級水平之作文 • 可能前後不一致 • 可能發展不全 • 可能有嚴重和持續寫作錯誤
2	An essay at this level is seriously flawed by one or more of the following weaknesses: • serious disorganization or underdevelopment • little or no detail, or irrelevant specifics • serious and frequent errors in sentence structure or usage • serious problems with focus	本級水平之作文含有下列一項以上之嚴重缺失： • 亂無組織或發展不足 • 缺乏細節、或相關論點 • 文句結構或用法有嚴重或多重錯誤 • 嚴重偏離焦點
3	An essay at this level may reveal one or more of the following weaknesses: • inadequate organization or development • inappropriate or insufficient details to support or illustrate generalizations • a noticeably inappropriate choice of words or word forms • an accumulation of errors in sentence structure and/or usage	本級水平之作文含有下列一項以上缺失： • 不適當之組織或發展 • 不妥適或欠缺細節來支持或說明主旨 • 明顯的不當用字或詞彙 • 文句結構或使用有累犯錯誤

	An essay at this level	本級水平之作文
4	• addresses the writing topic adequately but may slight parts of the task • is adequately organized and developed • uses some details to support a thesis or illustrate an idea • demonstrates adequate but possibly inconsistent facility with syntax and usage • may contain some errors that occasionally obscure meaning	• 正確敘述主題，但可能忽略主題之有些部分 • 適當地組織和發揮 • 使用某些細節來支持或說明想法 • 顯示正確，但可能不一致，的句型和用法 • 可能含有某些錯誤造成語意不明
5	• may address some parts of the task more effectively than others • is generally well organized and developed • uses details to support a thesis or illustrate an idea • displays facility in the use of the language • demonstrates some syntactic variety and range of vocabulary	• 敘述主題之某部分比其他者更有效 • 組織和詮釋大致良好 • 會使用各種細節來支持主題或描述想法 • 顯現能熟練使用英語 • 表現某些造句之變化和不同詞彙
6	• effectively addresses the writing task • is well organized and well developed • uses clearly appropriate details to support a thesis or illustrate ideas • displays consistent facility in the use of language • demonstrates syntactic variety and appropriate word choice	• 有效的敘述寫作目的 • 良好的組織並完全發揮 • 適當並清楚使用各種細節支持主題或描述各種想法 • 顯現嫻熟使用英語 • 表現造句之變化並能適當選用詞彙

二、作文檢核表

寫作完成之後，可以針對文章的內容，依據以下的要點(Check lists)檢核，然後加以補強，如此你的作文成績自然可以加分。

- 主題：我的文章是否有主題段，呼應作文題目？
- 結論：我的文章是否有在結尾做結論？
- 段落：每一段落是否符合 ABC 模式？
- 論點：我的文章是否列舉三個以上的論點，來支持主題段？
- 實例：我的文章是否列舉實例支持上述論點？

三、檢核修訂範例

本章再列舉一個檢核後修訂的範例做為補充。詳細情形請參閱第三章的段落，和第四章的全文結構，所列舉許多文章美容前和美容後的範例。

修訂前

■專題製作：

　　五專專題製作，我曾利用 Xilinx 公司的 FPGA 發展系統之軟體設計功能來製作多功能電子鐘。由於必須大量撰寫電腦程式，將程式燒錄於晶片中，讓我對於電腦應用有更深一層的了解。

　　二技專題是製作無人載具之操縱與監控，也學習了不少硬體方面的實務經驗。

這是學生撰寫讀書計畫的一段文字。前一段，五專專題製作的主題「多功能電子鐘」，至少使用「大量撰寫電腦程式，將程式燒錄於晶片中」敘述補充說明，雖然略嫌不足勉強可以接受。

但是在第二段，二技專題的「無人載具之操縱與監控」，他說「學習了不少硬體方面的實務經驗」，就結束了，沒有使用具體的細節補充說明加以支持。這就是一般學生最容易忽略的重要觀念。讀者心中難免會產生疑問，到底他學習了哪些硬體實務經驗？

修訂後

■專題製作：

　　五專專題製作，我曾利用 Xilinx 公司的 FPGA 發展系統之軟體設計功能來製作多功能電子鐘。由於必須大量撰寫電腦程式，將程式燒錄於晶片中，讓我對於電腦應用有更深一層的了解。

　　二技專題是<u>製作無人載具之操縱與監控</u>，老師使用開放式的引導教學，讓我們自由發揮，也提供足夠的設備和技術支援；很多機械問題，是我以前從未碰觸的；此外，由於無人載具空間有限，如何有效利用空間成為關鍵因素；所以，我<u>也學習了不少硬體方面的實務經驗</u>。

　　第二段的「學習了不少實務經驗」是主題句。美容後，使用具體的敘述，例如：「老師開放式的教學」、「從未碰觸的機械問題」、「無人載具的空間利用」等做為支持句，這一段文章就變成很具體，也有說服力了。

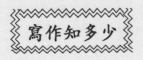

作文評分的品質管制

　　日前，國中基本學力測驗是否加考作文，在開過二十一場公聽會取得加考作文的一致共識之後，因為師大林世華先生的兩個理由而遭全盤否定。主因是「從古至今，作文都是最不具信度的考試科目，它的分數不可靠，無法鑑別出學生的程度」；次因是「技術性問題無法克服」。本人對於這個說法，部分同意部分不敢苟同。

　　同意的是：作文成績的確不可靠。有些人參加各項作文競賽經常得獎，文章經過專家仔細評審，可知其作文水準高，但是參加聯考作文成績卻不好，可能就是評分草率所致。雖然，重要考試的作文成績有初閱、複閱甚至三閱的制度，如果初、複閱差分超過規定者，再由主閱做最後的裁定，制度設計不可謂不嚴謹。但是，因為隱形墨水製作不良或尚未乾透，複閱者經常可以看到初閱成績，而刻意給分在容許差分範圍內，以避免由主閱者做第三次評分，所以考生作文成績受初閱老師個人好惡影響差異很大，而一分之差可能名落他校，也難怪大部分考生和家長在考前都要到廟裡燒香拜佛。

　　不同意的是：作文是最不具信度的考試科目。據瞭解，托福考試加考作文，主辦的美國 ETS 就建立了作文評分認證制度：先建立評分標準，然後建立人才庫。徵求有意願的老師參加認證，每人先瞭解評分標準後，試評數十份考卷，合格就發給證書；如果評分太嚴或太鬆者，由主辦單位加以個別指導說明，重新試評，直到合格才發證；獲得認證並不是終身保證，每隔一段時間還要經過抽查校正。據瞭解，全民英檢和升大學英文作文能力測驗都將採用此種制度，以確保作文評分品質，令人欣慰。

　　其實，作文評分就好像測量，評分老師正如同儀器。學理工的人都知道，出廠前儀器都須經過標準校正，出廠後每隔一段時間還要重新校正，才可以確保測量結果的正確性。目前，大學聯考、二技/四技學科能力測驗、高普考等國家考試，國文都考作文，然而，作文評分老師都沒有做過出廠標準校正，也沒有定期校正，作文成績影響考生極大，卻由老師隨心所欲來評定。想到在這些重要考試時，我們自己和孩子的作文成績，不是靠實力，卻要由命運來決定，真是令人心驚。(本文係因國中基測是否恢復考作文，反覆爭議，有感而寫。)

筆記欄

第二部分
升學與求職之寫作

壹、應徵職務的書面文件

【應徵書面資料＝簡歷＋自傳＋工作(讀書)計畫＋佐證資料】

> 　　公司徵求人才時，應徵者準備厚厚的一本資料，可惜，主考官閱讀一份應徵資料可能不到 1 分鐘，如何準備出色的書面文件推銷自己，在眾多應徵者中脫穎而出，能讓主考官眼睛為之一亮，關鍵在「簡歷」。
>
> 　　有些應徵者的簡歷、自傳和工作計畫書寫的內容重複，大同小異，讓主管看得不耐煩；其實，簡歷、自傳和工作計畫的強調重點各有不同，請看本文的分析。

　　除了少數人自行創業之外，無論你是大學、碩士或博士畢業，最終還是要就業，將所學貢獻社會，賺錢養活自己和家人。求職必須「**知己知彼**」，知己，是依據自己的專長、興趣等，確定自己適合的工作；知彼，是瞭解求才機構及應徵職務的內容。

　　求職前，必需準備一套完整的應徵書面文件，包含簡歷表、自傳、工作(讀書)計畫和其他佐證文件。為什麼要有簡歷表？

　　Q：讀者瞭解一篇論文的第一步？　　　A：摘要。

　　Q：閱讀應徵書面資料的第一步？　　　A：簡歷。

　　論文的摘要，是提供讀者快速瞭解論文內容的第一步；簡歷表，則是讓主管快速瞭解應徵者傑出表現的第一步。雖然，你花了很多時間準備厚厚的一本應徵資料，但是，主考官「**初步掃瞄**」應徵資料的時間只有30～60秒。通常他會先看簡歷表，如果簡歷表夠精采，他才會翻閱其他的應徵資料；如果簡歷表不能吸引他的注意，就可能被擱置一旁，沒有機會進入複試名單。

　　簡歷表和自傳有什麼不同？簡歷好比人體的「**骨架**」；自傳就是人的「**血肉**」。簡歷，是用一張紙，將自己的學歷、經歷等豐功偉績，以「**條列**」呈現；自傳，則是用「**文章**」敘述自己的豐功偉蹟，以補充簡歷所無法表現的特性。例如，在簡歷表中，只能列出專題製作的題目、指導教授…等名稱；但是在自傳中，我們可以將專題製作的學習心得：指導教授對自己的影響、撰寫電腦軟體的過程、日以繼夜工作獲得成功的喜悅…等，加以發揮，以表現自己優秀的人格特質。

　　自傳和工作(讀書)計劃又有什麼不同？雖然，自傳和工作(讀書)計畫都是用文章的

方式來敘述個人特質；但是，自傳是描述個人的「**一般特質**」，例如，合群、隨和、敬業等特質；工作(讀書)計畫則強調個人的工作「**專業能力**」，例如電腦、英文、電機專業等能力。工作(讀書)計畫的重點有：你已經具有的專業能力、完成的專案計畫，和未來工作(讀書)要點等，以顯示你旺盛的工作(讀書)企圖心。

此外，在應徵書面文件中所提到的豐功偉績，最好能將佐證資料(例如：國家考試、英語能力、電腦訓練、技術證照、社團服務等等)影印當做附件，以取信於主考官。簡歷、自傳和工作計劃的內容，必需依據應徵職務的特性、應徵公司的文化以及未來發展趨勢等，略做調整以面對不同的就業需求，不可用同一份書面文件走遍天下。

簡歷如同人的外表，給人家第一印象(近來「影音簡歷」正夯，是將簡歷以影音呈現，爭取徵才主管的青睞，請參考第二章之介紹。)；自傳、工作(讀書)計畫和其他資料是真才實學，口試則是臨門一腳，環環相扣，要名實相符，才能夠獲得最後的成功。一套完整的應徵書面文件包含下列資料，其內容要點如下：

1. 簡歷：以一頁為原則，最多不超過兩頁

   個人基本資料、學歷、經歷

   學業成績、社團經驗、工讀經驗

2. 自傳：1-2 頁

   將簡歷無法表達的個人優點加以發揮

   描述專題或工讀過程中，最珍貴的收穫、學習心得

   家庭成長背景(吃苦耐勞、尊師重道)

3. 工作(讀書)計畫：1-2 頁

   大學主修學程、研究所修課計畫、研究題目；

   或已經具備之專業能力、未來工作之努力方向。

4. 其他重要佐證資料：

   國家考試、英語能力、電腦訓練、技術證照等

5. 曾經參與之專題製作(或專案計畫)摘要：1-2 頁

   專題(專案)摘要、專題(專案)結論、個人的貢獻

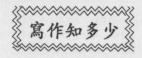

白話文也可考出深度來

拜讀葉慶璋先生關於本次學測國文考試之文後，本人提出較為不同的觀點。

在美國的各項升學考試，例如高中升大學的 SAT，或是要進入研究所的 GRE 和 GMAT，都有語文類的測驗。但是在這些測驗中，出題方向並不是針對英文經典文學著作，例如莎士比亞或是海明威等大師的作品，反而是利用白話英文書寫，重視文中語言邏輯的推演，以及論說文推論的方式，來測驗考生是否可以理解文中說理的方式和內容。以 GRE 閱讀測驗為例，每篇都是以現代英文書寫，但是要理解其中科學推論的方式卻要花一番功夫，即使是美國學生也不一定可以輕鬆應付。

反觀國內閱讀測驗，若非古文出題，就代表內容簡單，可是測驗的結果即使證明學生具備閱讀古文能力，卻不一定可以讀懂具有邏輯性的白話文，這似乎是本末倒置。

大學入學考試應該是要篩選出最適合念大學的學生，而大學生需要的語文能力除中文系對於文學的鑽研外，對其他學生來說重要的是能不能寫出說理明白、文義清楚和推論正確的報告或是論文，同時也要看得懂別人的學術文章是如何推理出結論的。但是目前學生能力低落的也就是這些部分，看別人的文章抓不出脈絡，連別人說理有錯誤也看不出；而自己寫文章又文句不順說理不清。我們當然不能說這是讀古文造成的，不過教育過程中過度重視古文，而忽視白話文的應用，可能才是造成這些問題的重點。

筆者求學過程中，白話文的課文通常代表簡單不重要，而文言文則是重點，若是越困難的則越重要。我倒是認為不仿參照國外語文考試的方式，只要著重的是語言的邏輯性，白話文也可以考得非常有深度，而且學生將對於未來生活必需的白話文讀寫有更清楚的了解，能夠寫出並讀懂白話文之後，再來提升古文的能力，才應該是提升語文能力一個合理的順序。(羅敦義，93 年 2 月 11 日，中國時報 A15 版　時論廣場)

貳、簡歷表

> 　　簡歷表好像名片，用一頁資料就要能打動主考官的心。將自己的學歷、經歷、證照、訓練…等「豐功偉績」，用標題和表格「適當分類」、「簡單扼要」的秀出來。

　　文具店販售的中式履歷表，其格式和欄位固定，效果不佳。例如：有些項目表現傑出，想多加發揮，卻受限於固定空間常常只好割愛，有些項目則因無適當經歷，只好留下空白。而西式簡歷沒有固定格式，可以將個人特色盡情發揮，效果很好。但是，西式簡歷表格式自由，很多人反而不知所措。茲提供幾項原則與祕訣如下：

- 簡歷項目：包含個人基本資料(姓名、出生年月日、地址、聯絡電話、傳真、e-mail)，以方便應徵機構和你聯繫、補寄證件等。其他還有學歷、經歷、社團活動、傑出事蹟、考試證照、專業訓練…等。項目的多寡及內容，可依個人需要自行訂定。

- 用字精簡：因為主考官可能只有不到 1 分鐘，篩選初步適合人選，所以簡歷只用一頁 A4 紙張，來表現自己的優點，內容應當力求精簡，格式、字體乾淨俐落。冗長的敘述，只會造成閱讀者的不耐煩，造成反效果。

- 條理分明：將自己的學歷、經歷等「豐功偉績」，利用表格或標題適當分類，讓主考官快速了解你的優點與文件組織能力。

- 工作經驗：工作經驗豐富的人，可以針對應徵的職務，列出自己的專長、成就及曾經執行的專案，表現自己與眾不同。社會新鮮人沒有豐富的經歷，可以強調在校期間，擔任班級幹部、社團服務、工讀經歷等，同樣可以顯示你的特質與能力。

- 特殊技能與證照：個人在電腦軟體、硬體的技能，英文聽、說、讀、寫能力，參加國家考試及專業證照，榮譽、獎勵等特殊表現，都可以強調，讓自己脫穎而出。

　　原則上，簡歷只有單頁，最多不超過兩頁。但是，如果豐功偉績實在很多，可以在簡歷上用註明參考附件的方式加以延伸，附件的多寡則不受限制，如果主考官有興趣，可以視需要翻閱附件，對應徵者的特質做進一步的了解。

　　以下列舉我個人的中文單頁簡歷、英文單頁簡歷及雙頁延伸簡歷，以及學生的中文、英文簡歷等，並介紹影音簡歷，提供讀者參考。本文只做基本介紹，讀者如果想進一步了解求職簡歷表的寫法，可以購買市面上專書參考。

範例一　羅 欽 煌 (Chin H. Lo) (目的：應徵大學教職)

出生日期：民國 38 年 10 月 X 日
通訊地址：106 台北市忠孝東路三段 1 號
電話：(辦公) (02) 2771-2171 x 1801 或 2135
傳真：(02) 2751-9204 電子郵件：chlo@ntut.edu.tw

學歷

1993~1996	電機博士，美國密蘇里大學羅拉分校(University of Missouri-Rolla)
1983~1984	電機碩士，美國密蘇里大學羅拉分校
1965~1970	專科畢業，省立臺北工專，五年制電機科。

經歷及主要任務

1985~現在　國立台北科技大學 電機系，副教授(兼進修學院校務主任)。
　　　　☞教學、學術研究及教育行政。

1984　　　美國密蘇里大學羅拉分校，電機系助教。
　　　　☞教授高壓電、電機機械等實習課程。

1974~1983　臺灣鐵路管理局 電務處，副工程司(兼股長)、幫工程司、工務員。
　　　　☞鐵路電氣化變電站及遙控中心的安裝、測試及啟用。
　　　　☞編列預算及維修計畫。
　　　　☞建立鐵路遙控電力調度規章。

1972~1974　台灣安培(AMPEX)公司 磁蕊記憶板廠，生管部主任。
　　　　☞生產線管理(300 員工)。

1970~1972　海軍，少尉預備軍官。
　　　　☞負責損害管制、發供電、供水及輪機維修業務。

專業學會

美國電機電子工程學會(IEEE)，會員。
中國工程師學會，永久正會員。

獎勵

【優秀公教人員】，教育部，1991 年。

專業技師

【電機技師】考試及格，考試院，1980 年。

發明專利、著作

中央標準局核准【加壓幫浦釋壓裝置改良】新型專利，1994 年。
工業配電，四版，全華科技圖書公司，2008 年。
科技寫作與表達，四版，全華科技圖書公司，2008 年。

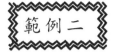 範例二

林 宏 誠(H. C. Lin)

目的：推甄 xx 大學電機研究所

生日：民國 6x 年 6 月 xx 日；地址：106 臺北市忠孝東路三段 xx 號

電話：(行動)0928-124-9xx/(住宅)02-2952-72xx

電子郵件：ufj10800@ms7.hinet.net

1. 求 學 經 過

臺北科技大學 電機系(民 88~89 現在)	臺北工專 電機科(民 83~87)

2. 社 團 活 動

社 團 名 稱	性 質	擔 任 職 務
◎電機科學會	學術、活動、競賽	活動股
◎游泳校隊	運動、競賽	86、87 年隊長
◎電腦學會	學術、訓練	服務
◎二年制電機系	學術	88~89 年 學藝股長

3. 競 賽 成 果

84、85、86、87、88 學年度，台北科大校慶運動會多項比賽，成績優異。
大專院校第 27-31 屆運動會，游泳比賽，成績優異。
87 學年度，電機系專題製作競賽，電力組特優

4. 學 業 表 現

84 學年度第 1 學期成績優異，李建成獎學金
88 學年度，電機系，學行與服務獎學金
四育(學業、操行、軍訓、體育)成績優異獎：84(1)、84(2)、86(2)、87(1)
三育(學業、操行、體育)成績優異獎：88(1)、88(2)
學業成績：專科十學期總平均：81.23 分 / 大學三年總平均：83.48 分

5. 各 項 證 照

項 目	報 考 類 別	年 度
台北市勞工局 技術士技能檢定	工業電子丙級	84
台北市體育會 游泳委員會	B 級、C 級游泳教練檢定	85
紅十字會 台北縣三重市救生會	水上、陸上救生員檢定	85
中華潛水推廣協會	初級潛水檢定	86

6. 語 言 能 力

88 年，美國 University Of Maine，語言進修
89 年，美國春季教育展，擔任翻譯工作

林俊昌(Jiun C. Lin)

目的：推甄 xx 大學電機研究所

出生日期：民國 6x 年 2 月 xx 日

住址：241 台北縣三重市大仁街 xx 巷 xx 號 5 樓

電話：(住家)(02)2991-50xx /(行動)0937-03x-7x3

電子郵件：la747@ms23.hinet.net

學歷

民 88 年~90 年　　國立台北科技大學，電機系(大四學生)

民 85 年~87 年　　亞東工專，電機科，畢業

民 82 年~85 年　　南山高中，電機科，畢業

經歷及主要任務

89.7~現在　　　新網路國際公司，**網路記者**

　　　　　　　※ 電子商務

　　　　　　　※ 網頁設計

87.10~88.3　　欣業工程公司，**工地主任**

　　　　　　　※ 三芝雙連安養中心，水電空調施工

　　　　　　　※ 雙連案，設備採購及發包

86.3~87.9　　陸軍空降特戰，**工程組水電監工**

　　　　　　　※ 兵舍，新建、設計及監造

　　　　　　　※ 彈藥庫，興建監造

　　　　　　　※ 營區電力系統，管制及維修

87.6~87.10　　宇界動力工程公司，**水電領班**

　　　　　　　※ 大樓電力工程施工

　　　　　　　※ 外籍勞工管理

82.6~87.6　　瑞達工程公司，**水電技工**

　　　　　　　※ 大樓水電工程施工

專長

大樓水電工程設計、監工、施工

電力系統設計

網頁設計

電子商務

羅詩淇 (Sherry Lo)

應徵職務：1998 國際數學奧林匹亞競賽接待員
現職：國立台灣師大，英語系，大四學生
通訊地址：106 台北市信義路四段 2xx 巷 3x 弄 x 號
電話：（02）2754-9xx1　e-mail: shihchilo@yahoo.com.tw

學歷

1996~迄今：國立台灣師大英語系(每學期成績均達 85 分以上)
1994~1996：台北市立中山女高(兩度獲得五育成績第一名)
1993~1994：Rolla High School, Missouri, USA(GPA 平均 3.71/4.0)
1992~1993：台北市立中山女高(兩學期成績均達 80 分以上)

英語能力

1999：救國團國際事務研習營，學員
1993~1994：就讀美國高中一年，英語聽力及口語能力俱佳
1996~1998：學藝股長或話劇總監，撰寫話劇劇本，獲頒佳作獎，台灣師大
1995：參加英文演講及作文比賽，獲頒佳作獎，中山女高

榮譽

1999：英語系教育基金會獎學金，台灣師大
1995~1996：兩度獲得五育成績第一名，並獲頒獎學金，中山女高
1994：獲頒表現優良獎及感謝狀，Rolla High School

旅遊經驗

1999：北歐 Norway (Oslo, Lillehammer, Bergen), Denmark (Aalborg)
1998：美國 Los Angles, Grand Canyon, Yellow Stone, San Francisco
1993~1994：密蘇里州 Rolla, St. Louis, Columbia, Jefferson City, Kansas City, Springfield
1994：美加 Washington DC, New York NY, Montreal QU, Toronto ON, Vancouver BC
1993：美南 Atlanta GA, Orlando FL, New Orleans LA, Houston & San Antonio TX
1990：歐洲 London, Amsterdam, Paris, Frankfurt, Zurich, Milan, Florence, Rome
1997 及 1992：亞洲 Singapore, Indonesia

工讀經驗

1996~2000：英語家教，和兒童美語老師
1999：第九屆亞洲零售業大會，工作人員
1999：國際新聞協會，第四十八屆年會，工作人員

範例五

Denny Lo (羅敦義)

106　台北市光路南路 x 號 xF　•　0988-8xx-7xx　•　tylo@gmail.com

應徵職位

工業工程、生產管理、物流管理、物料管理、Planning 等相關職位

學歷

◆ 美國，喬治亞理工學院(Georgia Tech)，工業工程碩士　　　Aug 2006 ~ Dec 2007
◆ 元智大學，工業工程學士　　　Sep 2000 ~ Jun 2004

工作經驗

◆ 龍華科技大學，工業管理系，研究助理　　　Jan 2006 ~ Jul 2006
　　使用 MATLAB，模擬生產排程演算法
　　協助工管系，安裝 SAP Business One 系統

◆ 聯勤司令部，三峽油料分庫，少尉組長　　　Oct 2004 ~ Jan 2006
　　協助管理分庫「油料配輸與存貨系統」
　　在油管破裂意外中，協調搶修有功

◆ 元智大學，創新育成中心，行政助理　　　Jul 2002 ~ Jun 2004
　　依中心主任指示處理行政事宜、協助中心行政業務與非例行事務

課外活動

◆ 定伸橡膠製造公司，英語口譯　　　Oct, 2007
◆ 獅子盃，全國大專辯論比賽，冠軍　　　Apr, 2003
◆ 元智大學，課外活動，二等獎章　　　Mar, 2003

論文發表

東海大學，跨領域管理與理論研討會：
　　「以 SCOR 為模型的供應練流程改善–以某毛巾製造廠為例」　Apr, 2004

認證考試

◆ TOEFL(托福)，CBT 測驗 260 分(相當於紙筆測驗 620 分)　　Aug, 2004
◆ 中國工業工程學會，工業工程師考試(作業研究、設施規劃及格)　Sep, 2004

軟體能力

熟悉：Microsoft Office，MATLAB，PHP，SQL，GAMS，LINGO

LO, Chin Hwang (Job objective: A teaching position)

Date of Birth: October X, 1949; e-mail: chlo@ntut.edu.tw
Address: 1, Section 3, Chung-Hsiao East Road, Taipei, 106, TAIWAN
Phone: (O)(02) 2771-2171 x 1801 or 2135

Educational Training

Aug. 1993 ~ May 1996   **Ph. D.**, Electrical Engineering, University of Missouri-Rolla, Missouri

Aug. 1983 ~ Dec. 1984   **M. Sc.**, Electrical Engineering, University of Missouri-Rolla, Missouri

Sep. 1965 ~ Jul. 1970   **Diploma**, Electrical Engineering, Taipei Institute of Technology

Work Experience

Feb. 1985 ~ Present   **National Taipei University of Technology**

Associate Professor, Electrical Engineering Dep't, Teaching, research, administrative works

Aug. 1984 ~ Dec. 1984   **University of Missouri- Rolla, USA**

Teaching Assistant, Electrical Engineering Department, Teaching a laboratory course

Aug. 1974 ~ Jun. 1983   **Taiwan Railway Administration**

Associate Engineer & division chief, EE Department, Installation of railway substations
Planning of budget and maintenance schedules

Aug. 1974 ~ Aug. 1972   **AMPEX Taiwan Limited**

Supervisor, Core memory plant, core-memory board production (with 300 workers)

Sep. 1970 ~ Jul. 1972   **Chinese (Taiwan) Navy**

2nd Lieutenant, Destroyer, In charge of damage control and electricity & water supply.

Affiliation

- Member, Institute of Electrical and Electronic Engineers, USA, since 1993

- Member, Chinese Engineers Association (Taiwan), since 1983

- Member, Chinese Illumination Engineering Association (Taiwan), 1990

Professional Engineer

Registered **Professional Engineer** in electrical engineering (Taiwan), since 1980

Award

Excellent Educational Staff Award, Ministry of Education, 1991

Invention

An improvement design on hydro-pump, a patent awarded by Central Standard Bureau, 1994

Books

Chin H. Lo, *Industrial Power Systems*, 4th Ed., Chuan-Hwa, Taipei, 2008

Chin H. Lo, *Writing and Presentation in Technical Fields*, 4th Ed., Chuan-Hwa, 2008

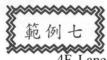
範例七

Denny Lo (羅敦義)

4F, Lane x, KuangFu S Rd., Taipei 106, Taiwan　0988-813-733　tylo@gmail.com

Applying For Related Field

Industrial Engineering, Production Control, Logistics & Inventory Management and Planning

Education

◆ **Master of Science** in **Industrial and Systems Engineering**　　　Aug 2006 ~ Dec 2007

　　Georgia Institute of Technology, Atlanta GA, USA

◆ **Bachelor of Science** in **Industrial Engineering,**　　　Sep 2000 ~ Jun 2004

　　Yuan-Ze University, Chungli Taiwan

Work Experience

◆ **Research Assistant, Dept of Industrial Eng., Lung-Hwa Univ.,**　Jan 2006 ~ Jul 2006

　　Researched Scheduling algorithm application through MATLAB

　　Imported SAP Business One system for Department of Industrial Engineering

◆ **Second Lieutenant, Combined Logistics Command, Taiwan**　　Oct 2004 ~ Jan 2006

　　Assisted the distribution and inventory of military petroleum of northern Taiwan

　　Administered online military material management and logistics management system

◆ **Assistant, Innovation & Incubation Center, Yuan-Ze Univ.,**　　Jul 2002 ~ Jun 2004

　　Provided administrative support to the director of the Innovation & Incubation Center

　　Assisted office operations, telephone support, mail distribution and reporting

Extracurricular Activities and Honors

◆ Mandarin Translator, Ding-Shen Rubber Company, Atlanta, USA　　　Oct, 2007

◆ 1st place, National University Debate Contest by Lions International, Taiwan　Apr, 2003

◆ 2nd Degree Medal of Extracurricular Activities, Yuan-Ze University, Taiwan　Mar, 2003

Publication

"On the Use of SCOR Model to Improve Supply Chain Process - Case Study of A Towel Manufacturer,"

3rd National Conference on Interdisciplinary Management Theory and Practice, THU, Apr, 2004

Qualification Tests

◆ Operations Research, Qualification Exam of Industrial Engineer, CIIE　　Sep, 2004

◆ Facilities Planning, Qualification Exam of Industrial Engineer, CIIE　　Sep, 2003

Computer Skills

◆ **Software:** Microsoft Office, MATLAB, PHP, SQL, GAMS, LINGO

範例八 **LO, Chin Hwang**(Job objective: A teaching position)
Date of Birth: October X, 1949; e-mail: chlo@ntut.edu.tw
Address: 1, Section 3, Chung-Hsiao East Road, Taipei, 106, TAIWAN
Phone: (O)(02) 2771-2171 x 1801 or 2135

Educational Training

Aug. 1993 ~ May 1996	**Ph. D.**, Electrical Engineering, University of Missouri- Rolla, Missouri, USA (GPA = 4.0/4.0)
Aug. 1983 ~ Dec. 1984	**M. Sc.**, Electrical Engineering, University of Missouri- Rolla, Missouri, USA (GPA = 4.0/4.0)
Sep. 1965 ~ Jul. 1970	**Diploma**, Electrical Engineering, National Taipei Institute of Technology, Taipei, ROC

Work Experience

Feb. 1985 ~ Present **National Taipei University of Technology**
Associate Professor, Electrical Engineering Department
- Teaching courses, Academic research, Administrative works

Aug. 1984 ~ Dec. 1984 **University of Missouri- Rolla, USA**
Teaching Assistant, Electrical Engineering Department
-Teaching a laboratory course

Aug. 1974 ~ Jun. 1983 **Taiwan Railway Administration**
Associate Engineer & division chief, EE Department
- Installation, testing and commissioning of railway substations and remote-control centers
- Planning of budget and maintenance schedules
- Establishing of power dispatch regulations

Aug. 1974 ~ Aug. 1972 **AMPEX Taiwan Limited**
Supervisor, Core memory plant
- In charge of core-memory board production (300 workers)
2nd Lieutenant, Destroyer
- In charge of damage control and electricity & water supply

Training

• *Microprocessor interface-circuit design*, a 120-hour intensive courses in 1987
• *Australia technology symposium*, a 4-day symposium in 1982
• *Programming with Assembly Language*, a 4-week intensive courses in 1982
• *Programming with FORTRAN Language*, a 4-week intensive courses in 1982
• *Power system protective relaying*, a 2-week intensive courses in 1977

Affiliation

- Member, Institute of Electrical and Electronic Engineers, USA, since 1993
- Member, Chinese Engineers Association (Taiwan), since 1983
- Member, Chinese Illumination Engineering Association (Taiwan), 1990

Professional Engineer

- Registered **Professional Engineer** in electrical engineering (Taiwan), since 1980

Award

- Excellent Educational Staff Award, Ministry of Education, 1991

Invention

- An improved design on hydro-pump, a patent awarded by Central Standard Bureau, 1994

Publications

A. Papers

1. Chin H. Lo, "The Study on Establishment of Vocational-Training University with the Co-operation between University and Vocational-Training Center," *1st International Conference of Partnership in Education*, NYUST, Yunlin, 2000
2. Chin H. Lo, "The Study on Inter-relationship between CNS Rated Voltage of Electric Appliance and TPC Utilization Voltage," *20th Power Conference*, Taipei 1999, pp. 1377-1381
3. Chin H. Lo and Chin-Yin Lee, "The Study on Locomotive Load Characteristics and Estimation of Capacity of Railway Substations," (NSC-88-2213-E027-024), Final Report, National Science Council, 1999
4. Chin H. Lo and M. D. Anderson, "Economic Dispatch and Optimal Sizing of Battery Energy Storage Systems in Utility Load-Leveling Operation," *IEEE Transaction on Energy Conversion,* Vol. EC, No. 2, March 1998, pp. 77-82
5. Chin H. Lo, "The Application of dBASE III plus with the Design of Industrial power Systems," *Journal of National Taipei Institute of Technology,* Vol. 21, 1988
6. Chin H. Lo, M. D. Anderson and E. F. Richards, "An Interactive Power System Analyzer with Graphics Display for Educational Use," *IEEE Transaction on Power system,* Vol. PWRS-1, No. 2, May 1986, pp. 174-181

B. Books

1. Chin H. Lo, *Industrial Power Systems*, 4th ed, Chuan-Hwa Book Co., 2008
2. Chin H. Lo, *Writing and Presentation in Technical Fields*, 4th ed, Chuan-Hwa Book Co., 2008

C. Technical Reports

1. Chin H. Lo, "The Study on Grounding Currents of Motors in Plastic Plants," Special Report, CTIC, Taipei, 1999
2. Chin H. Lo, "The Study on Improvement of efficiency of Ballast," Special Report, Taiwan Power Company, Taipei, 1990

影音簡歷

正如本章開頭引言，主考官可能只花不到 30～60 秒來看應徵者的履歷，所以除了傳統履歷資料外，近來也有人額外錄製「影音簡歷」。影音簡歷，就是利用 DV 等錄影、剪輯裝置，製作一段約 1～3 分鐘的自我介紹，利用影音傳達文字所無法表達的特色，增加個人通過初試的機會。

製作普通的影音簡歷，可以很簡單，由應徵者面對 DV 或數位相機，以自說自話的方式，將個人特質概略描述。然而，製作影音簡歷也可以很專業，好像拍攝電影一樣，先製作腳本、化妝、錄製、特效、外加剪輯等。

製作影音簡歷，應該以應徵者(業餘)的能力所及就 OK。因為求職的過程中，無論是書面履歷或是影音簡歷，都只是爭取「初試」錄取資格，最後一定還要經過「面試」的階段，才能獲得任用。如果影音簡歷由專業人士捉刀製作得太好，實際面試時表現落差太大，還是徒勞無功。

1.錄製方式

以應徵者自說自話的方式，針對出缺的職務的特質，描述自己的特質正好吻合；此外，配上適當的插圖，如參加社團活動的照片，或者是任何可以佐證你過往輝煌紀錄的圖片以及相關作品。

2.用影像思考

想一想你的書面履歷中的「文字」，哪些是可以用「畫面＋語言」來呈現的，並且設法拍攝出來。例如，你會彈鋼琴，不如彈奏一首來聽聽吧！或是，你的英語表達能力強，不如在錄影中，用英語自我介紹秀一下。

3.實際拍攝

實際拍攝影音簡歷，以面試時穿著的服裝就 OK，不需要太花俏。臉上的化妝，也只要化點淡粧就好。拍攝地點在室內、室外都可，背景要單純，光線要充足。

4.後製作

建議使用《windows movie maker》或是常用的《繪聲繪影》軟體，將素材加上適當的標題文字及聲音旁白，輸出並上傳至求職網站平台，就大功告成了。

寫作知多少

德國長期職訓，補習無效；台灣短暫筆試，補習萬能

本人於七月間到德國考察職訓教育，對於德國職業訓練的印象深刻。剛到德國，就聽導遊吳博士說，想要在德國生活的人，一定要支付 4000 馬克(約合新台幣 68,000元)，參加政府核准的駕駛訓練班，經過嚴格的訓練，才有資格參加考試，取得駕照上路，其他國家的駕照只在旅遊期間短期有效。

德國職訓教育的主角是「雙軌制職業養成教育」。每年約有 70%的國中畢業生(約 70 萬人)，申請競逐企業界提供的職訓名額(約 60 萬人)，經過學校的輔導和企業的篩選，獲選者到企業接受學徒式的技術訓練。學徒生、家長和企業簽訂三年的學習合約，再經**行業公會**審查通過而成立。

雙軌制教育由「企業界、政府、行業公會和學徒生」合作演出。第一軌是：每週三至四天，學徒生到企業上班，企業提供生產機具和職訓師指導訓練，並支付實習津貼。第二軌是：每週一到二天，學徒生必須到政府設立的高職，學習專業理論知識。行業公會主辦筆試和實作測驗，合格者核發技術證照和高中文憑，可以就業或繼續進修。企業主可以挑選好的學徒生成為員工；學徒生可以學到最新技術，畢業即就業。這個優良的職訓制度，使德國的技術水準稱霸全球，產品暢銷全世界。

德國的雙軌制職業養成訓練，除了基本的專業技術之外，工作態度、是否合群，以及學校的理論課程等，都屬於考核的項目。核發證照是由企業內訓練師、學校老師和行業公會專家等多人，「長時間」觀察考核評分，比較客觀公正，補習沒有太大用處，所以少見補習班。沒有證照只能打低薪零工，轉業也要先參加職業訓練，所以很多德國人「終生參加職業訓練」。

反觀台灣，一切以智育掛帥，學生從幼稚園開始，歷經國小、國中、高中、大學，甚至連講求「獨立研究」的碩士班等，都要考筆試，大家也都從小補到大。此外，出國留學、高普考、就業、專業技師…等考試，也要補習。大部分的考試只有筆試，即使有口試，也只是十幾分鐘而已，在如此「短時間」，要評定一個人的能力和前途，實在不容易。「萬能」補習班可以提供各種速成有效的方法，幫助學生獲得高分，難怪台灣人「終生參加補習」。(羅欽煌，1999 年 7 月參訪德國職訓教育心得)

參、自傳

> 　　無論是求職或求學，最常碰到的口試問題就是「請你先自我介紹」。而自傳就是用文字做自我介紹。此外，英文越來越重要，多數公司或學校都要求學生提供英文自傳。所以，中文和英文自傳，都是應徵「必須(MUST)」準備的內容。
>
> 　　因為中文比英文精簡。通常，學生用中文可以自由發揮，自傳可能寫成長篇大論，但是如果將中文自傳直接翻譯成英文，篇幅更長錯誤百出十分可怕。所以，英文自傳只要 100～200 字就 OK 了。

　　自傳不是上國文課寫作文，不要寫你在鄉下捉泥鰍等有趣的小事。自傳的主要目的，是補充簡歷表所無法表現的個人特質，例如：家庭狀況、學習或社團服務的成長經驗、個人生涯計劃…等，以文章的方式來描述「**人格特質**」。此外，也要描述個人的未來規劃，展現企圖心。

　　以下是我的中文自傳、英文自傳及英文簡歷，提供讀者參考：

> 　　我生於台灣，祖先世代務農，幼時家境清寒，幸好學業成績優異才有機會繼續求學。初中畢業時，以高分同時考上第一志願新竹高中以及台北工專五年制電機科，因家境關係而選擇後者。在工專五年期間，學習基本電機理論及維修技術，並以每學期平均都超過八十分的優異成績畢業。
>
> 　　畢業後入伍服役，在驅逐艦上擔任損害管制官，艦上輪機部門如同一個小型發電廠及配電系統，正好可以印證工專所學電機理論，收穫良多。退伍後，首先進入美商安培電子公司，擔任電腦記憶板的生產與管理，除了精進電子學理論外，對於美式管理模式印象深刻。1974 年考進台灣鐵路管理局，參加十大建設之一的鐵路電氣化工程，與德國顧問及英國承包商一起工作，完成 11 個變電站及兩個遙控中心，與外國人士工作互動，也擴大了我的國際觀。1980 年，參加國家考試及格，取得電機技師資格。
>
> 　　在工作多年之後，深感電機工程發展日新月異，1983 年前往美國攻讀碩士，研習尖端科技。1985 年返國在國立台北工專電機科任教，教授電力系統、電機機械、工業配電等課程。為因應工專升格為技術學院(隨後改名國立台北科技大學)必需提昇師資水平，我獲選於 1993 年再度前往美國進修，研習電力系統最新科技，1996 年順利取得博士學位，繼續返校任教。除了以上的工作歷練外，我也多次參加其他機構舉辦的研討會，例如電力系統保護電驛、電腦程式設計、電腦硬

體界面設計等，以因應科技最新發展。回顧我的學習經歷，20 幾歲專科畢業、30
多歲唸碩士、40 有餘再讀博士，是「活到老，學到老」的最好寫照。

　　我們一家四口生活融洽，妻在國小任教，女兒在高中教英文，兒子讀大學。
全家有多次國外旅遊的經驗，1990 年同遊歐洲八國，領略西方社會的發展與文化
科技的進步。1992 年我們到新加坡一遊，見識到乾淨與效率的華人社會，新加坡
真是「華人的驕傲」。1993-94 年，全家在美國求學，女兒上高中，兒子讀中學，
我讀博士，妻習英文，這一年我們暢遊美國東部、南部及中西部等地，對美國的
風土人情及地大物博印象深刻。

　　因為中文的用字相對於英文較為精簡，如將中文直接翻譯成英文，篇幅將變得更
長。以下是我的自傳直接翻譯成英文，請參考。

Autobiography

　　I was born in Taiwan. My forebears were engaged in farming, and I grew up in a family where life was frugal but wholesome. I had the good fortune to achieve consistently high academic results and thus was able to continue with my studies. Upon graduation from junior high school my examination marks were very high, and thus I was accepted into both HsinChu Senior High School, which was my first preference, and the Electrical Engineering Department of the Taipei Institute of Technology. Owing to domestic financial considerations I chose the latter. In five years of technological training I studied basic electrical engineering theory and maintenance practices. I graduated with outstanding GPA average of 3.67.

　　After graduation I served in the navy, assuming the position of Damage Control Officer on a destroyer. The Engineering section of the destroyer was like a small-scale power-plant and distribution system rolled into one, and thus I had the opportunity to consolidate and put into practice the theoretical material I had studied at the vocational institute. For this reason my navy service was a truly rewarding experience. Upon leaving the navy, I commenced work with AMPEX Taiwan Ltd., taking responsibility for the production of computer memory boards. Apart from reinforcing my commitment to mastering the field of electronics, this experience also gave me exposure to American-style management techniques. In 1974, I passed the examination for entrance into the Taiwan Railway Administration, and participated in the electrification of the Taiwan railway system, one of the Ten Major Projects of the time. In the process, I had the opportunity to work with German consultants and English contractors. Eleven power substations and two remote-control centers were completed, and the experience of working with foreign personnel also helped to widen my global perspective. In 1980 I passed the examination to be a qualified Professional Engineer in electrical engineering.

After working for many years, I had a strong feeling that technical advances in electrical engineering were proceeding at a breakneck pace, and thus in 1983 I went to the United States of America to pursue a Master degree and to further myself familiarize with the most state-of-the-art technology. In 1985 I returned to Taiwan where I took a teaching position in Electrical Engineering Department at National Taipei Institute of Technology, giving lectures in power systems, electrical machinery, industrial electricity distribution, and so on. Some time later the status of the institute was upgraded and its name changed to National Taipei University of Technology. To meet this new challenge the college needed to raise its teaching standards, and thus I was chosen in 1993 to return once more to America to study for a PhD. There I researched the most ground-breaking electrical power systems technology. In 1996 I successfully obtained my PhD, upon which I returned to college to continue teaching. Apart from the above work experiences, I have numerous occasions attended symposia held by a number of different organizations, on topics such as electrical power protection systems, computer program design, computer interface design and so on. These symposia have allowed me to keep up with all the technological advances in these fields. Looking back over the course of my life, I graduated from the vocational institute around the age of twenty, began studying for my Master in my thirties, and obtained my PhD in my forties. Thus I am truly the living embodiment of the maxim "It is never too old to learn."

In 1976 I married Chung Hsin-Yun, an elementary school teacher. After graduating from National Taipei Teachers' College in 1974, she began working as an elementary school teacher, teaching subjects such as Chinese, mathematics, social studies, music and so on. She has in the past been honored on a number of occasions as an outstanding teacher. Our daughter Shih-Chi has always achieved outstanding academic results, and this year she was accepted to study in the English Department at National Taiwan Normal University, which was her first choice. Our son Tun-Yi has always been amongst the top students of his class at both elementary school and junior high school, and at present he is preparing for the senior high school entrance examinations.

Our family life has always been happy and harmonious. As a family we have much experience of overseas travel. In 1990 the whole family went to Europe where we visited eight countries, which gave us an appreciation of current developments in Western society as well as advancements made in culture and technology. In 1992 we visited Singapore, and thus were able to experience life in this clean and efficient Chinese community, which truly is "The Pride of the Chinese." From 1993 to 1994, the whole family studied in the States for one year, with our daughter attending senior high school, our son at secondary school, and my wife brushing up on her English while I studied for my PhD. In this year we traveled throughout the east, south, and mid-west of America, an experience which gave us a deep and abiding impression of American customs and culture, her vast land and its plentiful resources.

　　將中文自傳直接翻譯成英文，變成長篇大論，只適用於書面資料。面試時，經常要求應徵者以英文做口頭自我介紹，則應該改寫成 200 字左右的簡短自我介紹，只要敘述自己的出生、學歷、經歷，以及現職和專長就好。以下是我的英文簡介(Vitae：簡短的自我介紹)，提供讀者參考。

Vitae

I was born in Taiwan in 1949. I graduated from Taipei Institute of Technology in 1970, and I went to the United States and received both MS(1984) and PhD(1996) in Electrical Engineering from University of Missouri-Rolla. In 1972, I was a superintendent with AMPEX Taiwan for 2 years. During 1974-83, I worked with Taiwan Railway as an engineer in charge of power supply for railway electrification. I jointed with National Taipei University of Technology as an associate professor in E.E. Department from 1985 to 2002. Then, I transferred to LHU as the Dean of Extension Education. My areas of interest are power system analysis, traction power supply and technical writing.

　　但是，如果投稿英文期刊，做為論文的作者簡介，稱呼要改為第三人稱。上文中的所有「I」，全部都要改為「He」，「My」也要改為「His」。

　　另外，檢附學生參加推甄的自傳兩篇，學生求職自傳一篇，提供讀者參考。

範例一　　　學生[推甄研究所]自傳──林俊昌

《家庭概況》

　　我姓林名俊昌，出生於宜蘭縣，家有父母親、一個哥哥及一個妹妹。因為父親及哥哥從事水電工程工作，從小在父兄的耳濡目染之下，對電子電路及控制等有著濃厚的興趣，在父親忙不過來時，也會幫他完成一些配電設施及電路系統。

《求學過程》

　　因為父親從事水電工程，所以要我念電機科，將來繼承父親的事業。從國中畢業後，例假日或寒暑假都要到工地工作，在學校裡，我的實習課成績總是全班數一數二。到了高二，有感於光會簡單的電路實作將無法更上層樓，可能一輩子只能做一位技術員，決定繼續升學，在我長期的說服之下，父親終於願意讓我補習。由於基礎不好，我必需比別人花兩倍的時間及努力來彌補過去的課程；在高職最後一年半，我每天兩點睡覺七點起床，補習一年半也從未缺席一堂課。高三時，十位同學參加保甄，不幸全部落榜，對我們打擊非常大。但是，我對自己說：「**現在不努力，永遠做工人。**」在不屈不撓的努力之下，終於考上<u>亞東工專</u>，是本校電機科應屆考上二專的第一人。

　　專科時，我選修電機的理論和實習相關科目。此外，為了增進實務經驗，寒暑假幾乎天天都到工地上班，專科畢業時，我已經是經驗豐富的<u>水電師傅</u>。畢業後，到欣業工程公司擔任<u>領班</u>，受到老闆的信任及器重，特別命我帶領菲律賓勞工完成各項重大工程。入伍服役時，為了讓兩年軍旅生活更加多采多姿，自願參加傘兵，雖然傘兵非常危險，不過，我相信別人能我也一定能，受完傘訓後下部隊，因為我的工程專長，被遴選為軍方外包工程監工，實務經驗更為精進。

　　退伍後，回到欣業工程公司擔任<u>工地主任</u>，但有感於營建業榮景不再，因此決定繼續深造轉換跑道，在八十八年考進<u>國立台北科技大學</u>。由於，網路及通訊是 21 世紀未來發展的方向，因此，我不得不放棄八年來的水電專長，八十九暑假我進入新網路國際公司工讀，擔任<u>網頁程式設計</u>，由於能力獲得老闆的肯定而轉入<u>電子商務部</u>，從事公司網路工程的規劃及架設。

《未來期許》

　　由於自己在高職生活中，大部分都是接觸到實務的課程，進入大學後，則累積不少專業理論知識，因此不論是理論或者是實務，相信都難不倒我！未來，希望能將自己所學應用到專業研究中，讓自己在電機的領域中，更上一層樓，並有更傑出的表現。

【講評】本文是大學生為推甄研究所而寫。全文結構單純，但企圖心強烈，尤其是從水電工轉換到大學生的過程，特別感人。首段描述個人成長背景，與水電及電機的關連；第二部分求學過程，首先敘述自己體認到「現在不努力，永遠做工人。」而從工人轉變到大學生，然後是配電工程實務經驗的養成經過，最後是大學主修又從配電轉換到網路通訊。末段是未來在電機領域發展的期許。

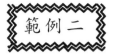

學生[推甄研究所]自傳──鄭凱元

• 家庭生活

　　學生名為鄭凱元，自幼生長在小家庭中，是家中的老么。父親是一位鐵工廠師傅，每天為了家庭勞累工作，但是近年來因身體不適已退休，母親長年於電子工廠中代工，幫忙支持家中經濟，大哥於台北科技大學畢業後正服役於空軍，二哥現就讀於樹德科技大學。

　　從前，父母親因為家中環境的關係，在年輕時無法好好的接受教育，所以現在只能從事勞力的工作。正因為如此，他們為了要讓我們好好的接受教育，唸書時無後顧之憂，經常加班至深夜賺取微薄的加班費。這些種種看在學生的眼中，是多麼的難過啊！雖然很想出一份力，但是學生知道現階段唯有努力向學，才不會辜負父母親對我們的期望。

• 社團活動

　　學生自幼除了在課業上有所表現外，因為個性的使然，所以對於課外活動的參與也非常踴躍。因此小學的團體活動曾參與桌球、剪紙、躲避球、跆拳道等；國中時也參與桌球、籃球、排球等活動；專科時，利用空閒之餘參與**口琴社**，一方面學得技藝、陶冶性情、培養音樂素養，另一方面也能學得做事的方法。爾後，因為學生在社團表現優良，所以受任為**電機科學會──器材股長**。

　　參與口琴社的這段日子中，學生對於大大小小的活動無不積極投入，因而得到許多演出的機會，也擔任過多項活動的籌備幹部。在參與演出及活動的過程中，學生更加瞭解自己，肯定自己，也更會展現自己。此外，透過社團間的交流，學生建立了良好的人際關係，結識一群相知相惜、能互相扶持的好夥伴。在專四時，開始參與學會的運作，因為曾經受過社團的洗禮，所以在處理事務的經驗上，很能得心應手，讓學生更加體會在參與社團時所獲得的經歷是非常可貴的。

• 專題製作

　　五專時期，參與的專題研究為「**捷運直流電力系統故障電流之模擬**」，內容為利用電腦軟體模擬各種狀況下的故障電流，並利用 D/A 卡將資料送入電腦電驛中，以設定保護參數。在此次專題製作中，學生學習到 **D/A 卡的使用、Matlab®、Simulink®、**

Recorder 波形記錄器的使用等知識來完成。另外,學生為了了解實際故障電流的波形,於是曾多次隨著指導老師至**捷運變電站**內,觀看如何進行故障電流的擷取,驗證學生模擬的電流波形。這種將實務與理論結合的經驗,讓學生在進行專題研究過程中更有心得。因此在系內年度專題競賽中,**榮獲特優獎**。

二技時期,參與的專題研究為「**無人水面載具應用於近岸海域水深勘測**」,內容為利用機電整合技術,將無人載具取得的水深資料透過無線數據機傳回基地台,並同時使用 GPS 詳細標出資料點的座標。在此次專題製作中,學生學習到 **GPS 的應用、無線數據機的使用、IPC、Pspice、Orcad、AutoCad、馬達控制**等知識來完成專題。這次的研究仍然結合理論與實務,所以收穫亦是豐富。

• 未來規劃

因為大學的教育為通才教育,旨在培養學生人文素養與基礎教育,若想更進一步深入研究,唯有進入研究所繼續深造。所以現階段是希望進入貴所接受培育,提升自我的研究能力。

當學生習得該有的專業能力後,會往科技業發展,期望自己能開創出一片天地,並在未來有所成就時回饋母校,感謝當年對學生的栽培,也會回饋社會,讓更多的人有能力來提升國家的競爭力。

【講評】本文是大學生為推甄進入研究所就讀而寫。全文分成家庭生活、社團活動、專題製作及未來規劃等四個部分,完整呈現個人在各方面的學習及發展都能兼顧,是個品學兼優的好學生,非常適合繼續在研究所進修。(註:有關學術專業部分,在讀書計畫詳述。)

 **學生[求職]自傳──羅敦義**

[家庭] 我成長在一個小康家庭，父母皆從事教職，父親原在台北科大任教，現轉任龍華科大進修部主任，母親在小學任教，已於四年前退休。父母相當重視家中兩位小孩的教育，也給我們出國留學的機會，奠定我學業上的基礎。

[大學] 大學期間，是我踏入工業工程領域的開始。前兩年完成各個基礎課程後，我開始接觸自己相當有興趣的「製造」與「供應鏈」領域。我不僅在這段期間強化了自己對這些領域的專業知識，這也成為了自己未來的方向。

[社團] 在高中和大學期間，我兩度參加了「演講辯論社」。這個社團給了我許多溝通技巧和邏輯思考的訓練，更加強了我的言語表達以及說服力。如何利用客觀的論述和資料，來支持及強化自己的立場，這是我在社團學到最珍貴的經驗。

[服役] 大學畢業後，我即進入軍中服役。由於考上預官擔任少尉排長，給了我領導以及團隊合作的機會，同時也訓練自己接受並達成上級命令的能力。服役時所在的單位是油料部隊，因此我將一些大學時的課程應用在我們的存貨以及運輸網路上，服役期間，因表現優異獲得嘉獎及長官的肯定。

[研究] 退伍後，在申請學校約半年的空檔，我在龍華科大工管系擔任前系主任張家和教授的研究助理。這段時間，張主任一方面給我程式撰寫的指導，運用 MATLAB 在 open-shop 生產排程的演算法上，同時也讓我指導專題生製作電子商務網頁的機會。這段時間強化了我的程式能力，在我後來我研究所求學時受用良多。

[留學] 2006 年 8 月，我很幸運的獲得在工業工程領域最頂尖的美國喬治亞理工學院(Georgia Tech)的入學許可，開始攻讀工業工程碩士。除了習題與考試外，在《供應練管理》與《倉儲系統》兩門課程中，也給研究生以小組報告的方式，來解決企業界實際碰到的困境。與世界各國的菁英一起合作，對我是非常有意義和挑戰性的過程，我們先透過對現況問題的研究來找出問題的癥結，之後導入並模擬新的系統，最後給廠商完整的效益分析。無論是我在應用專業知識上或是團隊合作上的能力，都在這段期間顯著的進步。

[總結] 在我人生的各個階段中，無論是求學或是服役，我最大的長處就是解決問

題的能力。在各種環境中，我都努力的學習新的事物以迅速進入狀況，在瞭解問題後，我結合所學以及相關的經驗，透過多方思考來得到最可行及有效的解決辦法。出了教室以後，這世界上大部分的事情都沒有標準答案，但是我相信我的學經歷配上我解決問題的能力，面對各種問題都能找出答案。

【講評】本文是碩士生畢業後求職的自傳，應徵職位是工業工程相關領域的工程師。全文分成六個主題：家庭、大學、社團、服役、研究、留學，每一段落都有具體事實做為證明，最後以總結強調自己具備「面對問題、解決問題」的能力，正是工業工程師最需要的能力，全文結構完整文筆流暢，特別推薦給讀者參考。

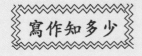

延畢的故事

日前，在網路上看到台大柯教授的一則趣事。學生張三希望延畢準備考研究所，期末考故意缺考，認為絕對穩「當」。然而，張三的期末成績卻高達95分，順利畢業，害他現在到外島當大頭兵。原來，柯教授誤以為自己將張三的考卷遺失，只好隨意給高分，免得學生抗議惹麻煩。

前些時候，我還聽到另類延畢的故事。

學生李四也希望延畢考研究所，事先和「張鐵過」教授打招呼。張教授本來不願破壞辛苦建立「ALL PASS」的好名聲，以免影響日後學生選修的意願，無奈李四苦苦哀求，勉為其難有條件答應。

張教授特別規定：本學期，李四必須每節課都來捧場，學期結束，如果全勤，就把李四當掉(如其所願可以延畢)；只要有一次缺席，就讓他PASS(畢業去當大頭兵)。(91年6月14日，中國時報浮世繪版)

日行一善

老婆即將到達退休年齡，但生來娃娃臉，常有人讚美她年輕，她總是謙虛回答：「謝謝」，心裡卻歡喜一整天。

那天，因為修理大樓電梯，鄰居相聚一堂，老張和老黃得知我們女兒已經結婚，異口同聲讚美老婆年輕，老婆回答：「謝謝你們日行一善。」大夥一楞，她隨後解釋：「一句讚美的話，可以讓人歡喜一天，就是日行一善。」大家哈哈一笑。

你今天「日行一善」了嗎？(93年1月15日，中國時報浮世繪版)

肆、簡歷自傳注意事項

> 　　依據筆者的教學經驗，發現學生在撰寫簡歷表和自傳時，有兩種極端的情況：第一種是，年輕的乖乖牌學生，除了讀書以外，不參加社團也沒有任何歷練和經驗，寫作的題材太少，連一頁 A4 紙張都填不滿；另一種則是，經驗豐富的年長學生，工作和人生歷練很多，豐功偉績也多，寫作題材太多，大小事都寫入簡歷表，不知取捨，效果也不好。

　　撰寫簡歷或自傳時，如何改進內容太少或內容太多的缺失，筆者建議如下：

一、內容太少

　　很多剛畢業，成績平平的年輕學生，只有讀書沒有工作經驗，成績又很普通，沒有多少值得吹噓的豐功偉績；所以，撰寫簡歷和自傳時，只有寥寥數語，連一張 A4 紙張都填不滿，當然無法獲得錄取。

　　如何改進這個缺點呢？以下是筆者建議的檢核項目(Check Lists)，提供讀者逐項檢討，看看是否還有任何值得敘述的事項。

- 社團活動：社團名稱、年度及活動內容。
- 專題製作：年度、題目、指導教授、比賽成果。
- 工讀：公司、年度、工作內容。
- 證照：名稱、年度、授證機構、級別。
- 獎狀、獎學金：年度、授獎機構。
- 記功嘉獎：年度、次數、內容。
- 專業科目：列舉自己最喜歡的課程名稱。
- 電腦能力：撰寫軟體、硬體組裝之能力，是否經過認證。
- 英文程度：聽、說、讀、寫的能力，證照等。
- 訓練：訓練名稱、年度、訓練機構、訓練內容。

　　此外，也可以採用「井字聯想法」，以 5W1H 的「Who、When、What、Where、Why、How」等項目，強迫自己聯想，是否仍有值得描述的個人特質。無論如何，一定要將 A4 整張紙填滿，不要浪費自我推銷的寶貴版面空間。以下用學生張志城(化名)的簡歷表為例，示範說明之。

修訂前

張志城（Chi Cheng Chang）

出生日期：民國 64 年 9 月 28 日

通訊地址：台北縣新店市民權路 27 巷 31 弄 125 號 5 樓

電話：（家）(02) 2758-6257

電子郵件：county@yahoo.com.tw

學歷

89.9～92.6　　國立台北科技大學（現在就讀）

80.9～86.2　　私立光武工商專校五年制電機科畢業

經歷

86.4～88.3　　入伍海軍服役。擔任有線電兵。

81.1～81.2　　擔任福客多超商工讀生。

80～81　　　　參加學校「口琴社」、「吉他社」等社團。

專長

繪圖、與人溝通、運動、作文

　　這樣的簡歷內容貧乏，且大半版面為空白，根本不可能打動審查老師的心。經過詳談之後，我和志城聯手修訂簡歷表如下：

修訂後

張志城（Chi Cheng Chang）

出生日期：民國 64 年 9 月 28 日

通訊地址：231 台北縣新店市民權路 27 巷 31 弄 125 號 5 樓

電話：（家）(02) 2758-6257，0938-562-878

電子郵件：county@yahoo.com.tw

學歷

89～92	國立台北科技大學，電機系(大四學生)
80～86	光武工商專校，五年制電機科，畢業

社團活動

80	口琴社，社員，光武工商專校
85	吉他社，聯絡組組長，光武工商專校
89	二電三，班級服務股長，台北科大

經歷

86.4～88.3	海軍服役，有線電一兵

- 負責軍中電話查修，
- 擔任人工總機三班制值勤，
- 擔任營區伙食採買的工作。

81	福客多超商，工讀生
85	專題：「適應性濾波器製作」，榮獲「佳作」

公益活動

捐血救人，獲頒捐血績優獎狀，89 年

紀念 921 吉他義演，「衝破逆境，再造台灣新活力」，88 年

專長

電腦軟體程式語言：Visual Basic，Visual C++，JAVA

其他興趣：繪圖、與人溝通、運動、作文

經過改寫，增加項目與內容，版面行距加大，填滿一張 A4 紙，效果較佳。

二、內容太多

　　年紀較長的在職學生，工作經驗豐富，豐功偉績也多，在撰寫簡歷時，不知取捨，內容多達四、五頁；然而，因為多數審查老師事務繁忙，審查時間有限，內容太多會造成他人見樹不見林，反而可能錯過你的重要優點。

修訂前

羅 欽 煌 (Chin H. Lo)

參 加 社 團

縣立苗中校友會，會員

美國電機電子工程學會(IEEE)，會員。

台北科技大學電機系系友會，永久正會員

中國工程師學會，永久正會員。

苗栗縣台北科技大學校友會，會員

中華民國照明學會，永久正會員

台北市台北科技大學校友會，會員

中華民國技術職業教育協會，正會員

訓 練

認識電腦病毒與防治，4 小時，台北科大計算機中心，2002

認識著作權法講習，2 小時，台北科大人事室，2001

捷運專業人員講習，一天，奧地利工商協會，1999

微處理機介面電路設計，四個月(120-小時)夜間密集訓練，資策會，1987

組合語言程式設計，四週(160-小時)全日密集訓練，經濟部，1982

Fortran 語言程式設計，四週(160-小時)全日密集訓練，經濟部，1982

電力系統保護電驛，兩週(80-小時)全日密集訓練，台電訓練所，1977

　　以筆者個人為例，我參加的社團很多，如果全部寫出來，反而會稀釋重要的部分。此外，敘述個人參加訓練時，以長期訓練為主，半天或一天的短期訓練，次數繁多，不需列出，以免造成反效果。

修訂後

羅　欽　煌　(Chin H. Lo)

參　加　社　團

美國電機電子工程學會(IEEE)，會員。

中國工程師學會，永久正會員。

中華民國照明學會，永久正會員

中華民國技術職業教育協會，正會員

訓　練

微處理機介面電路設計，四個月(120-小時)夜間密集訓練，資策會，1987

組合語言程式設計，四週(160-小時)全日密集訓練，經濟部，1982

Fortran 語言程式設計，四週(160-小時)全日密集訓練，經濟部，1982

電力系統保護電驛，兩週(80-小時)全日密集訓練，台電訓練所，1977

美容後，只列出重要的社團和訓練，一目了然，節省閱讀者的時間，效果更佳。

三、注意事項

依據筆者教學多年的經驗，在批改學生撰寫簡歷和自傳時，發現部分缺失，特予整理提供讀者參考並加以改進。

(一)撰寫簡歷：(最好一頁，最多兩頁。)

1. 經歷或學歷順序：最近的經歷、最高的學歷比較重要，應該先寫。

2. 學歷順序：中式為學校名稱、科系、學制；美式為學制、科系、學校名稱。

3. 時間英文寫法：上午 6 時，英文表達不是 AM 6：00，應寫成 6：00 AM。

4. 表示日期：口語可唸 98 年 9 月 28 號，書寫應寫成 98 年 9 月 28 日。

5. 表示時間：口語可唸 9 點 30 分，書寫應寫成 9 時 30 分。

6. 電話號碼要分段，方便讀者辨識。例如：(02) 2707-3388，0938-556-743。

7. 地址要寫郵遞區號及鄉鎮市。例如：216 台北縣中和市忠孝東路三段 1 號。

8. 使用英文姓名最好查字典(與護照相同)，不要自己隨意拼音。

9. 英數字最好使用 Times New Roman 字型，其比例字型與間距，較為美觀。

10. 所有文件均應加上建檔日期、作者姓名，兩頁以上要加頁碼。

11. 簡歷表只有一頁的空間，非常珍貴，不要留白浪費。

12. 字型大小以 12 或 13 點，行距 1.5 倍行高為宜，以方便閱讀。

(二)撰寫自傳：(兩頁為宜，一頁亦可。)

1. 自傳內容依目的不同(求職、求學……)，表達重點也要隨之改變。

2. 把自己的長處表現出來，文字力求精簡，不要過於冗長。

3. 利用標題分類，可以增進文章的可讀性。

4. 重要事項，畫底線或變換不同字體，加強閱讀效果。

5. 文章完稿後，要用更多時間校稿，避免錯別字或文句不順暢。

6. 自傳中避免呼口號，可以列舉一些實例，增進文章的可信度。

7. 強調個人優點，例如英文程度好，最好要有佐證敘述，例如托福考 550 分。

8. 利用自傳，描述個人的生涯規劃與目標訂定，展現企圖心。

9. 應徵外商公司，要強調個人參加社團的領導才能與合群特性。

10. 注意版面美化：單字不成行(設法刪減文句)，單行不成頁(設法調整行距)。

11. 參考國語辭典，學習正確的使用標點符號。

12. 引用他人言論要註明出處，並應使用與本文不同的字體。

(三)中英文表示法之差異(範例解說)

1. 地址：台灣省 235 台北縣中和市復興路 301 巷 41 號 4 樓

   4th F, (No.) 41, Lane 301, FuSing Rd., JhongHe, Taipei County 235, TAIWAN

   說明：中文地址，先大後小；英文地址，先小後大。

2. 學歷：龍華科大，電機研究所，研究生

   條列：Graduate student, Institute of Electrical Engineering, LHU.

   文句：I am a graduate student with the Institute of Electrical Engineering of LHU.

   說明：中英文簡歷，以條列方式呈現。學校、科系、身份等，最好以逗號或空格
   　　　區分，加強閱讀效果。自傳的文句，就要考慮主詞、動詞等文法結構。

3. 經歷：中華電視公司，重電機房，操作員；任務：高低壓設備巡檢

條列：Operator, High-voltage control, Chinese Television System, Duty: Inspection and repair the high- & low-voltage equipments

文句：I am an operator with the Office of high-voltage control of the CTS. My major duties are inspection and repair the high- & low-voltage equipments.

說明：請注意，中文先寫公司、單位、職務，英文先寫職務、單位、公司，順序有所不同。英文文句成為兩句，第一句說明職稱，第二句敘述任務。

4.榮譽：明新科技大學　電機工程科　五年制第一名畢業

條列：1st place graduated, EE Dept, Five-year junior-college program, MHUST

文句：I was graduated with 1st place in the Department of Electrical Engineering of five-year junior-college program of the MHUST.

說明：中文條列以空格區分，使閱讀更容易。請注意條列式比文句更為簡單扼要，所以適用於簡歷。

5.活動：明新科技大學　校慶運動會　400 公尺接力賽　專科組第一名

條列：1st Place, 400 m relay race, Junior-college group, Anniversary Games, MHUST

文句：I got 1st place at the 400 m relay race with the junior-college group in the Anniversary Games of MHUST.

說明：請注意，校運會 400 公尺接力賽第一名的英文表示法。

6.證照：2001 年　全民英檢　中高級及格

條列：High-intermediate Level Certificate, General English Proficiency Test, 2001

文句：I obtained the High-intermediate Level Certificate in the General English Proficiency Test in 2001.

說明：全民英檢(請注意其正式英文名稱)已經是台灣的全民運動，是求職簡歷的重要佐證。

註：學生常用英文簡歷用語，請參閱附錄 B4。

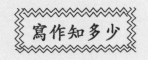

抓住學習的機會

　　日前，我應邀到台北科大電機系做專題演講，講題是碩士論文寫作。聽眾席上，我看到一張熟悉的面孔，一位鐵路局的老同事張三也在其中。演講結束，他前來打招呼，原來，他今年考進碩士班繼續進修，我的思緒立刻飛回 20 年前。

　　當年，我和張三都已經三十出頭，幾乎同時離開鐵路局，分別赴美進修電機碩士，張三唸完一學期後，因為家庭因素，中斷學業返回台灣，幾經波折，才又回到鐵路局繼續任職。我則順利完成碩士學位，轉換跑道，回到母校台北工專任教，後來，台北工專改制技術學院，為了提升師資水準，我又再度負笈美國攻讀博士，三年順利完成學業，返回已經改名的台北科技大學繼續任教。

　　從前，國內進修機會很少，終身教育只是口號。「三、四年級」的人，多是高職、專科或大學畢業後立即就業，直到退休。我的進修歷程算是特例：20 幾歲開始上班，成家存夠錢後，30 幾歲辭去公職，像過河卒子，自費出國進修唸碩士，40 幾歲有公費讀博士；靠著努力、毅力和幸運，才得以進修。然而，近幾年，政府推動教改，希望「人人有書讀、處處可讀書」，而大幅開放進修管道；此外，科技發展迅速，造成知識爆炸，很多中高年齡的在職人士，不進修就跟不上時代而可能被淘汰，不得不重拾書本回校繼續進修。現在，終身學習已經不是口號，而是安身立命的靠山。

　　悠悠 20 載，看到張三的際遇，更珍惜自己的幸運。奉勸在職進修的同學，一定要把握學習的機會，既然已經踏出進修的第一步，困難一定有，不要找藉口，咬緊牙關，完成學業，再繼續走人生的下一步。張三因故放棄學業，一蹉跎就浪費 20 年，我雖然安慰他，讀書永遠不會太晚，但是，30 到 40 歲，人生最精華的時光已經過去，如今已經 50 幾歲才再度進修，投資報酬率所剩無幾，總是令人惋惜。(92 年應邀到台北科大演講後所寫)

伍、推薦信

> 　　無論推薦甄試或求職，求才機構都要求推薦信。推薦信是由長官或老師針對被推薦人的人格特質加以評論，重點包含專業知識、專業技能、創造力、獨立工作能力、恆心與毅力、口語和書面表達能力、合作態度…等，提供求才機構參考。

　　近年來，我國教育制度開始鬆綁，要進入高中、大學或研究所就讀，除了傳統的考試入學之外，新增申請入學或推薦甄試等多元入學方式。學生們無論是參加甄選入學或是畢業後求職，都必需請求長官或老師寫推薦信。

　　推薦信要寫些什麼？從台灣科技大學研究所的表格可以看出端倪(如本章附件)，表格的重點包含：專業知識、專業技能、創造力、獨立工作能力、恆心與毅力、口語和書面表達能力、合作態度…等，這些特點也就是推薦信的重點。所以撰寫推薦信時，一定要把握這些重點加以評論。

　　基本上，美國的老師寫推薦信，除了對學生的優點加以表揚之外，對於學生的缺點也會加以敘述，是認識學生特質的很好制度。可是，推薦信制度移植傳入台灣後卻變質了；華人社會大家都很鄉愿，老師在推薦信中只讚揚學生的優點而沒有缺點。甚至，很多老師對學生認識不深或是自己沒有時間，要求學生自己撰寫推薦信，老師只是簽名認可而已。所以，很多審查老師認為推薦信沒有參考價值。

　　雖然，台灣社會的推薦信都是隱惡揚善，為人所詬病；但是，推薦信還是可以展現學生的優點、特質，仍有相當程度的參考價值。所以，絕大多數學校仍然要求參加推薦甄試的學生都要提供推薦信。

　　以往，台灣的教育制度是由教育部制定，課程和課本都是部定標準，大家一起參加聯考。學生只會考試，不知道自己有什麼特點和長處，根本不會推銷自己，如何寫推薦信，不只對學生，甚至對老師也是一大挑戰。

　　我在教授「工程寫作與表達」課程時，教導學生如何撰寫推薦信。為了測試學生對於撰寫推薦信的瞭解情形，我要求所有上課學生以老師的口氣，為自己撰寫推薦信草稿，以下是學生林俊明(化名)所寫的範例。

林俊明同學代老師草擬推薦信草稿

> 　　我是林俊明同學的授課教授，截至目前為止，林同學已經修過我教的三門課程——電力系統(一)、(二)和工程寫作與表達。我發現林同學的邏輯分析能力和表達能力都有相當不錯的表現。因此，在他修我第一門課程——電力系統(一)時，我給他93分的高分成績(位居全班第二)以示肯定。而往後的課程當中，林同學也都有不錯的成績表現。當他請我幫忙撰寫推薦信時，我毫不考慮地答應他的請求。因為，我相信以他個人的獨立研究能力，一定可以勝任未來指導教授所指派的專題或論文。自發學習及做事嚴謹一直是我最欣賞林同學的兩項優點。在研究領域中，相信這兩項個人特質是迫切需要的。因此，我請各位教授慎重考慮林俊明同學進入 貴系研究所就讀。

　　就像大部分學生草擬推薦信一樣，這封推薦信有幾個缺點：

- 整篇信函沒有分段。
- 信中雖然提到學生具有獨立研究能力、自發學習、做事嚴謹等優點，可是都沒有任何佐證的敘述，內容空洞而沒有說服力。

　　我對林俊明相當了解，他曾經修習我教授的電力系統(一)、(二)，成績優異，我知道他還有很多其他優點，例如：從私立高職，考上亞東工專，再考上國立台北科大電機系，**學業成績逐步上揚，令人印象深刻**。此外，他還有非常豐富的**工程實務經驗**，在高職及專科時曾經在瑞達工程、宇界動力工程、欣業工程等公司擔任水電工程施工、領班、監工等職務，技術熟練經驗豐富，他是一個手腦並用的好學生。

　　這些特質對於申請研究所是很重要的優勢，也正是推薦信所要表揚的重點，可是，當局者迷，他自己都不知道要強調這些特質。所以，林俊明同學參加研究所推薦甄試時，我親自幫他寫一份推薦信如下，請讀者自行比較兩者之差異。

老師改寫的推薦信

國 立 台 北 科 技 大 學

National Taipei University of Technology

1, Section 3, Chung-Hsiao East Road, Taipei 10643, **TAIWAN**

台北市10643忠孝東路三段一號

網址/Web-site: http://www.ntut.edu.tw

羅欽煌/ **Chin H. Lo,** Ph.D.

副教授/Associate Professor

電機工程系/Department of Electrical Engineering

電話/Tel: (02) 2771-2171 x 2135,　傳真/Fax: (02) 2731-7187

電子郵件/E-mail: chlo@ntut.edu.tw

89 年 11 月 15 日

被推薦人：林 俊 明

　　林俊明同學在本校的<u>學業成績</u>(二技三年級)平均 78.51 分，雖然不是最好，但是從他求學過程，可以發現俊明力爭上游的毅力，從私立高職，考上亞東工專，再考上台北科大電機系，<u>學業成績逐步上揚，令人印象深刻</u>。他曾經多次擔任班級幹部，在班上人緣良好。

　　林俊明同學有非常豐富的<u>工程實務經驗</u>。他在高職及專科時曾經在瑞達工程、宇界動力工程、欣業工程等公司工讀，以及後來在陸軍服役期間，都是擔任水電工程施工、領班、監工等職務，技術熟練、經驗豐富。進入台北科大之後，他體認到知識科技時代來臨，轉型到網路公司打工，擔任網路記者、電子商務及網頁設計等工作。俊明的求學過程一路走來都是半工半讀，顯示其獨立自主的特質，他希望往高科技領域繼續進修。

　　本人曾經教授林俊明同學三學期的課程，「電力系統(一)、(二)」和「工程寫作與表達」，對於俊明的<u>修課表現</u>認識較深，我發現他邏輯分析和表達能力相當不錯，學習態度認真，電力系統(一)的成績高達 93 分，為全班第二。

　　從林俊明同學在學習過程力爭上游的毅力及學業成績逐步上升、工程實務經驗的實力、獨立自主與合群的特質等種種表現，林俊明同學是一位優秀的同學，本人毫無保留極力推薦他參加 貴校的推薦甄選入學。

推薦人：羅欽煌

　　另外一位同學李美珍(化名)，她目前在私立高職擔任教職，以在職進修方式，就讀台北科技大學進修學院。進入本校之後，她熱心班聯會的社團活動，參加校徽設計比賽，經過全校同學票選獲選第一名，我對她印象深刻。

　　她想要申請修讀本校的教育學程，自己拿了一份推薦書請我簽名。

李美珍自擬推薦信草稿

推薦書

　　本校工業工程系三年級學生李美珍，除上課認真專注之外，並熱心參與公務，在一年級時即加入進修學院擔任班聯會康樂組員，由於表現優異、熱心服務。二年級時被推選為班聯會總幹事，策劃各項活動、敢做敢當，其積極進取之精神，堪稱同學的楷模。不僅如此，該生在一年級時，參加本校進修學院校徽之設計徵選活動中，因其創新之格調、靈活之手法，使其脫穎而出，榮獲入選佳績，即刻獲得校方採用，本人深感與有榮焉。鑑於該生平日待人接物沉穩踏實、努力不懈；深信在其學業上亦當一展所長。本人特別在此推薦其參加本校教育學程之考試。

推薦人：國立台北科技大學附設進修學院校務主任　羅欽煌（簽章）

中　華　民　國　九　十　年　八　月　二　十　六　日

　　這封推薦信草稿四平八穩，可惜有點八股，好像寫公文，沒有感情，沒有實例敘述。最重要的是，我發現她現在擔任教職，富有教育熱忱，希望以教育為志業，這是擔任教師最重要的特質，但是在這封推薦信稿沒有敘明，十分可惜。此外，老師在撰寫推薦信時，最好在推薦信的第一段，描述和被推薦人熟識的情形，具有深厚的認識，推薦內容才會被採信。

　　所以，我放棄這封草稿不用，親自替她寫一份推薦信如下：

老師改寫的推薦信

國 立 台 北 科 技 大 學
National Taipei University of Technology
1, Section 3, Chung-Hsiao East Road, Taipei 10643, **TAIWAN**
台 北 市 1 0 6 4 3 忠 孝 東 路 三 段 一 號
網址/Web-site: http://www.ntut.edu.tw

羅欽煌/ **Chin H. LO,** Ph.D.
副教授兼校務主任/Dean, Associate Professor
附設進修學院/Affiliated College of Continuing Education
電話/Tel: (02) 2771-2171 x 1801, 傳真/Fax: (02) 2751-9204
電子郵件/E-mail: chlo@ntut.edu.tw
90 年 8 月 8 日

被推薦人：李 美 珍

　　我認識李美珍同學，從進修學院圖誌設計比賽開始。進修學院改制招收大學部二技之後，決定公開徵求院徽圖誌，由進修學院全體同學票選決定，期使同學認同圖誌設計理念，增進同學對學校的歸屬感。美珍設計的圖誌格調創新、手法靈活，在眾多作品中，歷經初選、複選及全體同學票選中脫穎而出，獲選代表進修學院，讓我印象深刻。

　　李美珍同學現在就讀本校工業工程系五年級，她在三年級剛入本校時，就加入班聯會康樂組，四年級時被推選為班聯會總幹事，今年，她再獲推選為畢聯會總幹事，美珍規劃各項活動能力高強，尤其是校運會各項競賽，讓進修學院連續三年榮獲精神總錦標冠軍，美珍這種熱心社團服務同學的精神，令人敬佩。

　　據了解，李美珍同學積極進取手腦並用。曾經獲得美容丙級、電腦軟體乙級技術士證照，獲頒電腦視窗應用技能檢定合格證書，並獲得台灣省分齡分級技能競賽廣告設計佳作、第四名、及手工藝訓練成績優良等獎狀。美珍積極進取、向上提升的學習精神。

　　李美珍同學從 79 年起至今都在教育界服務。目前在桃園清華工業家事職校擔任訓育組長，79～86 年曾經在桃園啟英工業家事職校擔任過訓育組長、美工科教師及註冊組長等職。雖然在職校工作繁忙，美珍還是利用假日到本校進修學院繼續進修，在本校修業學期成績 78.5，84.6，84.9，86.8 分，成績越來越好。

　　修讀教育學程一直是李美珍同學的理想，也是其個人生涯規劃中最重要的關鍵。從李美珍同學優異的學業成績、領導社團服務的才能與輝煌成果，以及她對於教育工作高度的熱誠與尊師重道的精神。本人毫無保留的極力推薦美珍參加 貴中心教育學程的考選入學。

推薦人：進修學院 校務主任 羅欽煌

國 立 台 灣 科 技 大 學

研 究 所 碩 士 班 甄 試 推 薦 函

敬啟者：

　　應申請貴所甄試同學之託，本人作如下評語。

申請人姓名：_____

申請就讀系所：_____

以下是本人對申請者之評估：

能　力	極為突出	前 5%	前 10%	前 25%	前 50%	無法判定
專業知識						
專業技能						
創造力及想像力						
獨立工作能力						
恆心與毅力						
口頭表達能力						
書面表達能力						
合作態度						

整體評估：

極力推薦　　　　　推薦　　　　　勉予推薦　　　　不推薦

與申請者熟稔程度：

其他評語：

推薦人：_____　職稱：_____

簽名：_____　日期：_____　電話：_____

註：請填妥後，務必密封交予申請者；未予密封之推薦函，視為無效，不予受理報名。

掌握知識交流的關鍵

「祖傳祕方」是妨礙中國進步和發展的主要因素之一。對於知識與經驗的傳承，中國人採取「封閉」的做法，推崇祖傳祕方；為了保障自身利益，師父總要留一手，免得徒弟超越自己。反觀，歐美先進國家則是採取「公開」的做法。創新的技術發明，利用專利權加以保護；新的學術理論，以論文公開發表，使用著作權保護；搶先發表的人，名譽和利益都歸屬於他；所以後輩則可以利用前人已經公開的專利或理論，進一步研究發展，日積月累成效驚人。而知識公開的寶庫就是：圖書館。

在台灣，各級學校的期中考、期末考和各種聯考之前，無論是公私立圖書館、大學、高中或社區圖書館都是爆滿的學生，圖書館好像就是K書中心；平常，圖書館最熱鬧的的是閱覽室，閱讀報紙、雜誌和看漫畫的人最多；當然，有些人也會借閱自己喜歡的圖書。對於多數人而言，圖書館的功能，好像就是K書、看報和借書的地方，如此而已。

在科技日新月異、知識爆炸的年代，很多人得了資訊焦慮症。缺乏資訊，怕跟不上時代腳步；過多資訊，又難以消化；能有效率蒐集與運用資訊的人，才會成功，而圖書館則是通往成功的鑰匙。現代的圖書館，是依據歐美先進國家的模式而建立，圖書館內蒐集大量圖書與各種資訊，先將各種圖書資訊分門別類，再以系統的方式編撰，並提供讀者有效率的檢索方法，將知識和經驗免費公開給大眾。圖書館是人類學習與進步的寶庫。

進入大學以後，不只是聽老師上課、K教科書和準備考試而已。大學四年，最多只能讀完幾十本教科書，怎麼足以面對未來數十年的職場生涯呢？答案是，大學時期必須培養獨立學習和研究的能力；具體做法是，教授要求大學生撰寫報告，碩士生必須撰寫研究論文。

無論是撰寫報告或研究論文，都不可能憑空想像閉門造車。首先，要到圖書館以檢索系統查閱他人的論文或報告，學生可以從一篇論文開始，利用該論文附錄的參考書目(書籍或論文)，進一步尋找相關的書籍與論文，如此，一而十，十而百，很快就可以找到許多「有用」的資訊。至於書籍大都附有索引(書後附錄的關鍵字及頁碼)，讀者不需讀完整本書，只要從索引關鍵字找到的「有用」內容，加以閱讀就好。利用檢索

系統、參考書目和索引，可以在浩瀚的資訊中，迅速找到「有用」的資訊，大幅提昇讀書與研究效率。圖書館是大學知識交流的心臟，沒有圖書館的支援，大學的教學、研究與服務都無法成功。

龍華科大圖書館，有中西文圖書 184,000 冊、紙本期刊 600 種、電子期刊 1,500 種。除了傳統的借書、K書服務之外，以電腦網路提供目錄檢索系統以及資料庫(EBSCO、IEEE、ABI、專利標準等 142 種)檢索服務，專業館員更樂意提供參考諮詢服務，還有錄影帶(光碟)視聽欣賞、館際合作、無線網路、多媒體教室、視聽研討室等服務，很多精采的內容，等你來探索。讀大學不上圖書館，就是入寶山空手回，白白浪費金錢和時光。圖書館最喜歡被人利用，也歡迎你經常來利用！

(本文係筆者應龍華科大圖書館之邀，撰文希望同學多多利用圖書館。)

陸、讀書計畫

> 　　參加推薦甄試或是申請入學時，學生必需提出讀書計畫，讓審查的老師更了解學生的進修方向與企圖心，以增加錄取的機會。讀書計畫主要描述個人在「專業上」的興趣與特長：曾經修讀專業課程、未來修課計畫、就讀研究所動機、未來生涯規劃等，補充簡歷表和自傳所未敘述的部分。

　　自傳和讀書計畫的敘述要有所區隔。基本上，自傳是描述個人的「人格特質」，例如：成長背景、合群、恆心和毅力、表達能力等；讀書計畫則要描述個人的「專業特質」，例如：學業成績、專業知識、專業技能等。

　　但是，有些學校只要學生提出讀書計畫，不必寫自傳；則在撰寫讀書計畫時，應該包含自傳的個人人格特質，以及讀書計畫的個人專業特質。

範例一 學生鄭凱元參加碩士推甄的讀書計畫(中文)

• 個人的興趣及特長

　　因為我的母校——台北工專，堅持要讓學生接受多元化的教育，所以學生不僅專業課程與實習方面，能接受最精良的指導與學習，更能在外文與人文教育上有更進一步的發展，使學生在學習各項事物時皆充滿興趣。其中，以**機電整合的技術**最讓學生心儀。它徹底的將理論與實務結合，讓學生總是看到科技的偉大，所以也讓學生對於如何將知識應用在實務上非常重視。因此，在五專與二技的求學過程中，都能把握機會，用心在實務專題的製作。

　　五專的實務專題過程中，學生習得的特長有 Matlab®/Simulink 的操作、D/A 卡的使用、Recorder 應用、Visual Basic 撰寫。二技的實務專題過程中，學習的軟體有 AutoCad、Pspice、Orcad；使用的儀器有工業電腦(IPC)、無線數據機、全球定位系統(GPS)、4-channel 示波器。

• 就讀甄試入學學校之動機

　　在台北工專與台北科技大學的求學生活中，學生不斷的努力學習，期望能不辜負師長們教導，未來對國家的科技發展能有一份貢獻。但是學生深知，若要提升自己的

研究能力與見識，就必需要有大視野，也就是要走出校園，接觸他校的學術風氣，學習他校的研究精神。

　　科技的發展是促進產業升級與提昇國家競爭力的主要法門，而研究是科技發展的主要動力。基於對電機的研究方向具有強烈的興趣與意願，我希望能夠進入電機研究所，繼續提昇專業知識與實務經驗，畢業之後，對社會有所貢獻。

　　成功大學純樸踏實的學風，理論與實務並重的教育，一直是企業界所歡迎的。再者，成功大學——電機研究所的教學及研究方向更與自己興趣相符合，是我最佳的選擇，因此決定報考　貴校研究所甄試，接受　貴校的洗禮，使我能夠在專業知識和實務上都能有相當程度的提昇，作為未來學術研究之準備。

• 未來修課方向

　　在五專與二技的電機課程中，均以電機通才教育為目的，所以學生已具備了大學電機系學生應該具有的特質。目前尚欠缺的，就是進入研究所中接受研究之教育訓練。因此，學生目前最大的心願是進入成功大學——電機研究所，若有機會進入貴校電機系就讀，將計畫以**機械臂控制**的研究為主，亦想修讀與**模糊控制**、**強健性控制**、**最佳控制**、**訊號處理**等相關的課程。

專科與二技修習課程概要

類　別	科　　　　　　　　　　　　　　　　　　　目
專業基礎	數學、微積分、化學、工程圖學、物理、工程數學、線性代數、機率與統計、複變函數、電腦輔助電工製圖
控制工程	自動控制、控制系統、數位控制、控制系統實習
電力工程	輸配電學、電力系統、電機設備保護、工業配電、、配線設計與實習
電子電路	工業電子學、光電工程概論、電力電子學、電子學、網路分析、基本電學、電路學、數位電路應用、電工儀表、電子電路、數位邏輯、邏輯設計實習
電機工程	電動機控制、電動機控制實習、電機機械、機電整合概論、電機機械實習

通 訊	通訊原理、通訊系統、數位訊號處理、線性系統、數位訊號處理器實習、電磁學
計算機工程	計算機程式、資料結構、微處理機、微處理機實習、組合語言、電腦網路應用、程式語言
通識教育	音樂欣賞、美術鑑賞、體育、中國地理、中國近代史、當代思潮與國家發展、健康與人生、社會科學概論、英文、進階英文與應用練習

• 未來生涯規劃

因為大學的教育為通才教育，旨在培養學生人文素養與基礎教育，若想更進一步深入研究，唯有進入研究所繼續深造。所以現階段是希望進入貴所接受培育，提升自我的研究能力。

當學生習得該有的專業能力後，會往科技業發展，期望自己能開創出一片天地，並在未來有所成就時回饋母校，感謝當年對學生的栽培，也會回饋社會，讓更多的人有能力來提升國家的競爭力。

【講評】本文是台北科大學生鄭凱元準備推甄成大電機所機電整合組。全文分成個人興趣及特長、甄試入學動機、未來修課方向、生涯規劃等四大部分。第一部分強調個人在機電整合技術的興趣，也就是推甄的目標。第二部分，強調對入學系所的瞭解及強烈動機。第三部分說明修課以機械臂控制為主，同時將專科/大學已經修習的課程，以分類表列方式呈現很有創意。末段敘述畢業後的目標。全文結構完整，段落有具體內容，值得參考。

範 例 二 申請出國留學的英文讀書計畫

Statement of Purpose

Motivation and Purpose

My great interest and confidence in English was developed and established after one year of study in Rolla High School, Missouri, in 1994. Due to my father's pursuit of Ph.D. in University of Missouri-Rolla, I had this rare opportunity to study in the United States with ordinary high school students. Being the only Chinese student in this school, I made great effort to adapt myself to the new surroundings and tried my very best to catch up with the schoolwork. After learning the essential academic English in the first quarter, I had made impressive progress in many subjects. That proved I was able to adjust myself to the American learning environment and to cultivate efficient learning attitude within a short period of time. This opportunity had made me not only familiar with but also determined to go back to that liberal and hard-working environment again.

With my improved English, I started to get more interested in teaching English. I am aware that not many people in Taiwan could be as lucky as me to receive one-year education with English as the medium of instruction and therefore could not learn English so efficiently. As a result, I desired to devote myself to English teaching in order to find ways to make learning English easier and more fun. That is the reason why I chose to major in Department of English at National Taiwan Normal University. The courses I took in university and my teaching experience have motivated me to learn more about language teaching. Therefore, I hope to pursue further studies in the field of Instructional Technology in your university.

Academic Background

In the process of studying and part-time teaching, I came to realize the importance and effectiveness of instructional media. The course I took in my junior year, Instructional Medium, triggered my interest in this field. Not until then did I understand such simple technological devices as tape recorder, overhead and video could have such great effect on teaching. Therefore, I continued to take the course, Computer-Aided Instruction, to lean more about tech-based materials. In this course, I learned how to make use of computers in teaching, including e-mail, Internet, videos and PowerPoint. Because of the course, I joined the listserv discussion of TESL and TESL-CAL. After reading the experiences and new methods shared by teachers worldwide, I became more eager to learn instructional technology. In my senior year, I also attended some lectures on CALL (Computer-Assisted Language Learning) to get more knowledge in this field. I believe that using instructional technology can make my teaching more efficient and varied so as to let my students enjoy my classes.

Work and Experience

In my spare time in college, I worked as a part-time English teacher in two cram schools. During that time, I had the chance to teach students of different ages and levels, including primary, junior high and senior high school students. In the process, I acquired skills in teaching English when facing students with various needs. I also realized the ways of presenting materials are essential to the degree of how much and fast the students can learn. Hence, I hope to research on how to integrate technology into teaching, which I believe will be welcomed and helpful to my class.

After graduation, I passed the exam to be a substitute English teacher to teach full time rather than an intern who can only have limited teaching hours. In my teaching, I tried to blend technology into English learning. I gave my students e-mail assignments, asking them to write each other on the selected topic and then send the copy of their discussions to me. After the assignments, I received enjoyable feedback from my students, which proved that using technology help making the class more interesting.

Plans for Graduate Study and Professional Career

I believe language teachers need to adjust teaching methods when facing students with different proficiency levels and interests as well as adopt innovative approaches to arouse the learning desire of students. It is best when teachers create a comfortable learning environment in which students can learn authentic materials and participate in real-life situations. Therefore, a competent English teacher should both be well immersed in this subject as well as trained in the field of education.

With the essential understanding and experience of English teaching, I believe attending a Master program in instructional technology in the United States would be the ideal opportunity for me to do more meaningful research in this field. By attending this program, I would be able to gain exposure to instructional uses of interactive technology in education. I also hope to learn the cognitive effects of using technology in language teaching and how electronic and instructional design works for education.

I have extensively browsed through the WebPages of your University on the World Wide Web. I find your institution the right place for me. The faculty in the area of instructional technology is especially strong. My ultimate goal is to be a language teacher who can apply technology to class and make students enjoy learning English more. I hope you will give my application serious consideration. Thank you.

【講評】全文架構完整，段落內容充實。首段留學動機和目的，強調曾在美就讀高中的經驗；次段學術背景，敘述個人已習得媒體科技經驗；第三段工作經驗，敘述個人教學經驗；末段研究計畫及生涯規劃，強調在美研讀計畫及畢業後改進教學的企圖。

旅行明信片——地下管線

在台灣，三不五時就聽到地下管線被挖斷，例如：自來水管、電信線路、瓦斯管、電力線路…等，輕則停電、停水，造成大家生活的不便，重則釀成瓦斯中毒、火災等災害，民眾生命財產遭受重大損失。大家罵不絕口卻又無計可施。

1999 年，我到德國考察，看到德國人做事有板有眼，除了基礎建設良好之外，管理維護制度更是紮實，可以借鏡。為了避免管線被挖斷，他們在埋設管線處所的周邊建築，牆面釘上各種顏色的板子，做為管線標示牌。

照片中，釘在牆上的板子，紅框(實線)是瓦斯的管線，藍底(虛線)則是水管(Wasser)。從最下面的標示(虛點線)可知，從牆面起算 8.4 公尺，地下 3.3 公尺，埋有材質是 S(鋼管)，管徑是 150 ㎜的水管。任何施工單位想要挖掘路面時，只要查看週邊建築物牆面的管線標示牌，就不會誤挖而造成大眾的損害了。(本文刊登於 91 年 1 月 7 日中國時報浮世繪版)

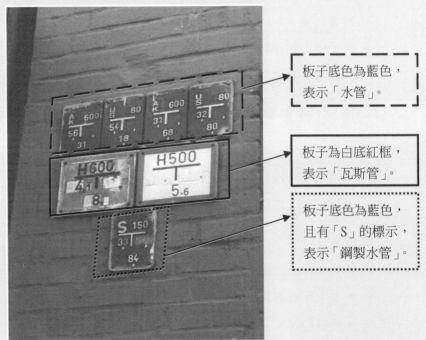

圖 2-6-1 德國建築物牆上標示地下管線

柒、碩士推甄注意要點

　　今天，台灣的大學畢業生多數會參加碩士推薦甄選，提醒考生節錄注意要點一頁如下。有關面試之詳情，請參考本書第四部分第四章「簡報面談注意事項」。

(一)書面資料(裝訂成一冊，寄給招生委員會)

1. 簡歷：1 頁
   - 個人基本資料、學歷、經歷等
   - 學業成績、社團經驗、工讀經驗等

2. 自傳：1-2 頁
   - 簡歷無法表達的個人優點，在自傳中用文章加以發揮
   - 專題或工讀過程中，最珍貴的收穫、心得等
   - 家庭成長背景(吃苦耐勞、尊師重道)

3. 專題製作摘要：2 頁
   - 專題摘要、專題結論、個人的貢獻等

4. 讀書計畫：1-2 頁
   - 大學主修學程
   - 研究所修課計畫，研究方向(或題目)

(二)面試(將書面資料裝訂 6 冊，分送給 5 位委員各 1 冊)

1. 準時
   - 提早 30 分鐘到場，遲到就完蛋。
   - 緩和緊張情緒，內心預演面試程序。

2. 服裝
   - 男：以正式服裝為原則(穿西裝、打領帶)。
   - 女：正式套裝。
   - 拉鍊拉好、要繫皮帶

3. 口試簡報：製作 1 套投影片，報告時間約 5～8 分鐘

- 簡歷(展現個人特色)
- 專題製作報告(引導委員往自己最熟悉的部分發問)
- 讀書計畫(參考報考研究所的開設課程)
- 目光注視委員(表現自信)

4. 回答問題(5～10 分鐘)：請參考第四部分「回答面談問題的要訣」

- 個人的優(缺)點
- 目前工作最(不)喜歡的地方
- 為什麼選考本研究所(例如專長為通信，為何不報考通信所，而報考電機所)
- 未來研究題目(要與報考研究所的發展特色相符)
- 專題製作相關問題

八時十分的迷思

現代大學生習慣「早睡早起」:早晨(3、4時)上床睡覺,早晨(接近中午)起床。
所以,早晨第一節8時10分要能準時上課,對同學和老師都是一項挑戰。

這學期,我擔任進修專校的課程,正好是星期日早晨第一節課。第一週上課,我8時10分準時到教室,只有4位同學到場;因為要用單槍投影機,請同學去系辦公室借遙控器,助理不在(8時20分才回來),等同學拿到遙控器回教室,電腦還要連線開機,到可以開始上課,已經8時30分;直到9點鐘,有「出息」的同學還不到20人。直到期中考後,雖有進步,少數同學仍然無法準時上課,我真的很感冒。

準時的模式有兩種:嚴格的搭火車模式,和寬鬆的上班族模式。

搭火車模式:要搭8時10分的火車,大多數乘客會提早5-10分鐘到站上車,只有少數乘客匆忙在8時10分趕到,火車準時出發(火車必須依照時刻表運作,誤點就要挨罵),遲到的乘客只好下一班車再見。

上班族模式:8時10分打卡上班,8時15分才開門,8時20分正式辦公,準時上門的民眾活該要等;下班前15分先上洗手間,收拾東西前往打卡機排隊,5時準時打卡下班,4時50分才上門的民眾被認為不上道。

學校上課要準時,最好比照搭火車模式。8時5分,多數同學已提早到教室,心定氣閒預習課程;萬一塞車也有緩衝,不會搶快出車禍。8時10分,只有少數同學匆忙趕到,老師來到就可以準時開始上課。遲到者,三不五時進入教室,會擾亂老師上課的流暢,是不禮貌的行為,應盡量避免。

學校職員採用彈性上班模式,可以在8時至8時30分之間上班。但是,應該有同仁於8時到班,打開辦公室,讓學生借用器材,8時10分才可以準時開始上課。如果,同仁都在8時30分打卡上班,等同學借到器材,回教室已經8時40分,上課無法正常開始,同學對學校的不滿也就油然而生。

有人不服氣,認為按規定準時打卡上下班已經很好。我認為「每天準時打卡上下班,公司拿你沒輒;但是,升官沒份,永遠只能當下屬,裁員時,絕對名列前茅。」俗話說:「吃虧就是佔便宜」。每天提早10分上班,準時提供服務;服務到下班時刻,才收拾東西回家,好像是吃虧,持之以恆,可以趨吉避凶,其實是佔便宜。

捌、追加感謝面

> 　　內人的人緣好、交遊廣，經常有朋友會送自製的肉粽、西點等食品。除了當場表達謝意外，回家享用後，內人一定盡快用電話再度表達「東西真好吃，我們非常感謝」之意。而對方的回應總是非常正面的，下次又會再送來其他食品。所以，我們家的電冰箱經常塞滿他人贈送的食品。
>
> 　　人家送東西給你，當場的口頭感謝，只是普通禮貌而已。享用後的再度感謝，叫做追加感謝(Follow-up thanks)，才是真材實料的感謝，真正讓人窩心。
>
> 　　我自己就曾有一個「負面」的經驗。有位朋友拜託我，從美國帶回一台高級果汁機。果汁機體積龐大也頗有重量，而我千辛萬苦從美國帶回台灣，還專車送到他家，他只在當時說一聲謝謝。據說，他曾多次對別人表示果汁機很好用，但他卻連一次都捨不得對我表達「追加感謝」，讓我感到很不是滋味。
>
> 　　你不能說他不懂禮貌，不會表達感謝；因為他收到果汁機，當時已經說聲謝謝。但是在使用之後，如果能表達追加感謝，那才是真正的感謝。

　　追加感謝函(Follow-up thank you letter)，是在面談結束後，一週之內寄發感謝函給面談主管，表達真正感謝的意思。此外，我們總會發現面談當時可能太緊張，有些事情表達不理想或不正確，也可以在追加感謝函中補充說明或予以更正。

　　研究顯示，有 87%的雇主，對於寫追加感謝函的應徵者有正面的評價。會寫追加感謝函，表示你重視這次面談，也顯示你是一位懂得做人做事的人，也因此可以增加你獲得錄用的機會。

　　追加感謝函，要適時，一定要在「一週之內」寄發。因為面談之後，是否雇用的決定，多數在 10 天左右完成，適時的追加感謝函，既可表達個人真正感謝之意，也顯示自己是懂事的人，還可以在信中補強自己在面試時表現不理想的部分。

　　總之，寄發追加感謝函，只有好處，沒有壞處，何樂而不為呢？

以下是一封單純表達追加感謝函的範例：

李正雄

台北市 106 忠孝東路三段一號

電話：(02)2771-2156

E-mail：jslee@hinet.net

XX 公司

人事部張經理

台北市 100 杭州南路 100 號

2001 年 8 月 22 日

敬愛的張經理：

　　我最近參加 貴公司徵求電機工程師的面談，非常感謝您的親切和時間。可否請您代我向每一位參加面談的主管表達感謝之意，每位主管都是專家而且相當客氣，讓我感受到 貴公司經營團隊的和諧與效率。

　　面談之後，我已經詳讀您發給的書面資料，也更了解 貴公司的發展前景。我十分希望有機會能到 貴公司和您一起工作。希望能儘快獲得 貴公司的好消息。再度感謝您。

　　敬　祝

　　　　時　祺

晚 李正雄 敬上

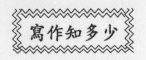

悠閒不可得

台北開車「人在江湖，身不由己」

我是一個很愛逛街的男人，經常牽著老婆的手，散步逛百貨公司，SOGO、明曜、京華城或微風廣場等，都是我們管區。好幾次，路過仁愛路、忠孝東路，眼看行人號誌，閃著還有 10 秒，拉起老婆的手想要大步向前衝，老婆總是慢條斯理說：「都已經五十幾歲的人啦！急什麼？」於是，停下來等下一個綠燈，看車水馬龍，看行人漫步，心情變得好輕鬆，真是退一步海闊天空。

新年新希望，春節期間，我決定放慢腳步、不與人爭，享受悠閒生活。

每天往來台北、迴龍兩地。年後，第一天上班，在三重二省道高架橋，我按規定以不超過 50 公里時速開車，然而，後車叭個不停。從高架橋下來，進入平面道路，和前車保持約一個車身間距，不料，機車像螃蟹橫行，從右外車道，滑行經過我前方，到左內車道，害我不得不緊急剎車，而機車騎士卻一點感覺也沒有。

第二天，不想和機車糾纏，改走高速公路。我遵照高速公路警察建議：「時速 90 公里，保持 9 個車身的安全間距。」然而，三不五時，一輛又一輛車，突然插隊到我車前，隨時要緊急剎車，十分緊張。兒子笑說：「老爸開車像北港香爐！」「為什麼？」「因為，北港香爐人人插。」

台一省道有三線車道，因為要直行，我乖乖走中間車道，心想，既不會被左轉車堵到，也不必和右側機車爭道，應該最穩當。但是，左線車道因為等待左轉而堵車，突然，一輛車連方向燈都沒打，就向右竄到中間車道，差點撞車，又嚇我一大跳。

晚上九點回家，從三重高架道接上忠孝大橋，想要切入右線走市民大道，從三重端開始，降低車速打右方向燈，懇求右側車讓位，但右側車一部接連一部，沒人願意慢下來禮讓，直到接近台北市橋頭，我只好強行切入右線，免不了又被人「叭」。

將近十點，即將回到溫暖的家，心裡稍稍放鬆，先打右轉方向燈，慢慢轉入小巷，冷不防地，一部「魔托車」從右側強行呼嘯而過，害我嚇出一身冷汗。就這樣，結束一天驚濤駭浪的開車生活。

在台北開慢車，反而險象環生；跟上大眾的步調，才能保平安。不到一星期，我又恢復成為身手矯健的台北開車族。

筆記欄

第三部分
論文與職場之寫作

壹、論文寫作概要

科技論文是研究成果的展現，也是人類進步發展的紀錄，對於科學技術的傳承非常重要。論文一經發表將永久流傳，重要的發現能使作者流芳百世。但是，錯誤的結論(或是抄襲)，也將使作者永遠不得安寧。不完善的圖表、詞不達意或錯別字等，則顯示作者治學的草率。

Q：老師，我在公司撰寫技術報告，應該寫些什麼？要採用什麼格式？

A：職場的技術報告，格式可以參考博碩士論文之要求，項目則可依報告之難易適度刪減。因為博碩士學位論文，包含簡介、方法、結果、討論，內容完整、格式嚴謹，是各類科技寫作的最高參考標準。

一、論文的 IMRAD 模式

科技論文是研究成果的展現，經過兩百年來的演進，論文寫作的結構，已經發展出一套完整的模式，可以用英文字母 **IMRAD** 來表示。

論文的 **IMRAD** 模式，就是 **I**ntroduction(簡介)、**M**ethod(方法)、**R**esult(結果) **A**nd **D**iscussion(討論)字首的簡稱。Introduction 說明研究的背景、原因、範圍和文獻探討，Method 敘述研究使用的方法和材料，Result 呈現研究的具體成果，Discussion 則是討論和詮釋研究成果。

論文，是要寫給讀者閱讀的，所以，論文寫作必須能回答讀者心中可能產生的疑問。通常，讀者在閱讀一篇論文時，可能產生的疑問及其先後順序如下：

1. 首先，讀者會問「這篇論文到底在研究什麼問題？」

   論文作者在第一章，必需說明研究的目的及其重要性，再用文獻探討他人在相關領域已經進行的研究進展。

2. 接著，讀者會想瞭解「研究是怎樣進行的？」

   論文作者在第二章，必需介紹研究相關的基本理論；並在第三章介紹論文作者獨創的方法、程序等。

3. 然後，讀者想知道「研究發現什麼結果？」

   論文作者在第四章，必需將研究和實驗所獲致的成果呈現出來。

4.最後，讀者想知道「研究結果到底有何重要影響？」

論文作者在最後一章，必需對研究成果加以探討，並形成結論。

請注意，論文針對特定事物施行試驗所得的成果，稱為**結果**；把這種結果歸納成為一般性的敘述，使之能應用於其他的場合者，稱為**結論**。

讀者心中疑問和作者答覆要點的互動過程，可以用 Q&A 的表格呈現，正好就是 IMRAD 的結構，整理如表 3-1-1：

表 3-1-1 論文的 Q&A 與 IMRAD 結構

讀 者 心 中 疑 問	作 者 答 覆 要 點
Q：研究什麼問題？	A：簡介(Introduction，研究目的與文獻回顧)
Q：如何進行研究？	A：方法(Method，研究之獨創方法及程序)
Q：研究發現了什麼結果？	A：結果(Result，研究實驗的結果)
Q：結果有什麼意義？	A：討論(Discussion，討論研究成果之意義)

所以，科技論文的結構是依據 IMRAD 之順序發展。論文的結構與各章標題，已經成為一種標準模式，略述如下：

第一章：簡介研究目的與文獻回顧(I)

第二章：研究主題有關的基本理論(M)

第三章：研究使用的儀器設備和獨創的方法、程序等(M)

第四章：研究所得到的結果(R)

第五章：結果經討論後所形成的結論(D)

其實，科技論文的 IMRAD 模式，和文章的 ABC 模式是相通的。論文的簡介 Introduction，就是文章的摘要 Abstract；論文的方法 Methods 和結果 Results，就是文章的內文 Body；論文的討論 Discussion，就是文章的結論 Conclusion。

二、優良論文的要件

論文一經發表將永久流傳，重要的發現使作者流芳百世。但是，錯誤的結論，以

及虛偽的敘述，也將永招物議；既使沒有那麼嚴重，不完善的圖表、詞不達意或錯別字等，都足以顯示作者治學的草率。

　　台灣地區每年發表的博碩士論文數量成千上萬，但是優良的論文卻不多見。一篇優良的科技論文，公認必須具備下列七項要件：

1.有確定的科學原創性：論文最重要的是原創性，沒有原創性就不是論文。

2.可重複的實驗方法：就是他人依據論文的描述，重複進行試驗，其成果應該可以獲得驗證；而居心不良的學者，為了獲得名利而作假，也會因此被揭穿。

3.良好的統計分析法：研究所獲得的數據，必需利用各種統計方法加以分析。

4.清晰的圖表表示：統計分析的結果要用清晰的圖表呈現，使讀者能充分瞭解。

5.討論具有完整度：研究的結果，必需從各方面加以討論，獲致結論，才是完整的論文。

6.良好的文字技巧：研究者撰寫論文最好能文辭通順，方便讀者閱讀。

7.完整的參考文獻：顯示論文有所依據，也可提供後續研究者，做為進一步研究之重要參考。

三、論文的原創性

　　科技論文最重要的是「原創性」。原創性也就是研究者所獨創的，有新方法、新材料、新結果、新理論等不同類型，簡述如下：

1.**新方法**：例如，「灰色理論應用於馬達控制」，馬達控制是舊題目，但灰色理論是新的方法，將新方法應用於舊題目，就是創新。

2.**新材料**：例如，「鑽石薄膜應用於防止腐蝕」，腐蝕是幾百年的老問題，但是應用人造鑽石，以薄膜圖佈於金屬表面可以防蝕，就是創新。

3.**新結果**：速度更快、精確度更高。例如，發展電腦軟體演算法，使計算速度比現有模式更快，或是精確度更高，也是創新。

4.**新理論**：大師級人物提出嶄新的模糊(Fuzzy)理論或類神經網路(Neural-network)理論等，開啟各領域的應用研究，當然是創新。

四、論文題目

　　論文題目(Title)，是讀者瞭解論文的第一道關卡，論文題目應該充分反應論文的內

容。通常,讀者進行文獻探討時,常利用「關鍵詞」做搜尋,就可以找到很多相關的論文題目,多數讀者只憑論文題目就做決定,是否要進一步細讀該論文之內容。所以,撰寫論文時,如何選定適當的論文題目相當重要。

論文題目要具體。如果論文題目太過籠統或範圍太大,容易造成論文力有未逮,無法掌握全局的窘境。

以下是題目範圍太大,不夠具體的例子:

1. 電力系統自由化之研究

2. 負載模型對於電力系統的影響

題目 1 未指出是哪一國的電力系統,也未限定自由化的影響範疇。

題目 2 亦未指出負載模型是針對哪一個電力系統的影響。

針對上述兩個題目範圍太籠統的缺點,可以修改成具體的題目如下:

1. 電力自由化對台灣地區電價影響之研究

2. 負載模型對於台灣電力系統的影響

五、論文摘要

論文摘要(Abstract),是認識論文的第二道關卡。學術性期刊將摘要放在全文之前;圖書館、工程或學術學會等,也會將論文摘要彙集成冊,提供讀者查閱之用。通常,期刊論文的中文摘要約 150~300 字,英文摘要約 150~250 字;學位論文因不受篇幅限制,其摘要字數可放寬至 500~1000 字,但仍以不超過一頁為原則。

摘要,如果與論文分開單獨刊出時,必須能充分顯示論文的內容;摘要,如果與全文一起刊出,則可提供讀者在閱讀正文之前,快速瞭解該論文的大致內容。總之,摘要就是論文的濃縮版。所以,撰寫摘要和論文相同,也要把握 IMRAD 的原則:

1. 簡介(I):摘要中應該說明研究目的或理由;除非是延續性的研究,摘要中不要引用其他文獻。

2. 方法(M):摘要中所敘述的方法不要過於詳細,只要介紹方法的術語即可。

3. 結果及結論:

(1)結果(R)：摘要中研究結果的敘述，應該盡量簡明及具體。

(2)結論(D)：摘要中應該記載由上述結果所導出的結論。

4. 文體：書寫摘要，因字數受限，應避免下列情形。

(1)不要使用難懂或容易誤解的術語、簡縮字、名詞或符號。

(2)摘要內不要使用圖表、參考文獻或公式。

(3)摘要內不要使用註解。

　　很多人認為撰寫摘要，只要找幾本學長的論文「依樣畫葫蘆」，照樣寫就好了。然而，筆者翻閱國內各圖書館內正式論文，其摘要還是存在很多缺失，後輩的學生如果「不小心」正好參閱這些論文，錯誤就會「代代相傳」，繼續存在。

　　從 2001 年電力研討會論文集中，任選兩篇論文的摘要，做為解說示例：

摘要評論 A：(不良)

論文題目：太陽能充電控制器之研製

摘要：科技進步及工商業發達，通訊系統日益受到重視，無論是個人或國防方面皆相當廣泛使用。在邊遠地方、高山及小島亦需要良好的通訊，以確保訊息連結的暢通與快速，而(I)優良的通訊系統設備，需要有穩定的電源供應為了確保電源之不虞匱乏，本文提出太陽能充電器應用於通訊系統之研發概念及實作成果。太陽能光電轉換是宇宙中豐富的天然資源，將其轉換成電能來加以使用，是既環保又安全、方便的再生替代能源應用。[為方便解說，文中(I)和底線是筆者所加註。]

評論：本文雖然獲得研討會採用，但是，整篇摘要只有(I)[加註底線的部分]略微簡介太陽能充電器的優點，其餘未加註底線的文字都是廢話。全文沒有任何文字敘述有關研究的方法(M)、結果(R)和結論(D)，是不良的摘要寫作。

摘要評論 B：(優良)

論文題目：軟性電路板自動化視覺導引鑽孔系統之研發

摘要：(I)軟性印刷電路板因具有伸縮特性，故精密快速鑽孔是一個重要的課題。本論文將建立一套具視覺導引的自動化系統，藉以同時達到高品質低成本且具挑戰性的目標。(M)此系統涵蓋機械定位與影像辨識兩大子系統。機械定位系統基本

架構為以不同方式獲得孔位座標，經過路徑規劃後進行運動定位。影像辨識系統架構則是透過 CCD，配合打光技術及影像擷取影像中有興趣的區域利用正規化相關匹配法進行圖形比對，輸出修正量到機械定位系統進行修正。(R&D)經實驗證明，本系統可達到快速且精密鑽孔的預期目標。[為方便解說，文中(I)、(M)、(R&D)是筆者所加註。]

評論：本篇摘要利用不到 300 字將其研究做完整的描述，是很好的參考範例。整篇摘要有簡介(I)軟性電路板精密快速鑽孔的需求，也說明機械定位和影像辨識的各種方法(M)，最後也敘述其結果(R)可以達到快速精密鑽孔的目標。可惜缺乏結論(D)，無法瞭解其應用與效益等影響。

摘要 C：(評論與修改)

感應馬達適應性速度控制器之模擬與實測

摘要原文：(為方便解說，文中(I)、(M)、(R)是筆者所加註)

(I)本文提出一種應用於感應馬達之參考模式適應速度控制器，其優點在於能克服馬達參數及負載變化的影響，使感應馬達速度控制具有較好的響應及強健的特性。(M)而在實際的運用上，本文於參考模式適應速度控制器架構中，直接利用了回授的定子電流及轉速信號，以 PC-Based 馬達控制器即時發展系統，配合個人電腦 PC 來發展控制軟、硬體。(R)經電腦模擬及實驗結果顯示，於不同轉速、無載及加載的情況下，驗證本論文所提出的參考模式適應控制的方法，與傳統的 PI 控制法比較，有較好的速度響應。

評論：摘要原文第一段為簡介(I)，但未說明研究目的。第二段為方法(M)，但未敘述系統結構，以及實驗方法。第三段為結果(R)，但未提出速度控制較佳的具體項目。原文中缺乏第四段討論(D)，說明本研究對科技界的貢獻或應用。

依據上述評論，將摘要改寫如下：[文中(I)、(M)、(R)、(D)是為解說而加註]

(I)感應電動機結構簡單、轉速範圍大及價格便宜，是工業動力之最主要來源，在

但因其非線性特性，欲有效控制並非易事；本文利用參考模式適應控制(MRAC)方法，來改善感應馬達的適應性速度控制特性。(M)MRAC 系統是由參考模型、受控裝置、可調參數控制器和適應控制機構等組成；本實驗之驅動控制系統，分為個人電腦、馬達控制界面卡和變頻器功率驅動電路。先用 Matlab/Simulink 模擬，以瞭解控制器參數對系統輸出的影響，再調整實驗系統之相關控制器參數，以實現閉回路向量控制的性能。(R)無論從模擬或實驗結果顯示，在感應馬達加載或負載突變時，MRAC 速度控制器比 PI 速度控制器，t_d、t_r、t_p、M_p、t_s 等能力均較佳，且對負載干擾有較強健表現。(D)本研究成果可應用於……，對於工業控制有……效益。

六、論文簡介

論文**簡介**(Introduction)，也稱為緒言、緒論、前言、引言或序論。通常，簡介必需包含兩部分：研究目的和文獻探討。

首先，簡介要向讀者說明進行本研究的原因和目的，讓讀者瞭解研究的重要性，才會引起讀者的重視與興趣。

其次，要進行文獻探討，將他人對本研究主題相關(從過去到現在)的研究成果，做一番探討與分析，並說明自己的研究方法，確實具有獨創性，以避免自己辛苦研究的成果，成為他人研究的「再發現」而徒勞無功。

七、論文方法

論文的**方法**(Methods)，說明作者依據什麼理論，通常會介紹教科書中的基本理論，如何應用到本研究。然後敘述作者「獨創」的研究方法、材料、設備及發展之軟體等，論文一定要有獨創的部分。這部分最為具體，也是作者最為熟悉者，所以撰寫論文時，最好先寫這一部分。

八、論文結果

研究所獲得的**結果**(Results)，是據以分析或解釋而建立新結論的素材。因此，論文研究的結果，無論是觀察的紀錄或試驗的成績，除了要求正確之外，必需先加以統計

整理，使敘述的資料簡明而有系統；科技研究，一定要把結果資料做成清晰的圖表，使讀者更容易瞭解。

寫作時應該注意，在結果項內不要引用別人的結果(但在討論時可以引用)；如果必須引用，也應敘述清楚，以避免和自己的研究成果混雜，否則容易引起讀者的誤解，甚至會造成被指控為剽竊之嚴重後果。

九、論文討論

如果研究論文只呈現實驗結果，而未加以討論，並進而形成結論，則該篇文章只能稱為實驗報告，而不能成為研究論文。

討論(Discussion)，是論文的重心所在，作者對其研究結果所具的意義，加以探討或解釋，並且對於研究目的、問題等有關的事項，加以充分的討論。例如：試驗結果是否支持原先的假設？這些結果是否充分解答所提的問題？討論所得的成果，就是結論。此項新結論與他人過去的結果，應該加以比較分析；同時要說明此新發現的應用價值，或對科技研究有何貢獻。

十、誌謝

誌謝(Acknowledgement)，是作者於發表論文時，對於研究過程中提供經費的機構(例如：國科會、台電等)或提供協助的人員表達謝意。通常，論文沒有頁數限制，誌謝是在本文之前，以全頁方式表達；但是，在研討會發表文章時，受限於篇幅，只能在文章篇尾，以簡要的幾句話，表達感謝。

有研究生問：「我是在職進修研究生，在研究實驗過程中，我曾經請日間部研究生協助紀錄。請問，論文發表時，協助之日間部研究生要不要列名？」答案是：協助實驗的研究生不須列名，但應於誌謝時，敘明並表達感謝之意。

誌謝(範例)：

本研究承蒙國科會給予經費補助(計畫編號：NSC93-xxxx-E-xxx-xxx)，研究期間電機系研究生張○○協助實驗數據之紀錄，陳○○教授的指導與鼓勵，使本研究得以順利完成，在此特致謝忱。

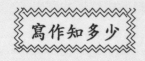

孟德爾的故事

論文先取權的重要

1900 年初，三位生物學者先後各自發表雜交遺傳的論文。然而，經過查證，早在 1866 年，孟德爾已經公開發表過相同的「植物雜交的研究」，因此他們的研究，只能算是孟德爾遺傳定律的「再發現」而已，無法獲得傑出研究開創者的榮耀。

1822 年，孟德爾(Gregor Mendel)出生於德國小鎮海森多夫(Heizendorf)，是農夫之子，從小就展現讀書天分，因為家境窮困，只好選擇進入聖湯瑪斯(St. Thomas)修道院，1847 年成為神父，然後經由修道院贊助，進入維也納大學，修習物理、數學和生物。從 1857 年開始，孟德爾展開為期八年的豌豆雜交實驗。1866 年，在布諾(Brunn)自然科學協會發表論文：「植物雜交的研究(二種遺傳基因型)」，1869 年再發表關於四種遺傳基因型植物雜交的第二篇論文，可惜兩篇論文都未受到重視，1884 年，孟德爾在布諾去世，默默以終，享年 62 歲。

1900 年，為了證明達爾文的《物種原始》(*On the Origin of species*)的理論，三位生物學家先後發表有關植物雜交的論文：荷蘭的德佛里斯(Hugo De Vries)以月見草、嬰粟和玉蜀黍等進行雜交實驗，於 3 月發表論文；德國的柯倫斯(Karl Correns)則以玉蜀黍和豌豆為研究對象，於 4 月發表論文；第三位是奧地利的契爾馬克(Erich von Tschermak)用豌豆和桂竹香進行實驗，於 6 月發表論文。但是，在查閱文獻後，才發現 34 年前，孟德爾早已發表「植物雜交的研究」的論文，他們的研究只是孟德爾豌豆遺傳定律的再發現而已。

什麼是「豌豆遺傳定律」？孟德爾以遺傳顯性因子為 A，隱性因子為 a。他選擇豌豆為雜交實驗的對象，將純種高莖豌豆(因子 AA)和純種矮莖豌豆(因子 aa)，進行雜交後產生第一子代豌豆，其因子為 Aa，因含有顯性因子 A，所有第一子代豌豆都是高莖，矮莖隱性因子的遺傳特性暫時隱藏。但是，以第一子代繼續交配，第二子代的因子為 AA、Aa、aA、aa，高矮比率為 3：1，其中隱性因子(aa)矮莖豌豆再度出現，利用這項結論，他可以預測生物遺傳的特性。在八年之內，他不厭其煩的進行 250 次交配，得到 12980 個雜種豌豆，經過數學統計處理，才獲得遺傳定律的結論。

孟德爾是將遺傳基因觀念引進生物學的第一人，他也首次使用數學統計分析方法處理生物實驗結果。今天，我們尊稱孟德爾為「遺傳基因之父」。

貳、論文的項目與格式

> Q：論文格式有那麼重要嗎？
>
> A：論文格式，好像電線的顏色，雖不影響功能，但對後續研究有所影響。
>
> 只要電路正確，就算電線顏色不對，電燈也會亮、馬達照樣會轉；但正確的電線顏色，可以讓後續的故障維修更為有效。同樣，論文格式不影響研究成果，但是，採用正確格式，可以使讀者參閱和進行後續研究更為方便。
>
> 博、碩士論文都必須公開發表，為維護論文品質，各校都會制定相關的規範。本書所述只是一般性原則，細節請讀者參考各校編訂的相關規範。

博、碩士論文的內容，必須包含下列三個部分：(1) 前置項目(Preliminary Pages)、(2) 本文(Text)和 (3) 後續項目(Back Matters)。在各項目之前，加有(＊)者，為必備(A Must)的項目；其餘則為選項(Options)，視實際需要而定。

(本文內容節錄自 University of Missouri-Rolla 之學位論文相關規定，僅供參考；讀者在學校撰寫論文時，以各校編訂之規範書或指導教授的意見為準。)

論文分為前置項目、本文和後續項目。各項目的先後順序及內容，解說如下：

一、論文項目

1. 前置項目(加有(＊)者，為必備項目)

＊封面裡空白頁(Front flyleaf)：可以做為作者致贈簽名之用。

＊論文題目(Title)/簽認(Signature)頁：題目和口試委員、指導教授及所長簽名。

＊空白/版權(Copyright Notice)頁：授權圖書館重製及上網之同意書。

特殊出版說明：如果論文依據期刊格式印刷，與學校規定不同時必需加以說明。

＊摘要(Abstract)：中文期刊以 150-300 字，英文期刊以 100-250 字為原則，學位論文可放寬至 1000 字，但還是以不超過一頁為原則。

前言(Preface)：論文出版之說明，可省略；但出版書籍時，最好要有前言。

誌謝(Acknowledge)：學位論文的誌謝為前置項目，期刊論文則屬後續項目。

＊目次(Table of Contents)

＊圖目次：(圖號置於圖下方)

　＊表目次：(表號置於表上方)

　縮寫表(List of Abbreviations)：如果公式、符號很多，集中說明效果較好。

　用語解釋(Glossary)：將各種術語名詞，集中解釋，方便讀者查閱。

2. 本文

科技論文經過兩百年來演進，已經大致定型，必需符合 IMRAD 的模式，各章結構和內容如下：

　第一章：簡介研究目的與文獻回顧(I)

　第二章：研究主題有關的基本理論(M)

　第三章：研究之獨創方法、程序、設備(M)

　第四章：研究的結果(R)

　第五章：結果經過討論(D)，而形成之結論

3. 後續項目(加有(＊)者，為必備項目)

附錄(Appendices)：不適合放入本文但是可做參考的內容，可放於附錄。例如：

- 過分詳細的圖表
- 試驗方法的補充事項：試驗方法在本文敘述，但是繁瑣的補充事項可置於附錄，以免影響閱讀本文的流暢。
- 採樣的順序、試藥的配製方法
- 過長的調查報告：問卷調查的原始內容等。
- 軟體程式原始檔
- 參考網頁的原始資料：因為日後網頁可能被刪除，應及時影印並置於附錄。

＊參考文獻(Bibliography)：參考文獻必須使用相同格式呈現。詳情參閱第三章。

索引(Index)：論文比較少見索引，但是書籍一定要有索引才負責任。

＊作者簡介(Vitae)：以 100 字以內的文字，簡單介紹作者的出生、學歷、經歷和研究興趣等。以下是筆者在 IEEE 發表論文的作者簡介：

Chin H. Lo was born in Taiwan in 1949. He graduated from Electrical Engineering Department of Taipei Institute of Technology in 1970. He received both MS (EE, '84) and PhD (EE, '96) degrees from University of Missouri-Rolla, USA. He was a production supervisor with AMPEX Taiwan from 1972 to 1974. During 1974-83, he was an engineer with Taiwan Railway Administration in charge of power supply for railway electrification. He jointed with National Taipei University of Technology in 1985 and he is now an associate professor in the Electrical Engineering Department. His areas of interest are economic operation and control of power system, and traction power supply.

補遺(Addendum)：少見

＊封底空白頁(Back flyleaf)

二、論文格式

論文格式(Format)的規定，沒有統一的標準或共識。各大學對於學位論文格式都有一定的規範，各種期刊也有其特殊的投稿格式，本書僅提供通用原則，如有衝突，請遵照各校(或期刊)相關規定或指導教授的指示辦理。

(一)一般要求(General Requirements)

論文的內容採取單面印刷；行距的規定，除了注釋、參考文獻等使用單行間距之外，其餘部分一律採用兩倍行高，以利製作微縮影片。

字體大小，以 12 點以上為原則；字體必需清晰，以採用細明體為原則；全文必需保持一致的型式(style)。除非需要強調者(例如書名等)，不可使用斜體或特殊字體。粗體字可用於節標題、章節名稱或附錄標題等處。

(二)邊界(Margins)

論文的每一頁，都必須保留 3 公分左邊界，右邊界和上、下邊界各為 2.5 公分。保留適當的邊界，對於微縮、裝訂和裁剪等作業極為重要。邊界的範圍內，也可以做為頁碼和頁首和頁尾的註解，不會浪費。

(三)頁碼(Page Numbering)

論文的前置項目(本文之前的所有頁面)，使用羅馬小寫數字(如 i, ii, iv, xii 等)編序。但論文題目頁、委員簽名頁及版權頁等不計算頁數，從摘要起的其餘前置項目，使用小寫羅馬數字編印連續頁碼。

自本文(論文本體)開始，改以阿拉伯數字(如 1, 2, 3, 4 等)編印連續頁碼，一直到最後(包含後續項目)，但封底空白頁不計算頁數。頁碼之印製，採用置中方式。

三、目次範例

論文的目次，是讀者快速瞭解論文內容的重要處所。目次及頁碼範例如下：

摘要 i

Abstract ii

致謝 iv

目次 v

表目次 viii

圖目次 x

符號說明 xii

―――――――――――――――――

壹、緒論 1

貳、研究內容與方法 5

　2.1 XXXX 6

　　2.1.1 XXXX 6

　　2.1.2 XXXX 10

　　2.1.3 XXXX 18

　2.2 XXXX 25

　　2.2.1 XXXX 25

　　2.2.2 XXXX 30

參、理論 40

　3.1 XXXX 41

　3.2 XXXX 48

肆、實驗結果 53

　4.1 XXXX 53

　4.2 XXXX 60

伍、結論 75

―――――――――――――――――

參考文獻 78

附錄 80

作者簡介 92

前置項目

羅馬數字

阿拉伯數字

本文

後續項目

本範例中，從「摘要」到「符號說明」，是前置項目；從「壹、緒論」到「伍、結論」，屬於本文；從「參考文獻」到「作者簡介」，都是後續項目。

　　請注意，前置項目的頁碼，是以小寫羅馬數字編寫，從本文開始，則以阿拉伯數字編頁碼，一直沿用到後續項目。

四、定稿檢查項目

研究生完成論文初稿後，到定稿列印之前，必需檢查的項目與注意事項如下：

- 論文檔案拷貝：論文撰稿過程中，隨時要製作備份，以免電腦當機而前功盡棄。我曾聽說一位碩士在職專班學生，論文即將定稿，可是其筆記型電腦被偷，所有檔案沒有備份，只好重新撰稿、重做實驗，耽誤半年才畢業。

- 頁碼：前置項目編頁碼要採用小寫羅馬數字(i, ii, iii……)，本文開始(含後續項目)使用阿拉伯數字(1, 2, 3……)編序。除了封裡空白頁、論文題目、委員簽名、版權簽名和封底空白頁不計算頁數之外，其餘每一頁都要編頁碼。

- 圖表編號必須和本文敘述相符。通常開始撰稿時，圖表編號和本文敘述不會出問題，但經過指導教授來回修訂、增刪之後，就可能會產生序號錯亂的情形。

- 圖表製作的原則，最好能不看本文就能瞭解圖表意義。

- 圖表在論文中一定有其意義，在本文中應該敘述該圖表的重點。

- 圖表的位置，最好盡量靠近本文敘述的文字。

- 參考文獻編號，和本文的編序是否相符？

- 參考文獻的字體、內容、年份等內容是否正確。

- 重新檢討論文題目是否完全反應論文內容，英文題目是否適當？

- 檢查論文是否符合學校或期刊論文所規定之格式。

- 核對定稿：論文完成之後，最好找一位「相同專長」的同學核搞，因為專長相同，可以瞭解論文內容，以可以指出論文中有問題之處。最後，再做一次對讀(準備兩份草稿，一人朗讀、一人核對)。

- 送交指導教授審閱。

五、指導教授的觀點

論文完成送交指導教授審閱時，指導教授會對下述項目檢視之。

- 論文文稿的體裁與格式，是否符合學校的規定。

- 論文的結論、討論是否充分，應否補強？

- 論文之內容，是否應增添或濃縮，順序是否調整？

- 論文之段落，是否有不必要的重複？

- 段落是否有主題句和充分的支持資料？

- 圖表的格式與安排，是否適當？

- 事實的表達、解釋或計算有無錯誤？

- 實驗方法之記載是否適當？

- 引用文獻是否適當？過多或太少？

- 摘要是否充分顯示論文內容？

電力研討會論文格式

　　學術期刊或研討會，為統一投稿論文的格式，通常會制訂簡單的格式規定，公布在網站或是載明於邀稿通知。以下為電力研討會的論文投稿格式說明：

項　目	格　式　說　明	附　註
紙　張	無光澤的紙張，大小為 A4(210 mm × 297 mm)，且以雷射印表機列印。	
格　式	每頁上下各空 21 mm，左右各空 18 mm，題目、作者、姓名、與作者所屬單位為一欄格式，摘要以下為兩欄格式，各頁(包括最後一頁)兩欄長度盡量調整一樣。兩欄格式之欄寬應相同，兩欄間隔為 5 mm，另外，每段開始空格中文為兩個字而英文為 3.5 mm。	
字　型	中文：標楷體或中楷體 英文及數字：Time New Roman	無此字型，請用相近字型。
字　體	1.論文題目：14 號粗體字。 2.作者名字：12 號細體字。 3.作者所屬單位、本文、節標題、小節標題、及數學式：10 號細體字。 4.摘要及關鍵字：9 號細體字。 5.圖形標題與文字、表格標題與文字、註解、上標、下標、及參考文獻：8 號細體字。	小節標題用斜體，數學式之數字與變數用斜體(希臘字除外)，其它為正體。
摘　要	論文需含中英文摘要，以不多於 150 個字為原則，且不得包含數學式與圖表。	
關　鍵　字	選擇 10 個以內關鍵字來表達論文談論的內容。	
單　位	原則使用 SI 制，如公尺、公斤、秒、安培…等，但若習慣上使用的單位(如：3.5"磁碟機)，則可用原單位。	
圖　表	較大圖形或表格可橫跨左右兩欄，但不可超出規定的邊界。圖形的標題應放在圖形的下方，表格的標題應放在表格的上方。在標題之前中文用圖 1、英文用 Fig.1，圖座標之標示與說明要清楚，且單位要在小括號中，如電流大小(A)。	
參考文獻	中文參考文獻註明方式如[1]，所列參考文獻必須完整、正確，且格式一致。	

數 學 式	在數學式中的符號應在數學式出現之前或下方立刻說明。式子在每欄之最右端標示號碼如(1)，文中用(1)來指明式子，但在句子開頭則中文用式(1)、英文用 Equation(1)。	
誌 謝	若論文之成果為國科會計畫，請務必填寫計畫編號。	

　　上述格式說明，值得特別注意之重點有：論文採用兩欄格式，中文以楷體，英文以 Times New Roman 字型，論文本文以 10 號細體字，摘要不超過 150 字，單位用 SI 制，參考文獻之註明方式等。讀者投稿時，一定要參考相關研討會之規定。

參、參考文獻

　　1831 年，法拉第在英國皇家科學院演講〈電磁感應〉，台下有兩位義大利聽眾，聽完演講後回國立即發表電磁感應的論文，很快就被刊登出來；而法拉第的論文直到 1832 年才在英國刊出，這兩篇論文發表的時間落差，反而使法拉第被指為剽竊，雖然最後獲得平反，但是對法拉第造成很大困擾。

　　1900 年初，三位生物學者先後各自準備發表〈植物雜交遺傳〉的論文之時，才發現早在 1866 年，孟德爾已經公開發表過相同的〈植物雜交的研究〉，因此他們的研究，只能算是孟德爾遺傳定律的「再發現」而已，無法獲得傑出研究開創者的榮耀。孟德爾的論文是用德文發表，雖然只在小鎮的自然科學學會發表，但已分送歐洲各國主要研究學者；後續研究者徒勞無功，只能怪自己所做的文獻探討不夠認真。

一、參考文獻的重要性

　　參考文獻，是論文的重要項目之一。早年，因為文獻查閱不方便，各國學者重複研究的情形極為普遍。例如：歐姆定律(德國歐姆 Ohm 和英國法拉第 Faraday)、電磁感應(英國法拉第 Faraday 和美國亨利 Henry)、無線電(義大利馬可尼 Maconi 和美國特司拉 Tesla)等，都曾因為論文發表的時間落差，發生與其他人重複研究的情形。

　　為確保論文發表的先取權，學術界規定，論文及摘要必須使用學術界所承認的國際通用語言(例如：英語、德語和法語等。)以方便世界各地人士的查閱。雖然使用中文的人口最多，但僅集中在華人世界，不算是國際通用語言；這也是為什麼台灣各大學及研討會所出版的中文論文，規定必須附加英文摘要的原因。國內博碩士論文雖然多以中文發表，但是論文摘要已經用英文等發表，還是可以保障作者在學術成就的先取權。

　　開始研究之前，應該就你即將要研究的主題，儘可能查看國際通用語言所發表的權威刊物，相關的最新研究成果。以電機工程而言，IEEE 自 1988 年起，將所有論文以數位方式儲存，製成光碟並提供網路查詢，全世界各大學幾乎都是其訂戶，教授和研究生可以利用校內網路查閱、下載、列印，非常方便。

開始研究前，文獻的蒐集應該儘可能廣泛，但發表論文之參考文獻則應該儘量精減，只列舉和論文相關文獻，不要將所有曾經查過的文獻都列入，以免有誇大草率之嫌。

書寫參考文獻時，對於論文作者、卷數、頁數等資料，一定要慎重，要確認文獻表中每一個字均為正確。參考文獻記載方式，雖然各種期刊雜誌的要求不盡相同，但是，在同一雜誌內的每一篇論文都要採用相同的方式書寫。所以，在你的論文中，<u>每一篇參考文獻都要用相同的格式書寫</u>。

二、抄襲的嚴重性

論文寫作，不可能全都是自己創新的作品，一定會參考他人的著作；而參考他人著作，就要依規定註明出處，否則就是抄襲。

抄襲後果相當嚴重，依據教育部「專科以上學校教師資格審定辦法」第十二條規定：

> 教師資格送審，其學、經歷證件、成就證明或專門著作已為接受將定期發表之證明有偽造、變更、登載不實或著作、作品、技術報告有抄襲、剽竊等情事者，經本部學審會常會審議確定後，五年內不受理其教師資格審定之申請。本部應通知學校，並由學校各級教師評審委員會評議後，依本條例、教師法等相關規定辦理。

依上述規定，教師著作升等審查，如被發現抄襲，「五年內」不受理其教師資格審查，還要接受學校各級教師評審委員會的其他處分。所以有人戲稱，抄襲失敗會遭受「五年徒刑」。其實，一旦有不良紀錄在案，五年後送審也很難過關，可以說其學術生命已經結束。

抄襲的作品，就算僥倖通過升等或學位審查，還是要戰戰兢兢，因為日後只要有人檢舉抄襲成立，其資格或學位隨時還是會被取消。所以，就算「抄襲成功」，還是要忍受「無期徒刑」。

三、引用文獻的註記方式

撰寫論文參考他人著作時，一定要註明出處。引用文獻，文法商和理工學門的註記方式稍有不同。本文的註記和參考文獻一定要互相呼應，舉例說明如下：

1.引用方式(文法商)

(1)本文：論文引用李崇信著作的敘述(如底線)，在本文中註記作者(著作年份)如下：

　根據李崇信(民 85)指出：職務再設計的目的，就是為消彌個人與就業環境間差距的一種手段……。

(2)參考文獻：為與本文互相呼應，應將李崇信(民 85)的著作在參考文獻中完整呈現如下：

　5. 李崇信(民 85)，為殘障員工進行職務再設計，東南，台北。

2.引用方式(理工)

(1)內文：引用 Glover[1]著作的內容(如加註底線)，在本文中註記文獻編號 1，

According to Glover[1], power system can be protected from lightning stroke by overhead grounded line…

(2)參考文獻：與內文呼應，參考文獻編號 1 即為 Glover 著作的相關資料：

　1. Glover and Sarma, *Power System Analysis and Design*, 2nd Ed., PWS, Boston, 1994.

四、參考文獻注意事項

論文中所引用的參考文獻，應該在本文之後彙集呈現，提供讀者進一步研究之參考。參考文獻之排序，可以按其在本文出現之順序，或是按文獻發表年代之先後，依序排列，但是，選用某一方式之後，全文就要用相同方式處理。

參考文獻，是提供讀者參考之用，其記載方式以「簡單、扼要」、「看得懂」為原則；英數字用 Times New Roman 正體，中文用細明體為原則。例如：

• 發表年份：中華民國八十七年，以「民 87」表示；但西元年份最好以四碼表示，例如：西元 1998 年，最好寫成「1998」，不要簡寫成「'98」。

- 出版社：不必列出全名，以簡稱即可。例如「全華科技圖書出版股份有限公司」，只要寫「全華」就好；出版商 Macmillan Publishing Co.，簡稱 Macmillan。

- 常用英文縮寫：*Transactions* 簡稱 *Trans.*，*Proceedings* 簡稱 *Proc.*，*Review* 簡稱 *Rev.*。

此外，以下幾點為共通性基本原則，請讀者注意：

1. 英文姓名：

英文姓名的正式寫法，名字在前，姓氏(Last name)在後，例如：John Fitzgerald Kennedy。但在參考論文，姓氏較重要，經常將姓氏移至前面並加逗號，名字則以縮寫代表，成為 Kennedy, J. F.。作者為兩人要用「and」連接，三人以上，則在最後兩位之間加上「and」。下列各種排列方式都可以使用，但必須擇一為之。

(1) J. D. Glover and M. Sarma, (姓氏都在後面)

(2) Glover, J. D. and Sarma, M. (姓氏都在前面)

(3) Glover, J. D. and M. Sarma, (第一作者姓氏在前，第二作者姓氏在後)

(4) Glover, J. D., P. Jones and M. Sarma, (第一作者姓氏在前，其餘作者的姓氏在後)

註：第(3)、(4)種方式，將第一作者姓氏提前，其餘作者之姓氏仍按正常方式置於末尾，最為常見。

2. 中文姓名：作者為兩人以上，以「、」區隔，而不用「及」連接

(1) 李清吟，

(2) 羅欽煌、于新源，

(3) 陳世昌、呂振森、姚立德，

註：作者為兩人以上，作者姓名以「、」區隔，而作者姓名結束用「，」。

3. 無作者(編者)：著作由公司/機構發行，則以機構當成作者

(1) Westinghouse Electric, *Protective Relay*, Rockville, MD, 1988.

(2) 經濟部，921 停電事故調查報告，民 88。

註：英文資料，使用英文標點符號；中文資料，使用中文(全型)標點符號。

4. 書名：英文採用斜體(*Italic*)，中文則以(楷體)表達書名。

C. A. Gross: *Power System Analysis,*

廖慶榮，研究報告格式手冊，

註：在台灣，政府機構的研究報告，經常要求研究論文都採用標楷體時，為區分書名，
可在書名以底線加註，或以雙書名號《書名》標示，例如：

廖慶榮，研究報告格式手冊，

廖慶榮，《研究報告格式手冊》，

5. 期刊或研討會論文都裝訂成書，所以「期刊名稱」或「研討會名稱」可以視同書
名，英文用斜體(*Italic*)，中文用(楷體)。例如：

IEEE Trans. on Power System,

Proc. of Power Industry Computer Application (*PICA*) *Conference,*

工程月刊，

第 24 屆電力研討會，

6. 論文「題目」：使用引號，英文用"Title"，中文用「題目」。

Y. H. Yan and C. S. Chen, "Harmonic Analysis for Industrial Customers,"

王明義，「高鐵動態負載及三相不平衡分析」，

五、參考文獻記載範例

參考文獻書寫方式沒有標準。撰寫論文時，如果來源 A 文獻格式與來源 B 者不
相同，作者必須將之統一。但如指導教授或期刊要求不同格式，請遵照其規定辦理。

各種參考文獻，必需包含的「基本項目如(a)，(b)，(c) ……」，以及其中文、英
文記載方式，請參考以下範例：

1. 論文：(a)作者姓名，(b)論文題目，(c)刊物名稱，包含卷數、號數及頁數，(d)發表
年份。例如：

(1) Y. Cai, S. H. Case and M. R. Irving, "Iterative Techniques for the Solution of
Complex DC-Rail-Traction Systems Including Regenerative Braking," *IEE
Proc.-Gener. Transm. Distrib.*, Vol. 143, No. 6, pp. 462-468, 1996.

(2) Y. H. Yan and C. S. Chen, "Harmonic Analysis for Industrial Customers," *IEEE Trans. on Industrial Application*, Vol. 143, No. 6, pp. 462-468, 1994.

(3) H. Duran, "Optimal Number, Location and Size of Shunt Capacitors in Radial Distribution Feeders: A Dynamic Programming Approach," *IEEE Trans. on PAS*, Vol. 87, No. 6, pp.1768-1774, 1986.

(4) 王明義,「高鐵動態負載及三相不平衡分析」,清華大學碩士論文,民 86 年。

(5) 教育白皮書研究小組,「我國建立終身學習社會的具體途徑」,成人教育,期 42,頁 13-23,1998。

2.書籍:(a)作者姓名,(b)書名,(c)出版社名稱及其發行地,(d)發表年份。例如:

(1) M. Markel, *Writing in the Technical Field*, IEEE Press, New York, 1994.

(2) J. D. Glover and M. Sarma, *Power System Analysis and Design*, 2nd Ed., PWS Publishing, Boston, 1994.

(3) Gibaldi, Joseph and Achtert, Walter S., *MLA Handbook for Writers of Research Papers*, 2nd Ed., Modern Language Association of America, New York, 1984.

(4) 吳清基,技職教育的轉型與發展,師大書苑,台北,1998。

(5) 黃炎煌,台鐵電化路線電力供應概要,台灣鐵路管理局,台北,民 87 年。

3.政府出版物:(a)出版機構,(b)刊物名含卷數等,(c)發表年份。例如:

(1) U. S. Congress, *Congressional Record*, Vol. CXII, 1994.

(2) 教育部,教育統計,民 84。

4.報紙雜誌:(a)作者,(b)篇名,(c)發行者,(d)發表年月日,(e)版面。例如:

(1) T. Garry, "Where Many Elderly Live," *New York Times*, 7 Mar. 1994, Sec. 1.

(2) 丁雯靜,「重新為台灣產業找出路」,中國時報,87 年 8 月 4 日,14 版。

5.翻譯書籍:(a)原文作者,(b)翻譯書名,(c)翻譯者,(d)翻譯出版者,(e)翻譯出版地,(f)翻譯年份。例如:

(1) Garry, T. and J. Champy,改造企業,楊幼蘭(譯),牛頓,台北,1994。

6.網頁資料:(a)網頁作者,(b)文章篇名,(c)網址,(d)日期。例如:

(1) **General Electric, "GE Profile Wine Chiller Keeps Wines Stored at the Right Temperature," http://www.ge.com/stories/en/ 20077.html?category=Products_Home, 11/24/2003.**

註:參考網頁資料時,因為日後網頁可能遭到刪除,最好先予列印並置於附錄,以資徵信。

7. 未發表的著作：型式未定。例如：

    (1) Teller, Edward, Personal Interview, July 12, 1994.

    (2) Zeller, Eli, "Rocks into Blocks," *Dissertation*, University of Illinois,

        Urbana-Champaign, 1918.

六、參考文獻常見錯誤及更正

    學生在研讀上述規定時，大都心不在焉。我在上課時，曾經以研討會論文之參考文獻做為小考試題，雖然採取 Open Book(可以看書答題)，然而文獻中很多錯誤的寫法，學生仍不能更正，更糟的是，還把對的部分改成錯的。

    特別再摘錄幾則國內論文、期刊之參考文獻如下，以(錯誤) vs. (更正)的對照方式，並加以解說，希望能讓讀者有更深刻印象。

(錯誤) N. Mohan, T.M. Undeland, and W. P. Robbins, "Power electronics: converters, applications and design", (John Wiley and Sons, 1989), pp.102-152.

(更正) N. Mohan, T._M. Undeland and W. P. Robbins, *Power electronics: Converters, applications and design*, John Wiley & Sons, New York, 1989.

說明：*Power electronics: Converters, applications and design*是書名，英文用斜體字，同時不用引號。此外，書籍，應標明出版地，不需標明頁碼。出版社不需夾註號。

(錯誤) F. Tsai, P. Markowski, and E. Whitcomb, "Off-line flyback converter with input harmonic current correction", IEEE International Telecommunication Energy Conf. Proc., pp. 120-124, Oct. 1996.

(更正) F. Tsai, P. Markowski and E. Whitcomb, "Off-line flyback converter with input harmonic current correction," *Proc. of IEEE International Telecommunication Energy Conf.*, pp. 120-124, Oct. 1996.

說明：*Proc. of IEEE International Telecommunication Energy Conf.*是研討會名稱，論文裝訂成書，研討會名稱視同書名，應使用斜體字。此外，後兩位作者姓名以and連接，P. Markowski之後不用逗號。

(錯誤) R. Elias, A. David, and A. Jaime, "A novel single-stage single-phase dc uninterruptible power supply with power-factor correction", IEEE Trans. on Industrial Electronics, vol. 46, no. 6, Dec. 1999.

(更正) R. Elias, A. David and A. Jaime, "A novel single-stage single-phase dc uninterruptible power supply with power-factor correction," *IEEE Trans. on Industrial Electronics*, Vol. 46, No. 6, pp. xxx-xxx, Dec. 1999.

說明：*IEEE Trans. on Industrial Electronics*是期刊名稱，論文裝訂成書，期刊名稱視同書名，應使用斜體字。期刊，應註明頁碼(書本不需註明頁碼)。

(錯誤) 許溢适譯著，AC 伺服系統的理論與設計實務，文笙書局，1995。

(更正) **XXX 著**，AC 伺服系統的理論與設計實務，許溢适譯，文笙，台北，1995。

說明：翻譯書籍最好註明原作者，AC伺服系統的理論與設計實務是書名，因全文採用楷體，書籍可用書名或《書名》標示，出版社用簡稱即可，出版地應註明。

(錯誤) 余光正，"永磁同步馬達適應性速度控制器之設計"，碩士論文，國防大學中正理工學院，2000。

(更正) 余光正，「永磁同步馬達適應性速度控制器之設計」，國防大學中正理工學院碩士論文，2000。

說明：論文題目用中文「」，不要用英文引號" "。國防大學中正理工學院碩士論文，論文裝訂成書，視同書名使用楷體。

(錯誤) 劉昌煥著, 交流電機控制，東華書局，2001.

(更正) 劉昌煥，《交流電機控制》，東華，台北，2001。

說明：中文文獻，應使用中文(全型)標點符號。《交流電機控制》是書名，出版社可用簡稱，並應註明出版地。

(錯誤) 彭雲將，"低頻自動卸載"，電機月刊，第一卷，第十二期，1991 年 12 月，第131-139 頁。

(更正) 彭雲將，「低頻自動卸載」，電機月刊，卷一，期十二，頁 131-139，1991

說明：論文題目用引號「」。電機月刊是期刊，裝訂成冊視同書籍，為節省篇幅，有關「期刊卷、期、頁」的標示，比照英文書寫方式，請參考。

註：以上更正之書寫方式，並無標準或共識，僅供參考。如果指導教授有不同規定，請遵照指導教授的規定辦理。

寫作知多少

法拉第——進修教育的楷模

幾年前，台北科大陳昭榮老師送我一本《法拉第的故事》，是由台大農學院張文亮教授所撰寫。研讀後發現，200 年前英國就有私人辦理的進修學校，法拉第苦學成功和回饋社會的故事令人感動，特別摘錄推薦給進修部/學院的師生們參考。

1808 年，英國的科學家在倫敦，成立第一所都市哲學會(也就是補習學校)。其目的不是培養科學家，而是要提高社區失學孩童的知識水準，讓下層社會的青少年，因為知識水準的提昇，有機會提高其社會地位。

法拉第(Faraday)，生於 1791 年，是鐵匠之子。小學畢業後，就到印書店擔任學徒，他好學不倦，白天裝訂什麼書，晚上就讀那本書。1810 年，他已經 19 歲，才利用夜間到都市哲學會進修，學習文法、寫作和繪圖。22 歲那年，法拉第應徵到皇家科學院，擔任化學大師戴維(Davy)的實驗室助手，幫忙生火和洗刷瓶罐等雜務。

經過四十九年不斷的努力，法拉第在多種領域獲得輝煌的成就。在化學方面有法拉第電解定律；光學方面有磁場偏光效應。法拉第在電學方面的成就最大，他發明電動機和發電機，被尊稱為電學之父，為紀念他的傑出貢獻，電容單位命名為法拉(Farad)。

我的專長是電機，對於法拉第發明電動機和發電機的過程略有心得，願意和大家分享。人類很早就發現，磁鐵可以指北，摩擦可以生電，但認為「磁」和「電」互不相干。直到 1820 年，奧斯特意外發現電流通過電線時，旁邊的磁北針會轉向，才發現「電」可以生「磁」；1821 年，法拉第根據此原理發明「電動機」。隨後，很多科學家將磁鐵放在電線旁邊，希望用「磁」產生「電」，但都徒勞無功。法拉第也是歷經十年的反覆實驗，1831 年才成功發現：磁鐵必須運動(移動)，電線才會產生電流。終於找出「磁」生「電」的現象，也因而發明「發電機」。

法拉第只有國小畢業和補校進修，他的數學不好，無法如安培、馬克斯威等數學家一樣，可以用微積分等數學公式解說電學的各種現象，但是，憑藉想像力，法拉第可以用繪圖方式畫出電力線和磁力線的向量分佈，同樣完成不朽的成就。

　　法拉第在科學研究的成就雖然令人景仰，但他最讓人敬佩的是其高尚的人格。成名之後，他願意回饋社會，回到都市哲學會任教。並舉辦「週五夜討論會」，將科技研究成果教育大眾，他是科技普及化的教育先驅。此外，他提攜後進不遺餘力，受他幫忙的英國科學家有：電磁學大師馬克斯威(Maxwell)、熱力學的凱文(Kelvin)、焦耳(Joule)，甚至連德國的歐姆(Ohm)困頓多年，也是受其幫忙才獲得平反。

　　名作家李家同教授也是電機博士，他在推薦序說，法拉第成就如此偉大，仍如此謙虛，我們的成就和法拉第相比，幾乎等於零，還敢驕傲嗎？

肆、備忘錄的寫法

> 英文的「Memorandum」簡稱「Memo」，中文翻譯為「備忘錄」，是歐美國家在機關內部最常用的文書。Memo 的寫作方式和使用範圍非常廣泛：完整的 Memo 可以成為公司內部的正式報告，非正式的 Memo 則有點像日常使用的便條。
>
> 備忘錄是歐美國家的正式文書，科技人不只要瞭解中文的公文格式，和歐美人士打交道時，也要瞭解備忘錄的格式和撰寫方式。

一、起始格式(Heading)

Memo 的標準起始格式，是「To-From-Subject-Date」的形式。翻譯成為中文就是「受文者–發文者–主旨–日期」。完整 Memo 可以成為公司內部正式文書，非正式的就像我國的便條。美國的公司會制訂寫作 Memo 的規範，我國則沒有類似的規格，大家認為「便」條，可以隨便寫，丟三落四，貽笑大方。其實，Memo 有一定格式，以下引用美國慣例，說明如何撰寫 Memo，也可以做為國人書寫便條的參考。

1. 書寫受文者和發文者時，最好加上職務稱呼，以便日後職務異動時，還能瞭解發文當時收發文雙方的職務隸屬關係。例如：

修　訂　前	修　訂　後
受文者：高文秀 發文者：羅欽煌	受文者：高文秀(電機系主任) 發文者：羅欽煌(進修學院校務主任)

雖然受文者和發文者現職都是電機系教師，但發文當時分別代表不同單位及職務，最好在收文者與發文者分別加以註明。

2. 主旨的內容，應儘可能具體完備。例如：

主旨：220-V 電源供應器(不良)

主旨：220-V 電源供應器之運送問題(佳)

主旨：220-V 電源供應器運送問題之解決方案(更佳)

3. 製發任何文件最好打印日期。因為，日後產生任何爭議時，發文日期對於釐清責任歸屬很有助益，所以，讀者應該養成製作任何文件時加印日期的好習慣。

然而，日期的寫法中西有別，令人眼花撩亂。東方國家，包含中國、日本、韓國等，是依據年、月、日的順序書寫；而歐洲國家書寫日期，是以日、月、年的順序；但美國的習慣則是月、日、年。所以，與歐美國家用外文書信往返，日期的寫法最好依據各該國家的習慣為之，範例如下：

(1)中式日期：(年/月/日)

　　完整：中華民國九十三年十二月二十四日(星期五)；

　　　　　西元二〇〇四年十二月二十四日(星期五)

　　簡單：93 年 12 月 24 日(五)；2004 年 12 月 24 日(五)

　　最簡：93/12/24；2004/12/24

(2)歐式日期：(日/月/年)

　　完整：Friday, 24 December 2004

　　簡單：24-Dec-2004

　　最簡：24/12/2004

(3)美式日期：(月/日/年)

　　完整：Friday, December 24, 2004

　　簡單：Dec-24-2004

　　最簡：12/24/2004

二、目的(Purpose)

通常，撰寫 Memo 的目的有兩種：第一，告訴受文者某些事情；第二，希望影響受文者對於某件事情的看法。所以，受文者收到 Memo 之後，最想要知道的就是：「你為什麼要告訴我這件事？」

最好在起始格式之後，立即敘述本文的目的，以解答受文者的疑問。例如：

• 目的：本 Memo 要告訴你「最新晶片的初步測試結果」。

• 目的：本 Memo 是要請求「增加廠房更新所需的經費與材料」。

三、總結(Summary)

如果 Memo 的長度超過一頁,最好在長篇說明之前,增加總結一欄。總結,可以讓沒有時間閱讀全文的人(通常是高階主管),很快的得到他所需要的資訊。對於要閱讀全文的人,總結也可以讓他先了解問題的重點。

Memo 的總結,只要撰寫文件的重要結論或建議即可。

四、說明(Explanation)

Memo 的本文,就是對發生的事件做說明。在正式說明之前,有時需要加上事件的背景簡介,使讀者更容易瞭解。撰寫說明的技巧,可以參考第一部分曾經介紹的「段落的寫法」和「文章的結構型式」。

說明的篇幅如果很長,最好加上標題和副標題,使閱讀更有效、更方便。標題的編號最好和總結中的編號相同,以方便讀者對照。

五、辦法(Action)

如果 Memo 中必需要求對方採取行動,可以在 Memo 的結尾增列「辦法欄」。因為,如果把辦法放在說明之中,讀者可能會疏忽漏讀,或是看過之後忘記。所以,將必要的辦法(行動),獨立於 Memo 的最後一段,具有提醒的效果。

辦法欄的敘述,可以免除客套用詞,直接說明應該完成的事項。例如:

1.後續工作

在下次系務會議(3 月 15 日)之前,應該完成下列事項:

- 電話聯繫泰山職訓中心黃主任⋯⋯。
- 排定二電三丙班的課程⋯⋯。
- 先行與電子系協商實習課程⋯⋯。

2.行動

以下是本人希望各組在月底之前,必需完成的事項:

(1)課務組

- 協調下學期的⋯⋯。
- 建立⋯⋯。

(2)註冊組

- 重新指定……。
- 排序……。

(3)生輔組

- 組織……。
- 分析……。

範例

　　以下是撰寫 Memo 的兩則範例。作者是電腦晶片製造廠品管部的工程師，他寫了一份 Memo，向其主管報告故障晶片的分析結果。

修訂前

MEMORANDUM

備　忘　錄

受文者：李四端
發文者：張三豐
主　旨：故障分析
日　期：2000 年 12 月 8 日

　　依據工單 586-214 的要求，有兩片 DW55 模組送到品管組進行故障分析，本人已經完成分析。

　　每一模組都曾經針對電路板的接腳墊進行焊接測試。測試時，本人發現電路板邊緣有 1 或 2 個接腳鬆動，因而造成開路。

　　通常，鬆動的接腳是在安裝接頭引線到電路板的過程中造成的。安裝模組引線時，必須確保引線和印刷電路板兩側的接腳墊在焊接過程，形成良好的接觸。如果接腳和電路板的接腳墊產生空隙，銲錫無法自引線流入接腳墊，因而無法形成完好的接點。

　　空隙通常是因為電路板的厚度差異，以及組裝過程中引線的間距不足所致。在生產模組時，引線是由作業員壓在模組上，但是他們處理模組時可能會造成間距變化，造成接腳鬆動。

　　目前，本公司的焊接程序已經針對上述問題修訂，新程序是將原來銲錫塗在接腳上的方式，改為將銲錫擠入印刷電路板上。新程序也增加接腳墊的寬度，可以保證牢固的焊接。

　　因此，本人認為與該兩模組類似的故障，未來不太可能再度發生。如有任何問題，請電分機 1801 和本人聯繫。

　　這個版本，沒有加註受文發文者的職稱，主旨也太簡略。Memo 本體是長篇大論一路到底，雖然敘述清晰，可是未加分類，也沒有標題，所以讀者必需耐心讀完全篇，才知道發文者的論點。

　　參考本篇的規範和內容，將上述 Memo 修改如下：

修訂後

MEMORANDUM

備 忘 錄

受文者：品管部　李主任四端
發文者：品管部 分析師　張三豐
主　　旨：兩片 DW55 故障模組的分析結果
日　　期：2000 年 12 月 8 日

目的：

本備忘錄之目的，說明兩片 DW55 模組的故障原因，並且討論為何此種故障不太可能再度發生。

總結：

兩片模組的故障原因，在於鬆動的接腳，無法和印刷電路板的接腳墊，形成良好的接觸。我們已經採用新的焊接程序：原來將銲錫塗在接腳上的方式，改為將銲錫擠入印刷電路板上，可以保證牢固的焊接。所以，類似的故障未來不太可能再度發生。

分析程序：

依據工單 586-214 之要求，有兩片 DW55 模組送到品管組進行故障分析。

首先，我對兩片模組的印刷電路板進行焊接度測試。測試時，本人發現電路板邊緣有 1 或 2 個接腳鬆脫，因而造成開路。

兩模組問題的原因：

通常，鬆動的接腳是在安裝印刷電路板連接器引線時所造成，安裝模組引線時，必須確保引線和印刷電路板兩側的接腳墊在焊接過程，形成良好的接觸。如果接腳和電路板的接腳墊產生空隙，銲錫無法自引線流入接腳墊，因而無法形成完好的接點。

為何會形成空隙？通常是因為電路板的厚度差異，以及組裝過程中引線的間距不足所致。在生產模組時，引線是由作業員壓在模組上，但是他們處理模組時會造成間距變化，造成接腳鬆動。

新的程序將會減少間隙問題：

目前，本公司的焊接程序已經針對上述問題修訂，新程序是將原來銲錫塗在接腳上的方式，改為將銲錫擠入印刷電路板上。新程序也增加接腳墊的寬度，可以保證牢固的焊接。

因此，本人認為與該兩模組類似的故障不太可能再度發生。如有任何問題，請電分機 1801 和本人聯繫。

　　修訂後，Memo 加上標題，使立論更清晰，容易閱讀。同時，加上目的、總結，讓有些讀者(高級主管)只要閱讀目的和總結就夠了，不需要讀完全篇，就知道 Memo 的重點所在。

寫作知多少

俗不可耐

最近，開車經常走二省道，沿途看到的招牌令人怵目驚心，語不驚人死不休。有一家用：「不俗是豬，比口蹄豬還便宜」；另一家稱：「撤店，絕對俗」；照片上的店家，更是用大小幾個「俗」字，最後還加上：「有俗才敢大聲，北台灣尚介俗。」生意難做，老闆的無奈，我真的很同情，希望這個「絕『招』」有效，生意會好一點。

但是，做生意真的只有拼價格嗎？德國製產品，以品質和品牌取勝，賓士汽車、萊卡相機等，產品好一點、價格高很多，硬是要比美國貨、甚至日本貨都要貴上好幾倍。要拼價格俗，台灣拼不過大陸；以德國為師，我們應該走自己的路，創造產品的特色，不用拼價格，可以賺更多。

如果品質相同，價格的「俗」，人人愛。但是，最近電子媒體為了拼收視率，每一台都在搞煽色腥，獨家八卦誹聞不斷，則是品質的「俗」，直讓人受不了，真正是俗不可耐。

羅欽煌

伍、會議紀錄的寫法

現代人因為會議太多，浪費時間，甚至需要加開會議，商討如何減少會議。——笑話

生活在民主社會現代人，很多事情必需遵從多數的意見，所以，無論大小事情多要開會決議。開會就要有會議紀錄，但是，學校教育卻很少教導學生，如何正確的撰寫會議紀錄。本文將說明會議紀錄的要點，如果你能遵照這些要點，做出完整的會議紀錄，一定會讓你的主管刮目相看。

會議紀錄是記錄機構內部或不同機構間開會的情形。會議紀錄只要經過下次會議修訂確認後，就成為法律文件；也就是說，它將成為機關的正式文件。所以，撰寫紀錄必須謹慎，不要因為自己的疏忽，造成個人或公司在未來面臨法律的責任。

有些人心不在焉，雖然參加開會，可是未必完全了解會議的結果；所以，會議紀錄必需完整、明確的呈現會議的結論，以做為會後大家處理事務的依據。會議紀錄的任務，是精確的描述提案及其解決方案；但是，對於爭議事件的描述，則要有建設性，會議紀錄必需使爭議獲得降溫，不要火上加油。

會議紀錄的格式，視會議屬性而定。非正式的會議，與會者都屬於同一部門，參加的人數較少，記錄可以採用備忘錄的形式就好；正式會議人數較多，同時有不同部門的人員參加，會議紀錄必須合乎標準的規範與格式。

一、必備的項目

會議紀錄通常必須包含下列各個項目：

- 會議機構或單位名稱
- 出席者姓名
- 列席人員
- 會議地點、日期、時間
- 會議型式(例行或是特別會議)
- 會議主席和記錄
- 會議結束時間

此外，本次會議之紀錄，必須對上次會議紀錄的處理結果加以敘述，例如：宣讀(或分送)和確認(或修訂後確認)等。

二、記錄要詳實

會議紀錄最困難之處就是詳實。因為只有少數會議能完全按照議程進行，有時會議之進行會變成一團混亂，所以重要會議最好使用錄音機，協助會後記錄之整理。通常，座談會可能需要逐字紀錄，以完整呈現談話實況。一般會議紀錄不要逐字記錄，只要記錄重點和結論就好。

會議中，任何重大討論議題和採取的行動必需記錄。例如：指出宣讀或核定的報告、成立的議案(是否通過、否決或擱置)和採行的解決方案。如果提案進行表決，要登錄表決票數；此外，議案的提案人也要加以紀錄，例如：「張三提議，在本校中長期發展計畫中，應將電機系由機電學院轉移至電資學院。」

如果沒有錄音，有時以即席記錄會議的過程很困難。為確保記錄正確，你可以中斷討論，要求發言人重述其論點。如有臨時動議進行表決，你必須保證記錄的字句和提案人的敘述完全相同；如有疑義，要在投票前，確認方案的內容。會議中，如果有人分發文件，可以將其當成會議紀錄之附件，不必重新打字或剪貼。

三、爭議事件的記錄要圓滑

有時候，會議的內容和情緒很難分開。例如：有人會對另一人生氣，有人嘲笑他人的點子或意見。你該怎麼辦？你的責任是記錄會議的經過和結果，但不要記錄會議中不正當或難堪的行為；會議中如有不當的言論，記錄可以完全避而不寫。切記，記錄經確認後，永久留存，所以下筆要謹慎、圓滑。

下列紀錄是正確的寫法：

> 經過詳細的討論後，採購部門要求增加一名員額的議案，以七票對六票遭到否決。

以下的寫法，雖然詳實，但是不太妥當：

> 採購部門要求增加一名員額的議案，經過白熱化的討論後遭到否決。採購部經理張三在會議中，抱怨人事主任李四背信，因為事前李四表示支持此案，投票時卻臨陣變節。

範例

國立台北科技大學　八十八學年度第二學期　臨時校務會議紀錄

時間：八十九年六月二十七日下午二時

地點：本校國際會議廳

出席者：校務會議代表(如簽名表)

主席：校長　　　　　　　　　　　　　　　　紀錄：張XX

一、主席報告：

1. 配合本校轉型期間各項需要，各教學單位系所應積極規劃，新學年度師資設備與課程安排及招生宣導等，利用暑假前完成擬訂計劃內容及進度，希望加強推動實施，秘書室列管加以追蹤。

2. 中央圖書館台灣分館新館新建完成搬遷後，現址已奉核定撥還本校使用。萬里第二校區規劃開發興建計劃亦於八十八年十一月三日奉行政院經建會審查通過，其中價購合庫土地部分已順利獲得解決。工專新村舊舍收回拆除作業加緊進行中。因此今後增設系所空間與校務發展當可加速推展，對於行政團體參與同仁之努力辛勞，深表感謝，特別提出表揚嘉勉。

二、宣讀上次會議決議案：確認通過。

三、討論議案：

1. 案由：調整八十九學年度本校各學制學雜費、學分費收費標準，調幅為百分之九點四，提請追認。

　　決議：(1)追認通過。

　　　　　(2)請副校長召集相關單位研商各學制學雜費、學分費合理收費標準。

2. 案由：本校擬申請九十一學年度增設四技文物維護與推廣系一班；機械系擬調整二技減一班為雙班，四技增一班為雙班。提請審議。

　　決議：(1)通過機械系二技減一班，四技增一班。

　　　　　(2)九十學年度申請增設之機電科技研究所、工程科技研究所博士班，如未獲審議通過，九十一學年度繼續提出申請。

　　　　　(3)申請增設文物維護與推廣系四技一班，暫予保留。

3. 案由：建請本校共同科改名為通識教育中心，提請討論。

　　決議：本案暫予保留。

四、臨時動議：

1. 通過本校於九十一學年度招收車輛工程研究所，環境規劃與管理研究所，創新設計研究所等碩士在職專班各一班，請進修推廣部報部核備。

2. 請副校長及機電學院院長協商研究本校成立電機資訊學院之可行性。

五、散會：四時二十分。

「勞動」與「感恩」

日前校外教學，五年級的小學生上車之後，嘰嘰喳喳十分興奮，爸爸媽媽都備有早餐和各式零食，每個小朋友只是自顧自吃得好高興；後座的兩位老師聊起，從前一定會有些學生拿吃的來請老師，現在卻沒人理睬，而有點感慨；忽然，有個小朋友往後走來，手上拿著半個蘋果說：「老師！這個蘋果我吃不下，給你吃」；終於有學生賞吃的，可是你到底是要稱讚他？還是責備他呢！

當內人把這個故事說給朋友分享時，朋友猛然回想，自己家的孩子，不也是把吃剩的蘋果拿給爸媽吃嗎？另一位朋友則表示，自己覺得兒子不吃甘蔗硬節很浪費撿回來吃，後來兒子以為爸爸喜歡吃甘蔗硬節，會特地包好放冰箱留給爸爸吃；讓我們不禁想起，兒子以為老媽媽不愛吃魚肉只喜歡吃魚頭的故事，可能不是笑話。

近二三十年來，台灣從農業社會轉型為工商業社會，每個家庭只有一兩個小孩，兒女是全家之寶，要用錢時不用勞動，長輩有就會給，「不勞而獲」好像理所當然；父母親寧可苦自己也要讓孩子過好日子，家庭幾乎沒有敬老的教育。因為不給錢而弒父母的亂象層出不窮，我們只會批評年輕一代的不是，卻沒想到父母正是寵壞他們的幫兇。問題已經相當嚴重，可是怎麼辦呢？**我們需要新的「勞動」與「感恩」教育。**

以先進的歐美國家為例，兒童的權益雖然受到很好的保障，可是在普通家庭，孩童還是要用做家事或送報等工作，來賺取零用金，大學生打工賺的錢要支付部分學費，不全然是自己零用，要享受就要勞動，沒有不勞而獲這回事。中國古諺：「**富不過三代**」，美國的洛克斐勒靠石油發跡富可敵國，孩子從小還是要送報賺零用錢，現在已經傳到第五代仍然家財萬貫，就是因為有正確的家庭勞動教育。

「感恩情懷」的養成是漸進而久遠的。台灣早期的農業社會，因為物資缺乏，爸媽要辛苦工作，子女也要幫忙，全家才勉強溫飽，自然會對父母尊敬和感激；同時利用祭祖敬天的儀式，表達我們對先人的感恩和大自然的敬惜。至於美國，有些節慶和儀式就相當富有感恩傳統，「**感恩節**」起源於感謝印第安人對先人創建家園的援助，演變成為全家團圓相互感恩的節慶；「**聖誕節**」藉紀念耶穌誕生祈求平安，同時每個人都要送禮物給親友，互相表達對他人的感謝；此外，「**餐前禱告**」則是對上帝和大自然的一種感恩。

陸、公文和提案

> 初任公務員，最常面臨的困擾就是，「事務」到底要用何種方式處理？創簽公文或提案討論。答案：視事務是否有爭議而定。
>
> 創簽公文，適用於<u>無爭議</u>的事務，經過相關單位會簽後，送陳主管核定後，就可以開始執行。如果創簽公文送會簽時，其他單位有不同意見，主管將左右為難而無法裁示，則最好改用提案討論方式辦理。
>
> 提案，適用於<u>有爭議</u>的事務。提案可以在會議中經過充分討論其利弊得失，然後以決議方式辦理，由出席會議人員共同分擔責任。
>
> 公文是政府機關、私人企業和人民之間的正式文書，也是處理事務的依據。提案則是表達個人或小組的意見，希望可以獲得組織或主管的認可，使提案之構想得以實現。公文和提案的書寫方式，十分雷同。

一、公文的格式

公文的完整的格式，包含「主旨」、「說明」和「辦法」等三部分。最簡單的公文，只有「主旨」(例如：公告法令)，沒有「說明」和「辦法」。有些公文只要用「主旨」和「說明」，就可以完整表達意見，就不需要勉強增加「辦法」欄。

主旨欄，用最簡短的文字表達提案的訴求，通常不超過兩行或 50 字。說明欄，是用來補充主旨無法詳述的來龍去脈，雖然不限字數，但還是以精簡為原則。辦法欄，則是敘述要完成提案主旨，所必需採取的行動或方法。但有些人寫公文，把事情的目的、說明和辦法等，全部都放在主旨欄，洋洋灑灑一整頁，這樣做也不妥當。

會議的提案，包含「案由」、「說明」和「辦法」等三部分。提案的案由就是公文的主旨，以最精簡的文句陳述提案人的意見。會議過程中的臨時提案，稱為臨時動議，其內容和提案相同，當場先以口頭方式為之，會後還是要補提書面文書。

撰寫公文或提案，最好使用「井字聯想法」(本書第一部分第二章)，以 5W1H 的方式構思點子，可以思考周全以避免有所遺漏。將 Who(人)、When(時間)、What(事物)、Where(地方)、Why(為何)和 How(如何)等因素，反覆思考。然後，順理成章，寫成公文或提案。只要把握「寫作五部曲」的原則，撰寫公文或提案易如反掌。

二、公文的稱呼用語

　　撰寫公文時，對於上級機關或首長、平行機關和下級機關或屬下的稱呼有所不同，行之多年已經建立慣例，最好遵照慣例或規定辦理，以免遭受指責或譏笑。

1. 鈞部、鈞院：下級對上級機關，有隸屬關係，尊稱「鈞」

　　例如：各大學，行文給教育部，稱鈞部；行文給行政院，稱鈞院。

2. 大部、大院：下級對上級機關，無隸屬關係，尊稱「大」

　　例如：各大學，行文給內政部，稱大部；行文給立法院，稱大院。

3. 鈞長、鈞座：下屬對長官，尊稱「鈞」

　　例如：進修部主任簽文請校長裁示，稱鈞長或鈞座。

4. 台端：長官對下屬或機關對人民，稱呼「台端」

　　例如：行政機關行文給民眾，稱台端。校長行文給所屬職員，稱台端。

5. 貴：公務與私人機關之互稱，稱呼「貴」

　　例如：學校行文給某公司，稱 貴公司。

6. 本人：人民對機關陳情時，自稱「本人」

　　例如：民眾向行政機關陳情，自稱本人，稱機關為大部或大院(無隸屬的上級)。

三、公文的期望用語

　　撰寫公文在主旨之結尾，必須加上期望用語。希望受文者對公文有所核示、辦理或僅供瞭解或瞭解。

1. 敬請鑒核：「鑒核」，是請求對上級機關或首長對公文有所「核示或核備」；「敬請」也是對上級機關或長官的尊敬用語。

　　例如：台北科大因招生事宜行文給教育部；因為教育部是台北科大的直屬上級機關，所以主旨結尾期望語就要用尊敬用語。

　　主旨：謹陳本校 93 學年度各學系招生班級數及招生名額，敬請鑒核。

2. 請查照辦理/見復：對平行和下級機關，可用普通的「請」，不用「敬請」。

　　查照：是提供對方參考而已，

　　查照辦理：是希望對方知悉，並有所行動，

　　查照見復：是希望對方知悉，採取行動並將結果答覆。

例如：台北科大為學生校外參觀之需，發文台電公司核能電廠；因台北科大和台電公司無隸屬關係，可視為平行機關，主旨結尾期望語就可用「請查照」。

主旨：本校○○系○○班學生○○人，擬於○○年○○月○○日到 貴公司核能一廠進行校外教學參觀，屆時請派員指導，請查照。

四、公文的引述用語

接獲對方的公文，表示「知道了」的敘述。

1. 奉悉：接獲上級機關(首長)公文，「奉」是尊敬用語，也可用「敬悉」。

  例如：鈞部93年11月20日93教技二字第XXX函奉悉。

2. 敬悉：接獲平行機關(首長)公文，「敬」是客氣用語。

3. 已悉：接獲下級機關(首長)公文

五、公文結束的附送用語

公文的附件，要送給受文者，在公文結束時的用語。

1. 檢陳：對上級機關(首長)

2. 檢附：對平行或下級機關(首長)

3. 此致：便條(平行或下級)

4. 謹陳(敬陳)：對上級簽文

註：將公文「送」給上級，以往使用「呈」，現在都改用「陳」。只有行政機關給總統才用「呈」。

本書只是說明撰寫公文的基本觀念和注意事項，讀者如想進一步了解公文和提案的寫法，可以到市面上購買公文或應用文的專門書籍，自行研讀。

茲利用下列幾則實例，說明如何撰書公文和提案。

六、公文實例解析

修訂前

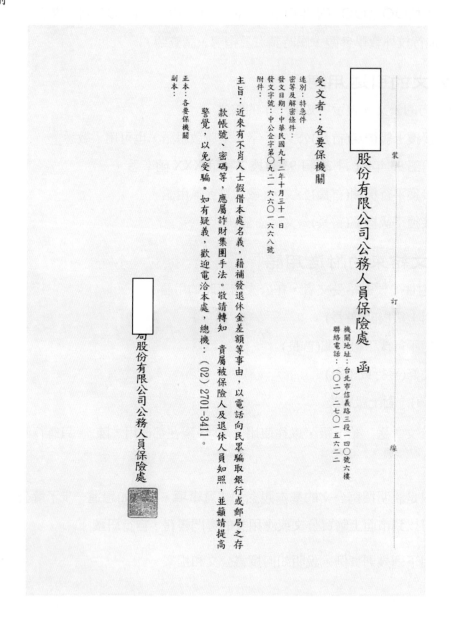

解說：

1. 本文把事情的目的、說明和辦法等，全部都放在主旨欄，洋洋灑灑一長段，這樣做似乎不妥當。

2. 直式公文在電腦上閱讀不方便，93 年起，行政院研考會開始推行橫式公文，對於電腦撰稿、排版等，將有很大助益。

修訂後

主旨：有不肖人士假借本處名義行騙，敬請轉知　貴屬員工慎防受騙。

說明：近來有不肖人士假借本處名義，藉補發退休金等事由，以電話向民眾騙取
　　　銀行或郵局帳號、密碼等，應屬詐欺集團手法。

辦法：(1) 敬請轉知　貴屬退休人員知照，慎防受騙。(2) 如有疑義，請洽本處
　　　電話(02)2701-3411。

解說：

1. 主旨欄，說明有人利用本處名義行騙，提醒大家小心，以免被騙。

2. 說明欄，敘述不肖人士行騙的各種手法。

3. 辦法欄，告訴受文單位應採行的兩種行動。

七、提案範例

背景說明：大學採用流動教室上課，學生上課來、下課走，教室整潔只好靠清潔工於
　　　　　每日課後打掃。但因為學生經常將早餐、飲料、便當盒等，帶到教室享用，
　　　　　垃圾量驚人；到晚上，進修部上課時，教室已經髒亂不堪。

案由：為改善普通教室整潔，擬於日夜間上課空檔，增聘工讀生打掃，提請討論。

提案單位：進修部

說明：

1. 本校現有普通教室 73 間，提供日間部 93 班、夜間 65 班、週末 35 班學生
   上課之用。因為教室不足，日間部採用流動教室，夜間及週末班仍採固定
   教室之方式上課。

2. 因為日間部採用流動教室上課，值日生整潔責任無法明確；實施「一分鐘
   做環保」又無法百分百貫徹；只靠週末打掃，無法消除教室髒亂現象。

3. 同學們最無法忍受的髒亂來源是固體垃圾，老師們對粉筆灰也感厭惡。

擬辦：

1. 為加強教室整潔，擬增聘工讀生 12 名，負責全校 73 間普通教室，固體垃
   圾之撿拾和黑板及粉筆灰之清潔，每天利用日、夜間部上課之空檔(下午 5
   至 6 點)實施。

2. 工讀生由系主任推薦每系一名，每人每月固定支領工讀金 2000 元；工讀生
   之管理、調度及考核由進修部負責。

八、公告範例

公告的項目，和公文類似，只是「說明」，改為「公告事項」。此外，公告是針對大眾，所以不須註明受文者。

○○科技大學附設進修學院　公告

中華民國 93 年 11 月 21 日

主旨：公告本校附設進修學院 93 級畢業生，換發學位證書相關程序。

公告事項：

一、「學位授予法」已於民國 93 年 6 月 4 日經立法院三讀通過，並於 6 月 23 日經總統公布實施。依本法規定，進修學院畢業學生，授予學士學位。

二、換證方式如下：

　　1. 返校換證：請持原核發之學位證書或畢業證書，本人親自(或委託他人)返校辦理。

　　2. 通訊換證：

　　　(1)將原核發之學位證書或畢業證書，以掛號郵寄回本校進修部教務組(地址：333 桃園縣龜山鄉萬壽路一段 300 號)。

　　　(2)檢附回郵信封(A4 尺寸)，書寫收件人姓名、地址，並貼足 50 元掛號回郵郵資。

模稜兩可的公文用字

在處理公文時，經常看到錯別字，以下模稜兩可的字，應特別注意以免貽笑大方。

字	正確用詞	常見錯誤用字(訂正)之情形
需	必需(Need，可以取代)	柴米油鹽醬醋茶是生活必須(需)品。
須	必須(Must，非如此不可)	服兵役是男生必需(須)遵守的義務。
畫	計畫(名詞)	內政部推行國土改造計劃(畫)。
劃	策劃、規劃(動詞)	國防部規畫(劃)縮短義務役役期為一年六個月。
雇	雇員、雇主(名詞)	僱(雇)主違法雇(僱)用外勞，將受法律制裁。
僱	僱用、聘僱(動詞)	員工於聘雇(僱)期間，必須遵守本公司相關規定。
與	給與(具體實物)	受災戶除給予(與)實物補償外，另加發十萬元現金。
予	給予、授予(抽象名位)	總統於93年6月23日公布實施學位授與(予)法。
做	做工、做活、做壽(具體)	工廠勞工每天上班，必須作(做)工滿八小時。
作	作罷、作文、作怪(抽象)	田徑比賽項目，因臨時大雨只好做(作)罷。
聲	聲請(對法院用語)	警方向地方法院申(聲)請羈押嫌犯獲准。
申	申請(對行政機關用語)	七二水災受災戶向台北市政府聲(申)請國家賠償。
訖	驗訖、收訖(完畢)	新購投影機已經驗迄(訖)，可以辦理登錄。
迄	迄今、起迄(到達)	部分學生訖(迄)今仍未換新學生證。
銷	抵銷(互相消除)	原告和被告之間的債務可以互相抵消(銷)。
週	週一、週末、週日(星期)	進修學院在周(週)末(星期六和星期日)上課。
的	好的錶(名詞)、我的書(名詞)	這本英語字典是一本很好得(的)工具書。
得	好得很(副詞)、跑得快(形容)	這本書寫的(得)真是好的(得)很。
地	小心(副詞)地	路上濕滑，請小心的(地)走。

註：周/週(兩者通用)：例如，周年/週年、四周/四週。

柒、產品說明書

產品說明書可能只有一頁，也可能厚厚的好幾冊，但是其基本原理都是告訴消費者如何安全、有效的使用商品。大多數跨國企業產品的英文(或翻譯)說明書寫得很好，而台灣本土產品的中文說明書則寫得相當草率，還有很大的改進空間。

撰寫產品說明書，是工程師的主要任務之一。身為工程師，也許你認為機器操作很簡單，但對於使用機器的普羅大眾可能很困難，因為他們對於科技產品可能十分外行，所以撰寫說明書時，必需把顧客當成是「技術白痴」，一步一步詳細寫清楚，必須確定外行的使用者都能瞭解才算成功。

撰寫產品說明書，還是可以參考 ABC 模式辦理，如表 3-7-1 的說明。

表 3-7-1 產品說明書之 ABC 模式參考原則

Abstract(摘要)
▪ 敘述說明書的主要目的 ▪ 主要的步驟，以總結方式敘述之 ▪ 各部位名稱的圖說、電器的接線圖等
Body(主文)
▪ 解說名詞定義 ▪ 安全事項 　• 注意(Cautions)事項(可能損壞機器設備) 　• 警告(Warnings)事項(可能使人受傷) 　• 危險(Dangers)事項(可能使人受傷或死亡) ▪ 以數字編序的步驟 　• 每一個主程序，包含一組步驟 　• 每一個步驟，解說一個動作 　• 以命令式敘述(例如：檢查電表讀數) ▪ 重要資訊以「步驟」表示之；輔助資訊以「註解」說明之。
Conclusion(結論)
▪ 重要事項，再度提醒使用者

表 3-7-2 實際產品說明書目錄(以 Panasonic 錄放影機為例)

使用前準備
■ 安全注意事項及緊急處理方法
■ 裝機的方法
■ 各部位名稱
使用方法
■ 簡易操作說明及遙控器使用方法
■ VISS(節目索引)說明
• 語言設定操作步驟
• 接受頻道設定步驟
■ 錄製電視節目的步驟
• 聲音的多重設定步驟
• 兩機對錄功能
• 易錄碼定時錄影步驟
■ 節目導引目錄搜尋步驟
遇到困難時
■ 使用注意事項
■ 送修前(故障排除表)應確認事項

　　產品說明書的內容包含：目錄、使用前準備(安全)事項、所需工具和材料、相關文件、使用操作步驟和故障排除等，請參考表 3-7-2。本章範例承蒙台灣松下公司同意提供，讀者要進一步瞭解其他細節，可以參考該公司任何一種產品說明書。

一、安全注意事項

　　人命關天。無論商品造成使用者受傷或死亡，都將造成公司財務或聲譽上難以彌補的損失。所以，產品說明書最開頭部分就是安全注意事項，你必須教導顧客，使其在安裝或使用產品時，不會傷害自己，也不會損壞產品。

　　安全注意事項，必需放在顧客最容易看到的地方。雖然，顧客可能不會閱讀安全注意事項，但廠商有告知義務；發生傷害訴訟時，也可保障廠商立於有利地位。除了寫在說明書上，有時還要將安全注意事項製成標籤貼在產品上，以確保顧客的安全。

圖 3-7-1 避免觸電的安全圖誌

二、導引顧客

　　產品說明書是參考用的，而不是閱讀用的。顧客不會像參加聯考一樣，耐心的把產品說明書從頭讀到尾，通常他們會直接翻閱所需參考的部分。所以，你必須導引顧客在哪裡可以找到想要閱讀的部分。

　　用說明書導引顧客的方法，是在「首頁」加一段文字，對產品做概況說明，教導顧客從頭到尾完成組裝所需注意的事項。以組裝車庫電動門為例：

> 組裝車庫電動門的三個步驟：
>
> 　一、將主機裝於天花板上(第一章)
>
> 　二、連接鏈條至主機(第二章)
>
> 　三、設定密碼並測試各項操作功能(第三章)
>
> 開始安裝之前：
>
> 　首先，確認所有零件是否齊全(第 1 頁)
>
> 　然後，閱讀安全注意事項(第 3 頁)
>
> 　最後，核對所需工具是否齊全(第 4 頁)

　　依據說明書首頁的這段文字，顧客就可以瞭解組裝車庫電動門的全盤概況，也知道組裝所需之零件和工具是否齊全，並且再度告知安全注意事項。

三、使用簡潔的命令語句

說明書的語句，通常採用「命令句」，以簡潔、清楚為原則。

例如：直接寫「將黃線連接到電視機的視訊端子」，不需寫成「使用者應該將黃線連接到電視機的視訊端子」。

四、繪圖為主、文字補充

「一張圖片勝過千言萬語」。台灣靠國際貿易生存，產品行銷全世界，顧客的文字閱讀能力不盡相同，如果說明書完全用文字說明容易讓人家誤解。今天，以繪圖為主、文字補充的方式，已經是全世界公認撰寫說明書的最佳做法。但是，有些台灣本土產品說明書，還是完全用文字敘述，消費者使用時經常抓瞎，非常辛苦。

以下是 Panasonic 錄影機接線圖說：

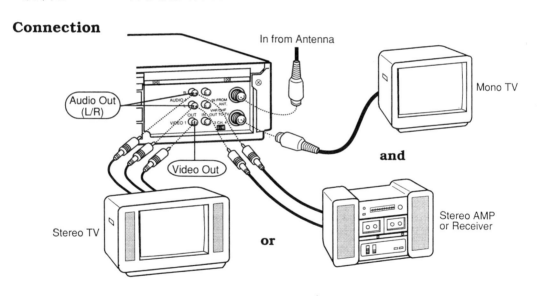

圖 3-7-2 錄影機接線圖(承蒙台灣松下公司同意使用)

五、說明書的增修訂

工程師撰寫產品說明書時，不要忘記說明書隨時可能增訂或修訂，所以編頁碼時要保留未來增刪的彈性。頁碼最好按「章」編碼，例如，第三章第五頁寫成 3-5，如果此頁未來改寫後變成兩頁，可以簡單重新編頁碼為 3-5，3-5a，或是第三章全部重編頁碼成為 3-5，3-6，但是，第四章以後的頁碼則不需重編。

六、故障排除的解說

　　顧客使用產品時，無論發生任何問題，最想立即知道的就是如何排除故障。工程師撰寫故障排除文件時，應該包含：問題(症狀)、可能原因和解決方法，通常都採用表格方式呈現。

　　以下是 Panasonic 錄影機故障排除表：

	問題(症狀)	可能原因	解決方法
電源	無電源	電源線未插好	插上電源線
		定時錄影已啟動	再按一次 定時錄影 鍵取消之
	有電源但無法動作	本機內部有結霧現象	將電源保持開啟 2 小時可繼續使用
		各種安全裝置啟動所引起	切斷電源，拔掉插頭 1 分鐘後，插上插頭，打開電源
錄影	無法錄影	錄影帶之誤消去防止片已挖掉	用膠帶將誤消去防止片孔貼上
	定時預約錄影無法執行	時間不正確或未調整好	調整或設定正確時間
		定時預約錄影未啟動	按下定時錄影鍵
		輸入切換錯誤	按 輸入切換 鍵，選擇調諧器輸入
放影	放影時無影像	本機與電視機連接錯誤	重新依正確方法連接
		未將電視機頻道切換為錄影機專用頻道	將電視機頻道選擇至第 7 或第 13 頻道
	放影時無色彩，且畫面有雪花、不清晰	錄影帶之軌跡已偏掉	按 軌跡調整 鍵調整軌跡
		磁頭不清潔	以清潔帶清潔磁頭
		磁頭磨損	聯絡服務人員
		錄影帶陳舊或品質不良	更換新錄影帶

　　雖然以上的故障排除解說已經相當清楚，但是，如果能在解決方法欄增列參考頁碼，讓消費者可以快速、直接找到解決方法在哪裡，效果會更好。

七、顧客意見與回覆

　　我曾經因為汽車音響說明書製作不完善，向 TOYOTA 公司代理商反應，隨即獲得汽車公司的回函，列印如下，做為本章的範例。

去函

國 立 台 北 科 技 大 學
National Taipei University of Technology
1, Section 3, Chung-Hsiao East Road, Taipei 106, TAIWAN
台北市 106 忠孝東路三段一號

羅欽煌/ Chin H. LO, Ph.D.
副教授/ Associate Professor
電話/Tel: (02) 2771-2171 x 1801, 傳真/Fax: (02) 2751-9204
電子郵件/E-mail: chlo@ntut.edu.tw
89 年 7 月 31 日

主旨：TOYOTA 汽車音響電台記憶設定

敬啟者：

本人駕駛 TOYOTA CORONA 已經多年。日前因為汽車音響故障，送修後原先設定的電台記憶設定已經消失。於是，拿起使用手冊，翻開音響 E610 操作要領，讀了就試，試了又讀，反反覆覆，試了 N 遍，還是無法成功，十分挫折。不得已，厚著臉皮請朋友來幫忙，朋友試了好久，最後還是投降。

抄錄手冊 P. 45 之說明如下：
　　FM 可設定 12 個記憶位置，AM 可設定 6 個記憶位置。
　　當按下其中任何一個鍵時，須注意看顯示幕待所選擇的頻率有閃爍動作時，其預選的頻率，才會在設定的位置中被記憶。

經過長時間試誤之後，我們得到電台記憶設定步驟如下，不知是否正確，送請 貴公司參考。

◎電台記憶設定：

例如：欲將 AM 657 kHz，設定成為 AM 頻道記憶的第①台。
　　1. 按頻道變換(BAND)鍵，直到螢幕左下方顯示 AM。
　　2. 按 TUNE SEEK 的∧或∨鍵，將頻率調整到 657。
　　3. 按住電台①鍵，直到頻率 657 閃爍之後才放開，完成設定。

本人建議 貴公司以後撰寫使用手冊時，要假設「使用者是技術白痴」，一步步寫清楚，這樣使用者才會得救。謝謝！

愛用者　羅欽煌　敬上

　　第二天，TOYOTA 台灣地區代理商——和泰汽車公司的客服人員除了先用電話向作者表達謝意之外，隨即函覆並以快遞送來禮物(汽車工具一套)。和泰汽車快速親切的服務，令我十分感動，也難怪 TOYOTA 可以成為「全球第一」的汽車製造商。

回函

和泰汽車股份有限公司

HOTAI MOTOR CO., LTD.

89 年 8 月 2 日

羅教授大鑑：

　　承蒙 羅教授抬愛購買本牌 CORONA 汽車，關於羅教授的寶貴意見，一定會透過相關部門檢討改進。期使 TOYOTA 的品質及服務水準，更臻完美的境界。

　　客服中心找出 羅教授愛車所屬年式的音響手冊研讀之後，確實無法順利完成設定，遂請本公司商品技術人員對於 羅教授所寫「電台記憶設定」的步驟，進行研究測試，確認無誤。客服中心再將之後年式的音響使用手冊，逐一研讀，發現困擾 羅教授的問題，並沒有再出現，稍感欣慰。

　　為感謝 羅教授對本公司提供的寶貴意見，謹致贈禮物乙份，敬請 哂納，並請 惠予繼續指教。

敬祝　行車平安、萬事如意

和泰汽車顧客服務中心　敬上

台北市松江路 121 號 8-14 樓 電話：(02) 2506-2121　FAX：(02) 2504-1749

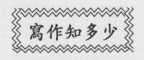

搶救寫作能力

臺灣學生表達能力低落的原因，可以從多元入學方案看出端倪。很多家長、老師和學生都認為，多元入學方案要求學生提供的「自傳、讀書計畫、讀書心得報告」，是一大堆「有的沒的」——沒用的東西。所以，本來應該由學生自己準備的資料，全都變成家長的煩惱。

其實，申請入學或推薦甄試，要求學生撰寫自傳、讀書計畫等書面資料，是測試學生書面表達能力，口試面談則是口語表達能力。而這些書面和口語溝通能力，學生在讀大學、研究所求學，甚至求職、進入職場工作都要用到，是一生都要用的工具，絕對不是「沒有用的東西」。今天不學，明天就會後悔。

這些溝通能力，本來應該在學校的正規課程中安排，讓學生在校期間就可以學習和培養。然而，臺灣的中學教育只教學生如何準備應付聯考，有關申請入學和推薦甄試所需的書面和口頭溝通能力，學校正規課程幾乎完全空白。

大學聯考家長陪考，替孩子奉茶、扇涼，能替孩子做的都做了，只恨不能代替孩子考試；所以，多元入學的理想(考驗孩子溝通能力)很好，但是，想要落實(避免家長代辦)很難。我認為，最重要的是澄清觀念，讓家長、老師和學生瞭解：撰寫申請和推甄的資料是有用的，也是學生成長的必經學習過程。

如果你希望，將來孩子在大學求學或職場工作時，無論是寫報告或做簡報都能得心應手。就從多元入學方案的申請資料開始，讓學生在自己動手做的過程中學習與成長，家長可以教他釣魚——提供意見，但不要餵他吃魚——替他們代辦，以免剝奪孩子學習機會，愛之反而害之。

很多人認為，多元入學對於弱勢族群的孩子比較不利，因為家長沒有能力提供幫助，孩子只有靠自己努力以及學校老師有限的支援，有點不公平。我只能阿 Q 的安慰大家：求學問的過程中沒有特權，家長不能代替孩子學習，經過努力學習的才屬於你自己的，風吹不走，雨打不掉。

羅欽煌

209

捌、文字－表格－曲線

> 　　文字是最基本的表達方式，圖表節省空間，比文字的表達效率更高。各類圖表各具特色，表達的效果也各有千秋：表格最適合表示統計數據，但是只提供數字，說服力最低；圓餅圖可以直接顯示分項比例大小；條狀圖好像賽馬，領先者最搶光；曲線圖掌握變化趨勢，最適合顯示民意支持度。寫作時應該注意這些特質，適時使用文字、表格和曲線來表達，以有效達成溝通任務。

一、文字 vs.表格

　　我曾經在技職簡訊上，看到兩篇報導各校辦理在職教育的情形，兩篇文章的效果截然不同。第一篇報導各校八十八學年度辦理二年制技術系在職班的招生情形：

> 　　八十八學年度二年制技術系辦理單獨招生學校，計有台北護理學院(在職班)、中華技術學院(在職班)、文藻外語學院(日間部)、正修技術學院(在職班)、大漢技術學院(日間部/在職班)、遠東技術學院(日間部/在職班)、慈濟技術學院(日間部/在職班)、新埔技術學院(日間部/在職班)、健行技術學院(日間部/在職班)、萬能技術學院(日間部/在職班)、永達技術學院(日間部/在職班)、元培科學技術學院(日間部/在職班)、中山醫學院(在職班)、銘傳大學(在職班)、高雄師範大學(在職班)、台北醫學院(在職班)、義守大學(在職班)、實踐大學(日間部/在職班)、慈濟大學(在職班)、中國文化大學(在職班)、彰化師範大學(在職班)、陸軍軍官學校(日間部)、中央警察大學(日間部/在職班)、台北科技大學(在職班)、朝陽科技大學(在職班)、輔英技術學院(日間部/在職班)、明新技術學院(在職班/在職專班)、崑山技術學院(在職班/在職專班)、樹德技術學院(在職專班)、南台科技大學(在職班/在職專班)、龍華技術學院(在職班/在職專班)、台南女子技術學院(日間部/在職班/在職專班)、中華醫事學院(日間部/在職班)、和春技術學院(日間部/在職班)、嶺東技術學院(在職班)、建國技術學院(在職班)、大仁技術學院(日間部/在職班)、長榮管理學院(日間部/在職班)、高雄醫學院(在職班)、真理大學(在職班)、輔仁大學(日間部)中華大學(在職班)、大葉大學(在職班)、中國醫藥學院(日間部/在職班)、元智大學(在職班)。
>
> 　　　　　　　　　　　　　　　　　　　　承辦：本司第二科
> 　　　　　　　　　　　　　　　　　　　　電話：(02)23565849-54

　　這篇報導沒有將資訊加以處理，只是將辦理學校逐一列出。試想，如果讀者想要參加「醫事類在職班」進修，他必需逐列逐校慢慢尋找，非常沒有效率。

在當期技職簡訊的同一頁上，另一篇報導的編排方式則令人激賞。

八十八學年度 師範校院及各師資培育機構 各類學士後教育學分班一覽表

校級	職 前 學 分 班		在 職 進 修 專 班		合 計
幼稚園	開班學校	小計	開班學校	小計	6校6班270人
	國北師、竹師、中師、嘉師、南師、東師	6校6班270人	無	無	
國民小學	開班學校	小計	開班學校	小計	9校43班1935人
	國北師、竹師、中師、嘉師、南師、屏師、花師、東師、市北師	9校32班1440人	中師、嘉師、南師、花師、東師、市北師	6校11班495人	
中等學校	開班學校	小計	開班學校	小計	18校50班2346人
	彰師大、台灣科大、輔大、銘傳、義守、中原、國立體院	7校14班665人	台師大、彰師大、高師大、政大、清華、中央、中山、中興、東華、國立體院、北科大、台藝學院、銘傳、大葉、中原	15校36班1681人	
特殊教育	開班學校		小計		開班學校		小計		6校7班295人
	國民小學	中等學校	國民小學	中等學校	國民小學	中等學校	國民小學	中等學校	
	竹師、中師、市北師	無	3校3班135人	無	國北師、中師	台師大、高師大	2校2班80人	2校2班80人	
總計	55班2510人		51班2336人		106班4846人

承辦：中教司 電話：(02) 2356-5652

　　這篇報導將原始資料加以處理，不僅將辦理學校分級、分類，採用表格呈現，還表現出各校招生人數。讀者閱讀或搜尋時，非常方便有效，這才是有效的表達方式。從這兩則文章，可以看出表格比文字表達更為有效。

二、文字－表格－曲線

　　各項統計資料，可以使用文字、表格和曲線圖等方式來表示，但是其溝通效果卻有所不同。以「台灣地區嬰兒出生數急遽下降」為例，示範如下：

(一)文字

> 　　台灣地區嬰兒出生數急遽下降的趨勢令人憂心。依據內政部統計，民國 40 年嬰兒出生數約為 38.5 萬人，50 年增為 42 萬人，60 年降為 38 萬人，65 年達最高的 42.3 萬人，然後逐年下降，70 年為 41 萬人，75 年降為 31 萬人，80 年 32 萬人，85 年 32 萬人，89 年(龍年)出生人口仍超過 30 萬人，但 90 年遽降為 26 萬人，91 年續降為 24.7 萬人，而 92 年再降為 22.7 萬人，93 年更僅有 21.6 萬人，連年下降且幅度之大前所未有，確實令人憂心。

　　上述報導完全用文字敘述，花費很大的篇幅，描述各特定年份嬰兒出生人數的變化，然而，讀者對於人數變化的全貌仍然難以掌握。這就是文字表達的限制，溝通效果最差。如果改用表格，其效果如何呢？

(二)表格

台灣地區嬰兒出生數變化情形

民國(年度)	40	45	50	55	60	65	70
嬰兒出生數	385,383	414,036	420,254	415,108	380,424	423,356	412,779
民國(年度)	75	80	85	90	91	92	93
嬰兒出生數	308,187	321,276	324,874	259,507	246,688	227,000	216,419

資料來源：內政部人口政策委員會

　　使用表格，可以將民國(年度)、嬰兒出生數的精確數字呈現，比較連續數據也可以找出「最高或最低」數值在哪裡，比文字敘述簡潔有效。但是，如果想要掌握「變化趨勢」，則還要費一番功夫，必需將數據在腦中轉化成曲線，才可以有所了解。如果改用曲線圖，效果如何呢？

(三)曲線圖

使用曲線圖,來表示「變化趨勢」的效果最好。曲線圖就是有效率的資訊呈現方式,可以讓讀者用最短的時間找到最完整的資訊。

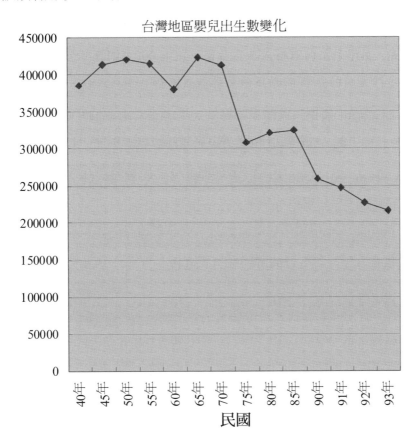

台灣地區嬰兒出生數變化

使用曲線圖,來表示變化趨勢效果最好。從上述曲線,可以輕易發現最高點發生在 65 年。此外,從 85 年至 93 年,嬰兒出生數明顯呈現逐年下降之趨勢。

三、統計表之美化

　　統計表，是最常用的表達方式，每個人幾乎都會使用，WORD 也提供很方便的表格製作格式。然而，在繕打表格時，還是有些應該注意的訣竅，才可以充分優美的表達相關數據，達成溝通效果。本文以台北科大進修學院招生考試報名結束，試務組將報名人數向校長報告為範例，說明製作統計表的注意事項。

修訂前

國立台北科技大學附設進修學院

八十九學年度招生考試報名人數統計分析表

系別	報名人數	招生名額	錄取率	備　註
機械工程系	204	40	19.6 %	
電機工程系	310	70	22.5 %	
化學工程系	119	40	33.6 %	
工業工程系	508	70	13.7 %	
冷凍空調系	123	35	28.4 %	
車輛工程系	94	25	26.5 %	
土木工程系	227	40	17.6 %	
經營管理系	411	35	8.5 %	
電子工程系	335	40	11.9 %	
電機建教班	104	50	48.0 %	
合計	2,435	445	18.2 %	

　　這個統計表，將今年的報名人數、錄取名額和錄取率等，分系列表，已經相當不錯。但是，如果精益求精加以美化，可以改善如下：

修訂後

國立台北科技大學 附設進修學院
89 學年度招生考試　報名人數統計分析表

系　別	八十九學年度			八十八學年度			報名增減情形	備　註
	報名人數	招生名額	錄取率%	報名人數	招生名額	錄取率%		
機械工程	204	40	19.6	132	40	30.3	+72	1.今年新增電子系報名人數335人，以致電機系及電機建教班合計減少154人。 2.今年新增經營管理系報名人數高達411人，錄取率只有8.5％，需求殷切，建議明年招生時考慮增班。
電機工程	310	70	22.5	419	70	16.7	-109	
化學工程	119	40	33.6	89	40	44.9	+30	
工業工程	508	70	13.7	475	70	14.7	+33	
冷凍空調	123	35	28.4	131	35	26.7	-8	
車輛工程	94	25	26.5	113	25	22.1	-19	
土木工程	227	40	17.6	209	40	19.1	+18	
經營管理	411	35	8.5	--	--	--	+411	
電子工程	335	40	11.9	--	--	--	+335	
電機建教	104	50	48.0	147	50	34.0	-45	
合計	2,435	445	18.2	1,715	370	21.5	+720	

修訂前後之比較

1. 原有標題太長，閱讀不易；修訂後，刻意將標題用空格區分，使閱讀更有效率。

2. 修訂前只有提供 89 學年度資料；修訂後將 89 學年度和 88 學年度的資料互相比較，提供主管了解。

3. 備註欄分析說明今年和去年比較人數變動的原因及對策。

4. 資料呈現時，要將將最重要和最新的資料最先呈現。

5. 表格內數字避免採用置中對齊，數字採用向右靠齊效果較佳，小數點後位數相同，小數點也對齊，閱讀容易。

6. 數字靠右對齊的小技巧，讓數字向右縮排 0.2 公分，以避免數字貼近右邊格線。

7. 數字超過四位數時：一般公文和商業文書，使用 2,435 人(三位數以逗號區隔)；工程圖說，則使用 2 435 人(三位數以空一格區隔)。

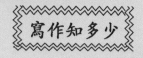

一星期為什麼是七天？

　　觀測天文的變化，是人類曆法的基礎。我們的祖先以太陽升起的間隔定為一日，觀察月圓的週期決定一個月，依據太陽照射溫度變化，所形成的「春夏秋冬」來決定一年的長短。利用日月運行的自然現象決定日月年，合情合理容易理解。然而，一週為什麼是七天，而不是十天(十進位)或五天(人的五支手指)，則有點令人費解。

　　據了解，是巴比倫人最先採用一週七天的方式，其主要原因，就是人類肉眼可以觀看的主要星球，除了日、月以外，就是金星、木星、水星、火星和土星等五大行星，所以，一週定為七天，每一天分別以日月和五大行星來命名。

　　以英文而言，一週中的每一天都是代表一個星體，其中 Sunday 代表太陽(Sun)，Monday 代表月亮(Moon)，和 Saturday 代表土星(Saturn)，十分清楚；其餘四天所代表的星體，則是從北歐語轉化而來，而變成不很明顯。日文，則是直接以日、月、火星、水星、木星、金星、土星，稱呼一週的七天。中文，只有星期日可以看出代表太陽的意義，其他日子就用數字一到六來命名，看不出和代表星體的關係。詳細情形請參看下表：

英　文	代　表　星　體		日　文	中　文
Sunday	Sun(光明之神)	太　陽	日曜日	星期日
Monday	Moon(狩獵之神)	月　亮	月曜日	星期一
Tuesday	Mars(戰爭之神)	火　星	火曜日	星期二
Wednesday	Mercury(商業之神)	水　星	水曜日	星期三
Thursday	Jupiter(眾神之神：宙斯)	木　星	木曜日	星期四
Friday	Venus(美麗之神：維納斯)	金　星	金曜日	星期五
Saturday	Saturn(農業之神)	土　星	土曜日	星期六

玖、工程溝通的特質

工程溝通最重要的就是組織，也就是要能用邏輯方式傳遞訊息。對於工程師而言，寫作更是將其創意(ideas)向他人溝通的重要工具。假如工程師沒有能力向他人清楚說明他的創意以及辛苦研究的成果，就算他智慧高超有能力完成最有創意的工作，他的智慧和能力都將無用武之地。

　　理工學生在學校接受的基本訓練，就是用邏輯方式來思考並解決問題。工程師是應用理論科學解決實際問題的人。工程師的工作內容非常廣泛，從理論到實務都有，可以分為：研究與教學、發展、設計、製造與建築、運轉與維護、銷售、管理及其他(如測試、顧問等)。不論工作內容如何，工程師心中永遠的問題就是：「為什麼(why)？如何(how)？用什麼方法(with what)？用多少成本(at what cost)？」這些問題也就是工程溝通的重點。

　　工程師不只要能動手做，還必需能使用口語和文字，簡單扼要的將其創意告訴他人。工程溝通的主要工具有：語文(口語和寫作)、圖像(製圖、表格、圖畫和相片)和數學(利用符號語言描述邏輯程序)。

一、語文溝通

　　由於教育的普及，一般民眾逐漸瞭解科技的特質，但是，隔行如隔山，我們對於非本行的事物還是瞭解不足；同時，因為多數科技人缺乏溝通能力，無法完全消除民眾的疑慮和害怕，以致，多數民眾對於新科技還是抱持恐懼的態度。

　　科技溝通的目標，就是要能將複雜艱深的課題(例如：基因改造、核能發電等)，向小學五年級的小明以及七十歲的阿婆解釋，使他們都能獲得基本和簡單的認識。例如，你正在從事自動駕駛控制之研究，此裝置有電位計(potentiometer)和指引方向的電羅經(gyroscope)；向同行的工程師解釋自動駕駛控制，只要一點就通；但是，如果要解釋給會計師瞭解，就是一項艱難的挑戰。同樣的一件事物，溝通對象不同，解釋方式和難度也不同。

　　科技人向普羅大眾溝通，要把握「深入淺出」的關鍵，寫作的最高理想就是達到科普書的水平。筆者的專長是電機工程，由於很多人聽到電機就投降，筆者就以「用電契約容量」為例，示範如何用文字向民眾解釋，希望讀者嘗試是否看得懂。

範例

問題：電力公司為防止用戶集中用電，造成發電機超載或必需限電，特別設計一種
計費方式。工業用電戶必須自行訂定契約容量；如果實際用電較少，還是要
按契約容量收費；反之，超約用電，會被罰款。依照這規則，電力公司穩賺
不賠，好像很不合理。如果你是電力公司的工程師，如何向大眾解說？

說明：

1. 電器用電要考慮兩項因素：電器功率和用電時間。電器功率也稱用電容量(瓩
或瓦)，例如：電鍋的功率很大，約為 1000 瓦；隨身聽的功率很小，只有 0.25
瓦。電器功率乘上使用時間就是用電度數(瓩小時)，也就是電器實際消耗的能
量。例如：使用電鍋煮飯 1 小時，總耗電 1000 瓦小時，也就是 1 瓩小時(或 1
度)；隨身聽必需使用 4000 小時，才消耗 1 瓩小時(或 1 度)。

2. 工業用電收費項目有兩種：基本電費以用電容量或功率(單位為瓩)計收，流動電
費以用電度數(單位為瓩小時)計收，全月電費為基本電費和流動電費之總和。

3. 例題：有甲用戶用電很平均，每小時都用 40 瓩，24 小時共用電 960 度；乙用
戶用電 960 瓩集中在 1 小時，其他時間都不用電，全天用電也是 960 度。假設
甲用戶之契約容量和最高用電量都是 40 瓩，而乙用戶的都是 960 瓩，試計算
兩用戶每月的電費。

4. 解答：因為甲、乙兩用戶都沒有超過契約容量，只收基本電費和流動電費。
　　　　甲用戶合計 54,360 元，詳如下：
　　　　　基本電費 171 元/瓩 ×40 瓩(契約容量) ＝ 6,840 元
　　　　　流動電費 2.0 元/度 ×960 度 ×30(天) ＝ 47,520 元
　　　　乙用戶合計 211,680 元，詳如下：
　　　　　基本電費 171 元/瓩 ×960 瓩(契約容量) ＝ 164,160 元
　　　　　流動電費 2.0 元/度 ×960 度 ×30(天) ＝ 47,520 元

5. 雖然甲、乙兩用戶每日都只用電 960 度，但是電費卻相差四倍，好像不公平。然
而，因為甲用戶用電平均，所以電力公司要供電給甲用戶的發電機和輸電容量只
要 40 瓩就夠；乙用戶用電集中，所以發電機和輸電容量需要 960 瓩，電力公司
的投資也大幅增加，依據「使用者付費」之原則，其收費當然也要比例增加。

6. 因為家庭用電量小，對於發電機是否超載的影響很小，為免計費麻煩，所以只
計算用電度數。工業用電量大影響嚴重，所以用電功率和度數都要計算。

7. 不只是台電公司，全世界的電力公司都採用相同方式：由用戶自行訂定契約容
量，計收基本電費，以及超約用電罰款的計費方式。這樣收費才可以反應電力
公司的投資成本，用戶也不敢偷機取巧，是一種公平、合理的收費方式。

事實上，要完全靠文字來解釋問題的難度很高，有時需要口語和圖表來補充。

工程師的語文溝通能力，要有教育性和說服性。對於一般大眾的溝通，主要是教育性(如範例所示)。對於管理階層的溝通，就要兼具教育性和說服性。通常，不瞭解狀況的人，會將好的創意認為不實際或太前衛；科技人必需利用適當的言詞和技巧，來說服人們使其接受。所以，在校期間學習心理學，或是參加社團和辯論訓練等，都很有幫助。

在大學階段，有很多機會參加分組討論、書面或口頭簡報、以及修辭技巧等，對於理工學生而言，這是用嘗試錯誤法(trial and error)學習溝通的最佳時機。當你畢業進入職場之後，人們就不太可能繼續容忍你使用嘗試錯誤法來學習。

二、圖像溝通

俗話說：「一張圖片勝過千言萬語」。我們經常聽到工程師在討論事物時，和對方說：「來！讓我畫張圖給你看。」因為研究的創意往往有些抽象，用圖表解說事物，不但可以讓創意具像化去說服別人，也可以幫助工程師整理自己的思緒。

描述觀察實體物件之時，圖表可以填補語文解釋的缺口。設計工程師最需要具備繪圖解釋事物的能力，即使是銷售工程師，也經常要利用圖表做為推銷的輔助工具。因為工程報告一定要使用圖表，理工學生最好要學習徒手或電腦繪圖能力，對於日後的溝通很有幫助。

三、數學溝通

數學是用符號來描述觀念及其邏輯程序的工具。因為工程師已經受過完整的數學訓練，工程師的思考模式和數學程序緊密連結。如果不用數學公式，工程師會發現連簡單的事物都很難說明。例如，假設已經知道圓的半徑，要找出圓的面積，用下列數學公式說明輕而易舉。

$$A = \pi \times r^2 \qquad\qquad 公式1$$

數學公式能夠讓工程師預測工程運作的結果。此外，工程師用數學表達創意，可以讓同樣熟悉數學規則的科技人輕易瞭解其觀念。

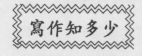
寫作知多少

懷舊感恩話 PC

E 世代孩子上大號用衛生紙抽水馬桶，認為理所當然，無法想像老爸說從前上毛坑用竹片刮屁股，好像天方夜譚。現在用滑鼠開啟舊檔，彈指之間就可以完成，在個人電腦史前時代卻困難萬分。當年我有一台仿蘋果電腦，用錄音機當硬碟，錄音帶當磁片；開檔前，要先將錄音機和電腦連線，再確定錄音帶內舊檔位置，然後從電腦下達指令，最後按錄音機的放音鍵，才可以下載檔案到主記憶體，前後約 3～5 分鐘。想不起當時用電腦做過什麼大事，只記得玩過小精靈張嘴巴吃大力丸。

1981 年 IBM 宣佈進軍個人電腦市場時，蘋果電腦獨霸全球不可一世，信心滿滿歡迎 IBM 參加競爭。因為個人電腦市場需要靈活反應，學者專家也不認為財大氣粗的 IBM 恐龍可以成功。沒想到 IBM 另立研發小組，採取大膽的開放式架構，讓任何人都可以免付費製造硬體或撰寫軟體，一舉打敗封閉的蘋果電腦，開啟個人電腦的新紀元。第一代 IBM PC 使用 8088 CPU，磁碟作業系統 DOS，5.25 吋軟碟，速度「快」，操作「方便」，讓我口水直流，但是，原裝 IBM 個人電腦價格昂貴，只有公司或學校才買得起。

直到台裝電腦普及，1990 年我買了第一台個人電腦，主機 CPU 是 80286，加上週邊配備：VGA 卡、彩色顯示器、點矩陣彩色印表機、硬碟、軟碟機等，雖然全套設備都是台灣製造的，總價仍高達近十萬元。當時暢銷軟體有：文書處理 PE2、速算表 MULTIPLAN、資料庫管理 dBASE、俄羅斯方塊遊戲…等，如今都已成明日黃花，286 也變成慢吞吞的代名詞，電腦世界汰舊換新快速令人目不暇給。感謝這中古時代的電腦，讓我設計軟體、發表論文、順利升等，所有投資和努力都值回票價。

1993 年，80386 當道 Window 上路，我再度赴美留學，這台電腦才用了三年就像雞肋，帶出國已經太老，只好送給朋友，結束了我和第一台個人電腦的一段情。

(羅欽煌，90 年 9 月 19 日，中國時報浮世繪徵文，「我的第一部電腦」)

拾、技術報告

　　技術員和工程師有什麼不同？技術員只會動手做，但是缺乏寫作能力。工程師則必須「動手做、說原理、寫報告」三種能力都要具備。

　　台灣師大工業教育系退休的施純協教授，提出工業教育的三段論：動手做、說原理、寫報告。他教導工科學生：首先，要想辦法動手把東西做出來；然後，請學生說明東西的原理；最後，要學生把原理、過程和結果用文字寫出來。

　　很多大學畢業的工程師害怕寫報告，不是沒有東西好寫，而是不知道報告的組織，以及報告中每一部分要寫些什麼？然而，「士別兩年，刮目相看」，碩士生撰寫報告的能力大幅增加。因為，研究生最重要的是撰寫論文，論文必須出版所以要求嚴格，在反覆修改的過程中，碩士生的寫作能力也逐步提升。此外，研究所的課程，經常需要撰寫學期報告，對於提昇寫作能力也有幫助。

一、技術報告的重要性

　　在小公司，工程師的創意或成果，可以用口頭報告直接告訴老闆或同事。在大公司，工程師的創意必需變成提案，研發成果必需寫成書面的技術報告，才可以被其他人知道。口頭報告仍然有少許用途，但是只能做為書面報告的輔助說明。

　　今天，科技發展日新月異，產品發展時程也大幅縮短，技術亟需傳承，而技術報告是正是技術傳承與永續經營的重要的手段。優良的技術報告，可以提昇客戶滿意度、降低生產成本、增進核心競爭力。技術報告，還可以提供知識共享，減少資訊負擔，節省學習時間，有利技術管理。所以，工程師必需特別重視如何撰寫技術報告。

　　技術報告的種類繁多。例如：產品企畫書、實驗分析報告、設計理念審查書、系統分析報告、維修統計分析報告、問題產品處理報告、品管案例分析、技術發展說明書、故障分析報告、專利申請書等。

　　解決問題的過程：確認問題、理出頭緒、篩選數據、嘗試錯誤、達成結論。撰寫技術報告的原則：清晰、邏輯和扼要。清晰，就是用簡單的語辭說明，不要用罕見或艱深的詞彙；邏輯，就是要用組織化的順序來表達；扼要，就是用最少的文字直接了當敘述，不要拖泥帶水。

　　此外，報告的內容，要誠實的呈現實驗所得到的數據，即使數據之結果和作者的判斷相左，也要誠實以告。有時候，在報告中必需做個人的判斷，要注意個人判斷不要和真實數據互相混淆。

二、報告的組織與樣式

　　學位論文和技術報告，都是研究成果的書面展現。但是，論文重視學術成就，而技術報告則重視技術和實務，將研究的動機(I)、過程(M)、結果(R)和結論(D)，經過整理以書面方式呈現，是經驗傳承、知識累積和決策參考的重要依據。

　　技術報告的格式不必像論文那麼嚴格，如果，公司或機構訂有技術報告的組織和格式，則應遵照相關規定撰寫之。一般報告的樣式，依據正式的程度和問題的重要性，可以分為三種類型。其構成要素簡介如下：

1.簡單型：包含封面、簡介、報告本體(標題、簡單圖表)、結論。

2.普通型：包含封面、目錄、簡介、報告本體(主標題、次標題、圖表)、結論、參考資料。

3.完整型：包含封面、總結、目錄、簡介、報告本體(主標題、次標題、圖表)、結論、參考文獻。

```
技術報告(完整型)

總結
    目錄
    專業術語
簡介
報告本體
    分析
    設計
    實驗
    測試結果
討論
結論
    參考文獻
    附錄
```

總結：是報告的重要結論。有些人會問：「報告中已經有結論，為何還要在前面做總結？」答案是：「高階主管時間寶貴，希望很快瞭解重要結論，所以除了報告末尾的結論，最好在報告封面之後加上總結。」

總結和摘要，略有不同。摘要，是論文或報告的濃縮版，必須包含 IMRAD；總結，只要提出重要結論，不必敘述目的(I)、方法(M)和結果(R)。因為高階主管對於報告目的大致有所瞭解，他們對於方法和結果等技術專業不想(或沒時間)瞭解，只想儘速瞭解重要結論就好了。

封面：報告加上封面，就像女生略施脂粉，對於報告有加分效果。封面內容包含：報告主題名稱，執行單位和負責人員，完成日期等。

目錄：簡單型的報告，內容只有數頁，可以省略目錄。普通型和完整型的技術報告，最好製作目錄，雖然報告之目錄不必像論文那麼嚴格，但也不能太隨便。因為報告沒有編印索引，所以目錄必需兼顧索引之功能，讀者要靠目錄的標題和次標題，來了解報告中的主題和子題。正式報告的目錄，最好比照論文的目錄，請參考第三部分第二章的範例。

簡介：要告訴讀者，問題是什麼？它必需要說明問題背景並做文獻回顧。文獻回顧就是蒐集資料，瞭解別人對於類似問題已經進行的研究成果，以及為何這些研究方法為何不適用於解決本問題。

報告本體(本文)：本文內容很多可分為數章，包含分析、設計、實驗等，說明本研究使用的方法及材料、以及研究的結果。報告本體雖然很長，因為具體所以好寫，可以最先寫。

討論：陳述作者對於問題的意見，必需考慮讀者可能提出的各項問題，並誠實的提出你自己對該問題的看法。

總結和結論：是全本報告的精華。結論最好採用項目編號，以方便日後專利工程師申請專利時可以直接引用。完整型正式報告，最好在封面之後，立即呈現一頁的總結，使高階主管能快速瞭解報告的主要結論。

　　參考文獻：技術報告的末尾是參考文獻，表示撰寫本文有所依據。參考文獻非常重要，其書寫格式和論文的相似，請讀者自行參閱本書的第三部分第三章。

　　附錄：是附加在報告之後的任何資料──表格、圖說或電腦列表等。因為資訊爆炸，現代人更忙碌，報告本文愈來愈短，雖然作者想要將辛苦實驗的過程、數據和成果放在本文中，但是，因讀者只對成果有興趣，所以作者必需取捨，將實驗過程和數據放在附錄中。

　　依據筆者的經驗，寫作的順序很重要。先從具體的**報告本體**下手比較容易，也有成就感；然後寫結論和總結，接著，依據讀者背景之差異來寫簡介，最後才寫總結。完稿前，還要補上**參考文獻**。此外，技術報告本體內容很多，必須加上適當的標題和副標題，使閱讀更有效率，讀者可以看標題決定是否閱讀或省略該段文字。

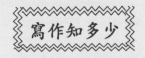

遊走在羊猴之間？

中國時報的「生肖與我」徵文，有作者出生於二月份，自嘲生肖遊走在狗豬之間。然而，農曆春節前後出生的人，生肖的正確歸屬，真正知道的人不知有多少？

Q：今(2004)年，農曆春節後出生的人，都是屬猴嗎？　　A：不一定。

生肖，不以農曆「春節」為分界，而是以農曆「立春」為準。今年(2004 年，農曆甲申年)，春節是國曆 1 月 22 日，但是立春是 2 月 4 日，所以，春節之後、立春之前出生者，還是屬羊，要在立春當日出生者，才開始屬猴。

為何要以立春，而不以農曆一月一日的春節，做為生肖的計算基準？

春節，受閏月影響，遊走在國曆一月下旬到二月下旬之間。平常，農曆一個月 29.5 天，一年 12 月共 354 天；今年，農曆閏二月，全年有 383 天，兩者相差 29 天。生肖，如以農曆春節為計算基準，每年日數相差太大。

立春，為農曆四時之始，以「太陽」通過黃道 315°為準，總在陽曆 2 月 4 日或 5 日，兩個立春之間的日數約為 365 日。立春，總在春節前後，和春節最接近，且總日數大致相同，以立春做為生肖計算基準，較為妥當。

春節前後出生的讀者，請翻閱當年春節和立春日期，重新確認自己的生肖。

羅欽煌

拾壹、技術提案

　　一個創意(idea)要獲得實現，相當不容易，需要資金、時間和其他支援，才有可能成真。工程師的創意，必需先提出書面報告——技術提案，獲得核准之後才可以進行。

　　技術報告和技術提案的寫法相當類似，但是目的大不相同。報告，是呈現已經完成的研究成果，可以提供他人做為後續研究的參考。提案，則是要推銷未經證實的創意——嘗試說服客戶或機構提供資金，進行正式研究。

　　每年，政府機構有數以百億元計的勞務及商品必須公開招標，如果加上私人企業的採購案，總金額更是驚人。依據現行的政府採購法，十萬元以上的勞務及商品都要上網公告招標。研究計畫屬於勞務的一種，科技人員必需撰寫研究計畫提案(或申請書)參加公開競標，得標之後才有事做。因此，如何撰寫技術提案，是科技人求生存最重要的課題之一。

　　技術報告(Report)的目的是提供一般大眾或機構閱讀，技術提案(Proposal)則是針對客戶(特定人士或機構)而書寫。所以，撰寫技術提案時，最好站在客戶立場思考，找出客戶需要什麼？以及你的方案如何可以滿足其需求。同時，要預測可能競爭對手的各項優點，並說明自己的提案更勝一籌。

　　提案，是為爭取計畫的一種建議。內部提案，是在機構內部，建議對某一問題進行研究，獲准後，你可以有時間和其他資源來執行計畫。外部提案，是向其他機構或客戶，提議對某一問題進行研究，獲准並完成之後，可以為公司賺錢。

　　技術提案的格式和組織比較自由。通常，提案的組織與內容有兩部分：討論技術觀點的「技術部分」，和討論財物和法律的「管理部分」。政府機構或私人公司對於提案格式有不同的規定，請直接洽詢主辦人員，並遵照其特別規定辦理。

　　下列範例，只是一般常用的格式和內容，可以提供初學者參考。

範例

技術提案(目錄)

技術部分

    簡介

    主題

    背景

    達成任務的方法(method of approach)

    資歷(qualification)

管理部分

    工作的敘述

    進度和報告

    成本估計

    [其他特殊事項：專利權、安全保障、可開始時間、提案核準之時限]

技術部分，主要是說明提案的理由，並強調其對客戶的重要性。包含簡介、主題、背景和文獻回顧，以顯示作者對於問題瞭解的深度。然後，敘述達成任務(work)之方法，讓客戶知道作者對於任務已經有妥善的思慮；同時，要分析結果與預期相符時的利益，或是與預期不相符時的對策。

技術部分的結論，應該強調研究團隊的資歷(qualifications)，也就是以往研究的信用(credits)和優秀成果，以增強客戶對於研究團隊達成任務的信心。這是審查核准與否之重點之一。

管理部分，要定義任務的精確規範——成本及計畫進度等事項。包含執行任務的進度表、任務開始時間、提出期中/期末報告的時間及型式、估計成本以及研究成果衍生的專利權歸屬等。

　　雖然，很多年輕工程師相信「華麗的版面和聳動的言詞」可以銷售提案；然而，成功的提案還是要靠內容取勝，如何用真誠的專業能力去說服客戶，才是成功的最好保證。

　　在台灣，國科會是學術單位研究經費的主要來源，其每年資助的研究計畫案件數以萬計。學術單位要爭取國科會的預算，必須提出專題研究計畫申請書，也就是技術提案。現行國科會專題研究計畫申請書的項目表格多達 19 種(請參閱國科會網站：http://www.nsc.gov.tw/form.htm)，但其項目經分析合併後，還是可以分成技術和管理兩部分，和上述範例中之項目，名稱也許不同，內容大同小異。略如下列：

國科會專題研究計畫申請書主要項目

技術部分：

1. 計畫中/英文摘要

　　C015 計畫中文摘要

　　C016 計畫英文摘要

2. 計畫背景及目的(含文獻回顧)

　　C017 研究計畫之背景、目的及重要性、國內外有關本計畫之研究情形、重要參考文獻

3. 研究方法

　　C018 研究方法、進行步驟及執行進度：本計畫採用之研究方法與原因、預計可能遭遇之困難及解決途徑

4. 預期完成具體成果

　　C019 預期完成之工作項目及具體成果：執行期限內預期完成之工作項目、對於學術研究、國家發展及其他應用方面預期之貢獻、對參與工作人員預期可獲之訓練

5. 研究團隊資歷

　　C005 主要研究人力：主持人、協同主持人：學經歷及發表研究論文研究成果

　　C007 研究人力

　　C008 研究助理學經歷

管理部分：

1. 研究計畫總表

　　C001 研究計畫申請書：含計畫主持人及服務機構，計畫名稱、聯絡資料等。

　　C014 整合型計畫重點說明：整合之必要性、人力配合度、資源之整合、申請機構

　　　　　或其他單位之配合度、預期綜合效益

2. 研究經費

　　C002 申請補助經費總表：含研究人力費、設備費、差旅費、管理費及其他費用。

　　C009 研究設備名稱及費用

　　C012 其他研究費用：郵電、差旅、印刷、專家座談、耗材

3. 進行步驟及執行進度

　　C018 研究方法、進行步驟及執行進度

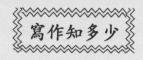

無心插柳

從科技到人文的另一條路

民國五十四年，我從苗栗鄉下到台北都會求學，開始接觸「徵信新聞報(中國時報的前身)」，算起來我和「中國時報」結緣已經四十年。不知何時開始愛上《浮世繪》，與《人間副刊》想比，《浮世繪》——有點文學又不太文學，寫實和詼諧兼具，最讓我喜歡。

學習電機工程的我，向來都認命當報紙的忠實讀者，從未妄想自己能寫作投稿。直到五十歲那年，因為對「教改」有話要說，第一次忍不住投稿《時論廣場》，獲得刊登後信心大增，其後又投稿《家庭》，抒發個人對家庭和教育的各種經驗，也相繼成功，最後才進攻《浮世繪》版面。

《浮世繪》版面包羅萬象。還記得，開始投稿，是從小品短文〈給你笑笑〉開始，例如：G8 高峰會、颱風成功登陸、延畢的條件、日行一善等；然後是〈旅行明信片〉——地下管線、怎一個亂字了得……。闖關成功後，再接再厲參加〈每月徵文〉——一見鍾情自投羅網、感恩懷舊話 PC、欠錢有理要債無門；還有〈我的哲學〉及其他——好一點差很多、擦撞自首、變通與混亂、陰陽合曆等。我和《浮世繪》也結了不解之緣。

除了多年老友來相認之外，《浮世繪》造就我和學生的另一種因緣。經過《浮世繪》的加持，同事們也肯定我的寫作功力，鼓勵我開設「技術寫作」課程，以改善理工學子寫作水平低落，論文不成體統的窘境。幾年下來，我寫成一本技術寫作的教科書——《科技寫作與表達》，教導學生各種求學和求職的寫作技巧，頗受歡迎；「技術寫作」這門課，理工和人文教授，爹不疼娘不愛，反成為我的招牌。無心插柳，我從電機工程轉而教導技術寫作，如果學生寫作能力有所提升，那是《浮世繪》的功德。(刊登中國時報 93 年 9 月 14 日浮世繪版)

羅欽煌

第四部分

口語表達之藝術

壹、簡報專家知多少

身為一個大學畢業的現代科技人，無論是在求學過程或進入職場後，都可能難逃要做「簡報」的命運。簡報內容，從簡單的個人自我介紹，到專業的業務簡介、專題報告等，形式和種類不一而足。

簡報，是結合「文字」和「口語」的表達藝術。今天的簡報，多以 PowerPoint 為之，文字是骨架，口語是血肉。文字，以重點條列方式，寫入 PowerPoint 投影片；口語，則是在簡報現場，臨時補充文字表達不足的部分。

1980 年代，我開始教授電機專業科目時，要先用粉筆在黑板畫圖、寫重點，然後用口頭解說。1990 年起，我改用投影片教學，將教科書的圖表影印在投影片上，然後用口語講解。2000 年起，多數老師陸續將教材製作成 PowerPoint，成為教學的主流；同時，學校也要求老師將 PowerPoint 教材上網，提供學生課後補救學習之用。

PowerPoint 具備很強的文字、圖像和表格功能，也有很炫的影音特效，所以使用 PowerPoint 製作簡報文件不再是一件難事。但是，很多人製作的簡報文件單調、無聊，以致有些聽眾看到 PowerPoint 就想睡。其實，簡報成功的最重要因素還是「人」，簡報除了內容之外，也是一種「表演」藝術。本章將介紹簡報有關的知識、建議和忠告，希望你能成為一位簡報專家。

一、簡報內容和順序

(一)先用問題引起聽眾的興趣

簡報和談戀愛一樣。談戀愛，不可以一見面就說「我愛你」；簡報也要先用引言「牽拖」，不宜一開始就直接討論困難的主題。簡報開始，可以先找一個有趣的問題，引起聽眾的注意，使氣氛融洽後，才說明主題，隨後再提出解答。

在聆聽簡報之前，多數聽眾對主講人的背景與簡報主題不甚了解，抱著看戲的心情，冷眼看主講人能變出什麼把戲。如果，開頭能引起聽眾的興趣，好的開始就是成功的一半；反之，開場不成功，想要扭轉頹勢，要花費很大功夫，將是事半功倍。

　　筆者曾經在亞力電機公司對工程師做演講,主題就是「工程寫作與表達」,我用下列投影片做開場白:

科技人的本色

- **台北工專**:技術第一、其餘免談
- **成功大學**:技術差不多、溝通好一點
- **AMPEX**:有口難言 / 有志難伸
- **專科/技院/科大**:寫作能力差
- **清華大學**:寫作(輔導)中心
- **知識經濟**:科技 + 溝通 = 創新投資
- 科技人 + 人文心 = 彩色的人生

　　簡報的引言,我會使出渾身解數表演,打動聽眾。利用台北工專和成功大學畢業生做對比,技術都不錯,但成大生溝通能力強,成就普遍較高;同時,以自己在 AMPEX 公司的工作經驗,因為英語表達能力不足,以致有志難伸;然後,再用技職學生普遍寫作能力差,甚至連頂尖的清華大學,為了搶救學生寫作能力,還要成立「寫作(輔導)中心」,用以突顯今日學生寫作能力差的普遍現象。最後,以 21 世紀知識經濟時代,強調創新和溝通的重要性,以及科技人要有人文心,才能創造彩色人生。

　　「好的開始,是成功的一半」。第一張投影片成效良好,開始的氣氛融洽,聽眾已經接納主講人,接下來的報告,就容易多了。

(二)不要安排過多的文字、圖表

　　簡報,就是「簡要的報告」。千萬不要將整段文章原封不動放在投影片上,然後原文照唸;必須將整段文章的重點加以摘錄,並以條列式做成投影片。細節內容不要全部放在投影片上,由主講人現場「加油添醋」描述,才會吸引聽眾。

　　同理,統計數據和圖表,也應該盡量延後使用。如果聽眾對主題還沒有產生興趣,怎麼會有耐心看這麼多的統計數據和圖表?

(三)簡報開始最好有大綱介紹

　　簡報開始,最好有大綱介紹,讓聽眾對簡報有全盤了解。如果簡報有五個子題,最好在所有子題投影片開始之前,先有一張大綱投影片說明五個子題的名稱。

二、簡報成功的秘笈

(一)和聽眾保持眼睛接觸

一個有自信的簡報專家，一定會用堅定的眼神看著聽眾。簡報時，眼睛不看聽眾，或許可以減少緊張，但這是不禮貌的行為，也會降低簡報的說服力。此外，觀察聽眾的眼神，讓簡報者可以知道聽眾現場反應，以做為調整簡報方式的參考。

(二)簡報要先說明最重要的部分

好的開始，是成功的一半。所以簡報時，要先說明最重要的部分，讓聽眾感覺簡報很重要或有興趣，簡報就可以順利完成。如果開始稀鬆平常，聽眾注意力鬆懈之後，需要花費很大的功夫，才能拉回聽眾的注意力。

(三)將發問者的問題重述一遍

簡報期間，如有聽眾開始發問，有時因發問者因緊張而聲音過小、或是他和簡報者很近小聲發問、或是經過旁邊的人提示，簡報者才搞清楚發問者的問題重點，這時簡報者應該「把問題重述一遍」讓大家知道。如果大多數聽眾根本沒聽清楚問題，簡報者立即開始回答問題，聽眾對於簡報者的回答也是一頭霧水。

(四)讓發問者將問題講完

有些簡報者，不等發問者把問題問完，就自以為是做出結論，急著回答。這樣做不僅對提問者不尊重，也會給其他聽眾很不好的印象。對聽眾的問題做斷章取義的回答，回答的主題可能偏離原來的問題，再多的答覆也變成沒有意義。

(五)問答熱烈與冷場處理

簡報結束，如果聽眾踴躍發問，固然令人興奮，但如因時間不夠，逕行「封殺」問題而宣佈散會，則非常煞風景。最好，事先說明簡報有多少時間可供回答問題，或是限制回答問題的數目；剩餘問題，可採書面 Q&A 的方式，事後公布週知。反之，如果簡報者擔心無人發問造成冷場，則可**事先安排引言人發問**，先提一些簡單問題，以營造熱烈的氣氛。

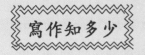

寫作知多少

The Importance of Spoken English

The communication between people is getting more and more important nowadays. With the invention of telephone, it is easier for us to reach the people far away from us. The convenience of airplane and car enables people travel all over the world much quickly. The world is more and more like a global village. Languages play an important role in exchanging ideas between different groups of people. Of all languages, English is the most widely-used in the world.

Why is spoken English important? There are lots of cases we need spoken English immediately. Here is the one. In many international meetings, it happens that some other member critic about our country. We need response immediately at the meeting with spoken English. "A stitch in time saves nine." It is less use that we write a beautiful comment after wrong image has been made.

The second example came with the 1998 International Mathematics Olympiads held in Taiwan in past July. Competitors from more than eighty countries around the world came to Taiwan. My sister had the chance to be a receptionist to help students with their daily life. She found that people speak their native languages such as English, Spanish, Arabian, Russian, German etc. in the beginning. Gradually, they found it was really inconvenience to communicate with people from other countries. Finally, most people speak English as the only means to make friends with each other.

In addition, Taiwan is a very trade-oriented country. Our import / export trade values exceed 200-billion US dollars a year. The contact with foreigners is inevitable when we try to do business with them. Telephone conversation needs we speak not write English. Hundreds of exhibitions are held in Taipei World Trade Center yearly. Representatives of thousands companies need to speak more than write of English to make a deal.

Most Chinese students have better ability in writing rather than speaking of English. It is hard for us to talk with foreigners. We may like to know "WHY"? Firstly, we always want to make our English grammatically correct before we speak. That makes sentence hard to come out of our lips. Secondly, we have less chance of practice to speak than write of English. Thirdly, most of our tests are given in written forms. Therefore, college graduates in Taiwan may write a good article but can hardly speak fluently after learning English for more than ten years.

In a word, it is impossible to over stress the importance of spoken English. I do hope we can begin to practice our English speaking everyday.

(1999 年，羅敦義參加高中英語演講比賽，以「口說英語的重要性」為題的演講稿。)

貳、簡報投影片

> 製作 PowerPoint 投影片很簡單，可是要製作「好又有效」的投影片就不容易。簡報是否成功，製作投影片是關鍵。很多科技人認為論文簡報，重要的是內容，簡報只是把論文精華，做成投影片照本宣讀一遍而已，難怪聽眾都想睡覺。
>
> 簡報，是一種「表演」藝術，也是文字、口語和肢體語言的結合。簡報投影片只要將重點條列就好，不足之處臨場再用口語加油添醋補充，才會精采。投影片不要鉅細靡遺全部呈現，否則聽眾領取投影片講義回家自行研讀就好了。

我曾經聽過一場名家演講，他使用 PowerPoint 製作投影片，全場總共只用了 4 張投影片，每換一張投影片只看到兩三個大字的「標題」而已，然後就海闊天空的暢談一番。這種投影片聊備一格，沒有發揮其應有的功能。

演講，是用**語言**表達思想，其內容 100%可用口語表達；**寫作**，是用**文字**表達思想，內容 100%以文字呈現。然而**簡報**，則是結合**文字**和**口語**的表達方式，兩者比例大約是 50%文字、50%口語。所以，簡報的文字不要把一段文字全部照抄，也不可只顯示標題；簡報文字必需表達所有重點，然後在現場視情況再以口語補充說明之。

一、簡報投影片的文字

1. 簡報就是「簡要的報告」。因此，簡報投影片的文字內容切忌長篇大論，以簡單扼要為原則，不足之處，可以觀察視聽眾的臨場反應，再用口語補充說明。

2. 簡報和文章不同。文章，只能完全用文字來陳述事實，所以文字敘述要詳細；簡報，結合文字、口語甚至肢體語言等方式來表達，文字的份量只占二分之一，所以簡報文字要精、不要多。

3. 根據專家的評估，每張投影片的文字以 4 到 6 行為宜；每行文字最好不要超過 20 個字；字體則以 28 點以上為原則，視覺效果較佳。

4. 簡報的文字，不要單戀一種字體。簡報可以使用不同字體或顏色，以顯示其階層或重要性；例如：**標題**採用隸書體、粗圓體等彩色粗體字型，**說明**使用細明體的纖細黑色字體。

5. 簡報字體要有層級之分，可以使用加粗字體、色彩或放大來表現其特性。但是，相同層級的文字應該保有一致特性，以免造成混淆。

6. 以 PowerPoint 簡報時，投影片最好「**一次播放一列**」，簡報者隨即說明這一列文句。這樣，簡報者可以掌握簡報的節奏和速率，避免聽眾的注意力被分散，一列文字說明完畢，再播放下一列文字。很多人播放投影片將全頁內容同時出現，簡報者以口頭報告第一列的內容時，聽眾一面聽講，一面又不自主想看投影片的其他內容，一心兩用聽講效果當然不佳。

7. 將論文摘要重點以條列方式展現。很多學生認為論文的摘要已經很精簡，簡報投影片直接將論文摘要全文引用。但是，閱讀論文的摘要和聆聽簡報摘要的情況不同。閱讀論文時，沒有時間限制，但簡報時，每張投影片放映時間很短，聽眾一方面要聽簡報者口語說明，沒時間逐字逐句閱讀，所以要將摘要重點以條列方式展現。請參考以下範例：

修訂前：簡報時，每張投影片的放映時間有限，整段文字來不及閱讀。

摘要

　　民國八十七年，國立台北科技大學附設進修學院與勞委會職訓局泰山職訓中心合作，結合德國雙軌制職業訓練與我國技職教育兩種制度，成立泰山職訓大學；招收專科畢業的男女青年，週六日在科技大學進行為期兩年的電機/電子整合課程教育，週一至週五在職訓中心接受職業訓練師養成訓練，學生同時完成大學學業及職訓師訓練，可以取得工學士學位及職業訓練師資格，還可以取得技術士證照等，此計畫開創科技大學與公營訓練機構的連結合作模式。本文針對此種教育夥伴合作模式加以分析，研究顯示，職訓大學實施成效良好，學生的學業成績與企業訓練表現良好，學生滿意度高，可以作為日後技專校院推動教育夥伴發展之參考。

修訂後：改為條列式，「一次播放一列」溝通效果佳。

摘要

- 泰山職訓大學：台北科技大學＋泰山職訓中心
- 泰山職訓大學：我國技職高等教育＋德國雙軌制職業訓練
- 電機/電子整合：北科大上課(六日)＋職訓中心受訓(一至五)
- 兩年畢業：工學士學位＋職訓師資格/技術士證照
- 教育夥伴：科技大學＋公訓機構
- 成效良好：學業與企訓實習成績良好＋學生滿意度高

　　一次播放一行：在播放投影片時，最好以逐列方式呈現：先出現第一行，講解完畢之後，再出現第二行，依此類推。因為螢幕上只出現第一行內容而沒有其他資訊，聽眾只好跟隨簡報者的解說要點，簡報者可以吸引聽眾的注意力，控制簡報的節奏。最好不要將整頁內容全部同時出現，因為當你開始講第一行的重點時，聽眾可能會注意第三行的術語或項目，或自行閱讀所有要點，而不注意你的說明。

二、簡報投影片的圖表

圖表比文字有趣，即使是普通的表格，也會吸引聽眾的注意。簡報中要經常使用圖表來表達相關數據，以下是簡報時，製作圖表必需注意的事項：

(一)不要把相差懸殊的數據放在同一張圖表

同一張圖片上，放入相差懸殊的數據，會造成資訊模糊，降低溝通效果。「出生人數」高達幾萬人，但是「出生率」只有幾十%，如圖 4-2-1，將出生人數和出生率放在同一張圖片上，出生率將只是一條水平線而已，無法看出每年出生率的變化情形。

修訂前

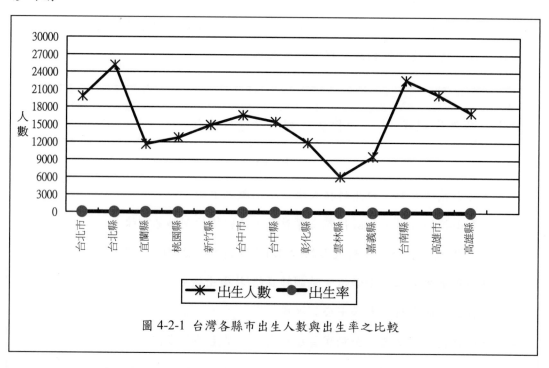

圖 4-2-1 台灣各縣市出生人數與出生率之比較

如果文章的主題，是台灣各縣市的「出生率」，則圖上只要顯示出生率就好，如圖 4-2-2 所示，才可以看出不同縣市的出生率以及最高和最低出生率之情形。

修訂後

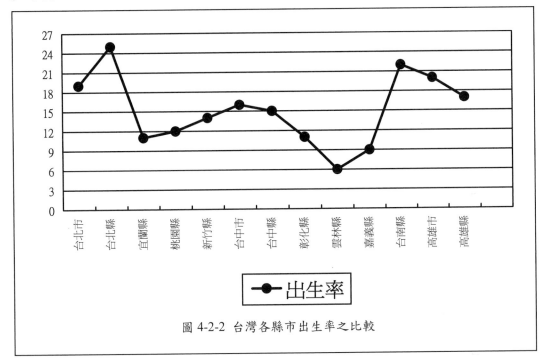

圖 4-2-2 台灣各縣市出生率之比較

(二)圖片上非簡報重點的細目應予合併

分析公司經常費用時，項目也許超過十項，例如：人事費占 52%、廣告費用 28%、物料成本 14%，但其餘的電費、交通、電話費等項目所占百分比很少。如果簡報時，重點想要強調「人事費用」占去絕大多數成本，那麼百分比很少的項目就不需要詳細顯示出來，可以合併成為「其他」一項，以免圖片複雜而模糊焦點。

修訂前

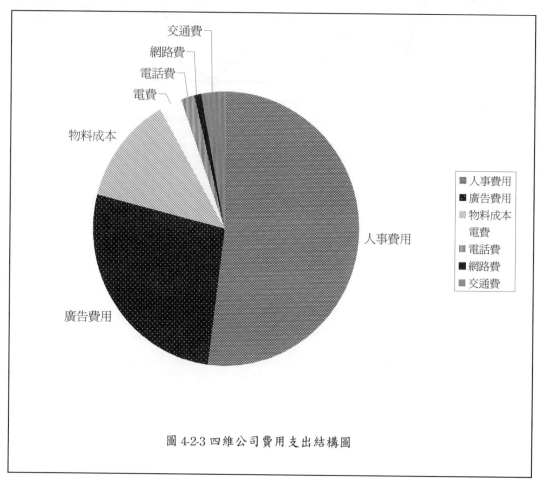

圖 4-2-3 四維公司費用支出結構圖

　　因為電費、電話費、網路費和交通費占總經費的百分率很少，不是討論重點，可以合併成為「其他」一項，簡報圖上比較簡潔，才不會分散讀者或聽眾的注意力。

修訂後

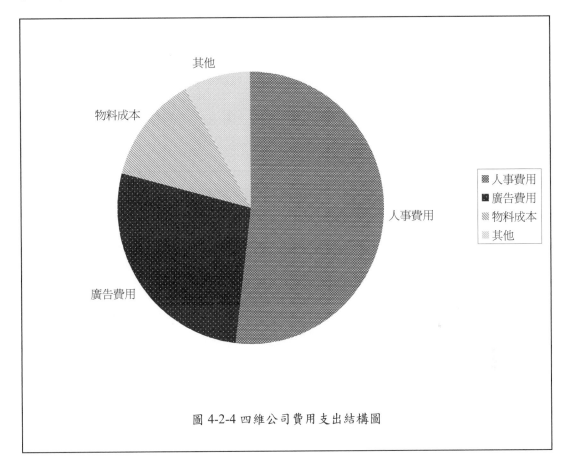

圖 4-2-4 四維公司費用支出結構圖

(三)商業統計圖表不要平滑化，以免造成原意失真

　　工程上，要展現實驗數據時，不是將各點連成鋸齒線，必須先將曲線予以平滑化，然後(利用 Matlab 等軟體)再轉化成數學方程式。但是，做商業簡報「銷售量變化情形」時，統計圖表就應該忠實地呈現數字，不能為求曲線好看刻意將它平滑化，以免造成失真。

　　圖 4-2-5，將每五年生產時數的曲線平滑化，無法看出實際上在 1980 年有上升的變化。

修訂前

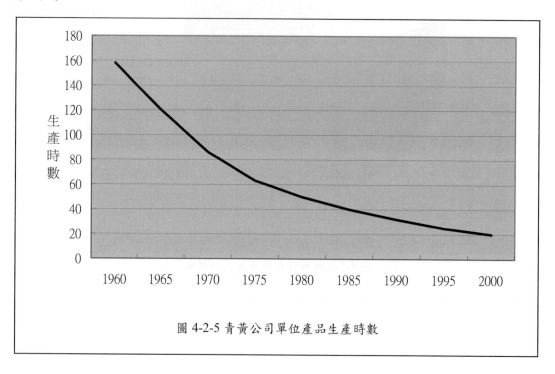

圖 4-2-5 青黃公司單位產品生產時數

　　下圖以折線表示，可以看出每五年生產時數改變的實際數字。在圖 4-2-5，只能看出生產時數下降的趨勢，圖 4-2-6 則可以看出 1980 年的生產時數實際上是上升的，這就是值得研究的重點。

修訂後

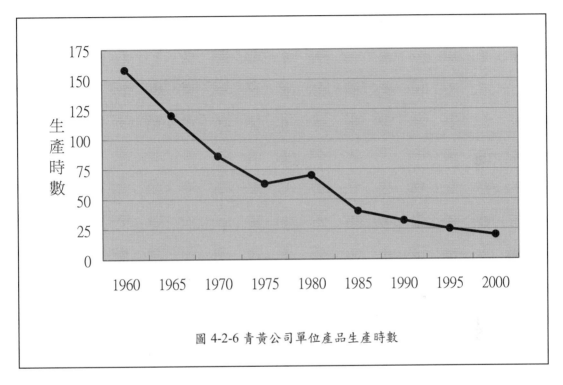

圖 4-2-6 青黃公司單位產品生產時數

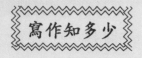

邁向全民自治的社會

主席簡校長、Distinguished Guests Dr. & Mrs. Synn、各位師長來賓、畢業生和在校同學：

今天我很榮幸能夠到全國最高教育學府——台灣師範大學，以畢業生家長身分致詞。我們全家都選擇以教育為終身志業，我現在服務於台北科技大學電機系，內人任教於台北市三興國小，女兒參加大學聯考，經過慎重考慮之後，放棄台大——選填師大英語系為第一志願。畢業典禮如何致詞，才會讓各位坐在禮堂內「有出息」的人，覺得值回票價？我請示內人之後，得到兩點指示，第一要簡短，第二不要陳腔濫調。所以，我就用自己最近在中國時報發表，短文中的小故事當做引言。

1984 年，我在美國進修碩士期間，有一天下課以後，我走到停車場，正準備開二手老爺車回家，看到車窗前夾了一張紙片，上面寫著：「我名叫 Jack，今天倒車的時候，不小心碰到你的車，如果有任何問題，請打電話 341-9981。」我繞著汽車仔細端詳，實在看不出有任何損傷，所以回個電話告訴 Jack 一切 OK。倒車碰撞，車主又不在，肇事者竟然會自首，看起來有點笨，但是老美這樣的道德水平，讓我印象深刻。

後來，朋友也告訴我一個類似的故事：有一個台灣留學生張三(化名)，畢業以後定居美國，有一回倒車不小心碰到另外一輛車，下車查看，好像沒有什麼損傷，正想離開時，碰巧被老美看到，他堅持要張三留下字條才可以走開，張三不想賠償，靈機一動告訴老美，他要留在這裡，等車主回來當面解決，愛管閒事的老美相信他的話，隨後就走開了，老美走了以後，張三立刻就「ㄕㄨㄣ」了。

華人社會普遍都有「各人自掃門前雪，休管他人瓦上霜」的心態，所以台灣的大樓完工以後，住戶隨便敲敲打打、變更隔間，不顧大樓整體美觀、私自加裝鐵窗，二樓住戶寧願走樓梯、不願繳電梯費…等；每個人都只顧自己，任何違規的大小事，都要政府來管，可是政府又不是神，無法面面俱到，大家除了指責以外，只有無力感。

歐美先進國家的民眾，除了個人願意多管閒事之外，還集合起來組織自治團體，監督政府和違法犯規的人。相信各位都曾經聽說，美國的社區當中，如果有人住家庭園雜草不加修剪，鄰居就會主動指責；再不改善，社區民眾集體制裁；如果還是頑固不改，民眾就會推動立法，由政府以公權力加以處罰。

　　以往，我們比較關心於如何追求個人的成功，而較少關注於如何使國家向上提升。台灣要成為已開發國家，提高國民所得指日可待，但如何提升全民的道德水平，邁向真正全民自治的社會，可能才是我們最困難的挑戰。各位畢業生即將成為老師，是台灣迎向未來的「希望工程師」，讓所有身為老師的我們，共同迎接這一項不可能的任務。

　　最後！恭喜各位畢業生完成大學、碩士或博士學業，祝福各位鵬程萬里，敬祝大家身體健康、事事如意。謝謝！

(2000 年 6 月，筆者應邀在台灣師大畢業典禮上，以家長代表身份致詞時之講稿。)

參、PowerPoint 投影片範例

　　PowerPoint 有很強的文字、圖表編輯功能，製作投影片簡單又方便。前兩章已經說明製作投影片的注意事項。筆者曾經應邀在台北市三興國小，對社會科教師進修進行演講，講題：「深度旅遊 ABC——照片整理經驗談」，本章就以演講時的投影片為範例，解說如何製作投影片的觀念。

<table>
<tr><td>

深度旅遊ABC
照片整理經驗談

主講人： 羅　欽　煌

地點：台北市三興國民小學
時間：九十年十一月十四日(三)

2001年11月14日　　國立台北科技大學 電機系　　 1

</td><td>

在簡報開始前，通常以投影片首頁試機。本頁兼具公告功能，應該包含：
- 簡報的主題
- 主講人姓名
- 簡報時間、地點

</td></tr>
<tr><td>

百聞不如一見--- Las Vegas
- 1980：公務考察/德國鐵路(2個月)
- 1983-4：美國留學/密蘇里大學(1年半)
- 1990：歐洲旅行團(9國17天)
- 1992：大陸精華旅行團(暑假17天)
- 1993-6：美國留學/密蘇里大學(3年)
- 1998：美國自助旅行(23天)
- 1999：公務考察/德國職訓(17天)& More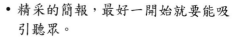

2001年11月14日　　國立台北科技大學 電機系　　2

</td><td>

- 精采的簡報，最好一開始就要能吸引聽眾。
- 筆者以個人的旅遊經歷自我介紹，以拉近主講人與聽眾的距離，並增強演講的可信度。

</td></tr>
<tr><td>

報 告 內 容
A. 旅行團 vs.自助旅行
B. 旅行前的準備功夫
C. 旅行中的休閒享受
D. 旅行後的資料整理
E. 用照片寫生活日記
F. 結語

2001年11月14日　　國立台北科技大學 電機系　　 3

</td><td>

- 簡報之前，先說明簡報的所有主題，讓聽眾有完整的概念。
- 簡報是一種表演，其內容是文字和口語的結合；文字為輔，口語為主；文字是劇本，口語則是現場表演。

</td></tr>
</table>

A. 旅行團 vs. 自助旅行
見仁見智，各有所好

	旅 行 團	自助旅行
行程自由	少(×)	多(○)
困難度	少(○)	多(×)
經費	多(×)	少(○)
安全	多(○)	少(×)

2001年11月14日　　國立台北科技大學 電機系　　4

- 簡報中，可以利用表格、圖說等加強簡報效果。表格中，分析優缺點時，使用符號「○」和「×」，使聽眾更容易瞭解。
- 除主標題 A「旅行團 vs.自助旅行」之外，「見仁見智，各有所好」是副標題，用來增強溝通效果。

B. 旅行前的準備功夫
一 般 注 意 事 項

- **研究行程**：時間＋金錢→(休憩／知識)
- **攜帶物品**：證件、錢、信用卡、藥品
- **旅遊書籍**：普通(旅遊)／深度(研究)
- **駐外機構**：護照影本＋護照相片
- **熟悉環境**：穿著、電器、時差

2001年11月14日　　國立台北科技大學 電機系　　5

- 投影片內容不要拷貝一段文章，最好用條列方式或簡單符號表示之。
- 例如：

  時間＋金錢→(休憩/知識) ；表示，我們花費時間和金錢的旅遊活動，希望能獲得休憩或知識。

B. 旅行前的準備功夫
自 己 製 作 旅 行 手 冊

- **地圖**：旅遊路線全圖＋城市地圖
- **國家**：歷史、地理、文化
- **城市**：概況、名勝、購物中心
- **語言**：早安、你好、再見
- Triptik：AAA為你量身訂製地圖

2001年11月14日　　國立台北科技大學 電機系　　6

在投影母片的下方加入下列訊息：
- 投影片製作日期
- 服務的機構或公司
- 所屬機構的 Logo
- 投影片編號

可以讓聽眾感覺主講人的專業形象。

C. 旅行中的休閒享受
一 般 注 意 事 項

- **準時**：行程緊湊、團體行動
- **安全**：身體、金錢
- **飲食**：衛生、葷素(方便)
- **健康的身體**
- **愉快的心情**

2001年11月14日　　國立台北科技大學 電機系　　7

- 投影片右下方的編號很重要，因為演講結束後，聽眾提問題時，可以提示該編號，方便找尋與互相溝通。

C. 旅行中的休閒享受

旅遊心得告白

- **照相**：相機、底片、三腳架，想拍就拍
- **照相 + (錄影 or 老婆)**
- **旅遊資料**：明信片、廣告、書籍
- **享受購物樂趣**：ON SALE 玩真的
- **戶外運動 vs. 洋傘**

2001年11月14日　　國立台北科技大學 電機系　　8

- 主講人要將想說的重點，都放入投影片中，簡報時才不會遺漏。
- 但是，不要將每一個字都寫在投影片中，因為主講人逐字照唸，最容易讓聽眾入睡。

D. 旅行後的資料整理

一般注意事項

- **時間＋金錢→ 美好的回憶**
- **撰寫遊記(想說的故事)**：記憶猶新
- **相片整理**：速戰速決
- **經費結算**：EXCEL

2001年11月14日　　國立台北科技大學 電機系　　9

- 在大綱中放入小故事，把感情放進去，才能夠引起聽眾的共鳴。
- 簡報內容是自己的專業，對自己要有信心，聽眾也會感覺出來。

D. 旅行後的資料整理

相片整理的撇步

- **取捨之間**：不良/重複相片，捨棄
- **相片排序**：訴說旅行的故事
- **相片旁白**：想說的話/用數據填空
- **旅遊書籍**：相片背景查證(重遊)
- **明信片、旅遊廣告**：最佳佐證

2001年11月14日　　國立台北科技大學 電機系　　10

- 主講人想要講的重點，最好都放入投影片中，才不會遺忘。
- 用不同字體呈現標題(**隸書體**)和內容(細明體)，可以增進溝通效果。

D. 旅行後的資料整理

錄影帶製作

- **剪接**：10 h → 2 h，看完賞100元
- **旁白**：編撰台詞、配音
- **配樂**：配樂 vs. 實況報導
- **Q**：不愛看自製旅遊錄影帶？
- **A**：...

2001年11月14日　　國立台北科技大學 電機系　　11

- 演講時，可以用 Q&A 方式問聽眾 WHY？來增進主講人和聽眾之互動。
- 筆者曾自製旅遊錄影帶，將 10 小時濃縮成 2 小時，還加上旁白和配樂。
- Q：為何不愛看自製旅遊錄影帶？
- A：因為鏡頭固定，又沒有旁白和配樂，不夠精采。

E. 用照片寫生活日記
日常生活照片整理(一)

- **Q**：為什麼，你的照片都很美！
- **A**：壞的丟了！
- **底片**：100(室外、細膩)/400(室內、亮度)
- **對焦**：半按對焦、取景、全按拍照
- **閃光燈非萬能**：背景黑黑的？

2001年11月14日　國立台北科技大學 電機系　　12

- 簡報綱要安排方式要有邏輯，依據重要順序排序。
- 簡報文字內容以簡單扼要為原則，不足之處，可以臨場用口語補充。
- 可以秀出「好照片」和「壞照片」做為見證，效果更佳。

E. 用照片寫生活日記
日常生活照片整理(二)

- **隨興攝影**：捕捉「那一刻」，有趣
- **水災、活動**：機會一去不返
- **門票、資料**：留？丟？
- **相片**：去蕪存菁、寫旁白

2001年11月14日　國立台北科技大學 電機系　　13

- 投影片文字以 4 到 6 行為宜，每行文字最好不要超過 20 個字。
- 字體以 28 點以上為原則，字體太小後座聽眾看不清楚，會降低其聽講的興趣。

F. 結語

- **旅行前**：神遊(製作旅行手冊)
- **旅行中**：身遊(欣賞＋印證＋照相)
- **旅行後**：重遊(相片查證＋回想)
- **照片寫生活**：紀錄＋情趣
- **個人回憶錄**：自己寫、光碟

2001年11月14日　國立台北科技大學 電機系　　14

- 簡報結束前，最好將簡報的全部內容回顧並做結語，以加強聽眾的印象。
- 演講結束前，將旅行前、旅行中和旅行後所需進行的事項，逐一回顧，加強聽眾的印象。
- 順便提醒聽眾，回家立即整理照片。

報 告 結 束

敬 請 指 教
歡 迎 發 問

2001年11月14日　國立台北科技大學 電機系　　15

- 簡報結束，說「謝謝大家」就好；如果說「完了」，可能被誤解為「完蛋了」，有點搞笑。
- 因為台灣聽眾太沉默，不要留太多時間讓聽眾發問，以免冷場太久很尷尬，留 5-10 分鐘發問時間就夠了。

一張照片，一個故事

　　個人電腦的普及以及數位科技的發展，使得圖像生產非常容易。數位相機、數位錄影機和手機都可拍攝數位圖像。但是，沒有整理的資訊，如同垃圾。整理照片時，最好要有註解。一張照片一個故事，照片加上註解旁白，就變得活靈活現了，利用 5W1H (Who, Where, When, What, Why, How)，可以輕易撰寫註解。

一張照片，一個故事。
這張照片，有啥故事？

A：釘在牆上的板子，紅色是不知名管線，藍色則是水管，依據標示可知，從牆面起算 8.4 公尺，地下 3.3 公尺，埋有材質是 S(鋼管？)，管徑是 150 mm 的水管。任何施工單位想要挖掘路面時，只要先查看週邊建築物牆面的管線標示牌，就不會誤挖而造成大眾的損害了。(請參考 P.146 短文)

Q：照片解說，寫些什麼？
A：用 5W1H 方式填寫。
When：2003 年 2 月(寒假)
Where：紐約市無線電城
Who：羅家全家福
Why：探親兼旅遊

肆、面試注意事項

通常，應徵書面文件審查之後，通知參加面試的人數大約是錄取名額 2-3 倍。接到面試通知，恭喜你，已經通過第一關；但是，還有 2-3 倍和你條件相同的人，要競爭這個職位。

求職，求職獲得參加面試的機會，就好像足球賽獲得射門機會，機會十分難得，要好好把握才能得分—求職成功。

在台灣，學生上台做正式簡報或面試的機會較少，以筆者的教學經驗，發現有些觀念必需向學生加以說明或澄清。以下介紹簡報面試應該注意的事項：

一、準時

面試最重要的是「**準時**」，如果考生遲到反而讓主考官等你，那就再見了。很多剛畢業的學生認為，「**準時**」就是在約定的時間正好到達就好了。但是，面試的準時和上課準時不一樣，最好提早 30 分鐘到場，一方面可以緩和自己焦慮的情緒，一方面也可以利用這多餘的時間預演面試的情境，進入面試時，才可以輕鬆應對。此外，萬一塞車或其他狀況，也有 30 分鐘的緩衝，以免遲到以致一切泡湯。

二、服裝

面試時穿著的服裝，一般以保守為原則，避免穿著牛仔褲。男生最好穿西裝、打領帶，女生穿套裝或裙子。俗語說：「佛要金裝，人要衣裝」。在學校，經常看到男生穿 T 恤、牛仔褲一副邋遢樣，但是他們穿上襯衫、打起領帶之後，頓時人模人樣，可以給主考官良好的第一印象。此外，提醒 e 世代的年輕人，外套的拉鍊要拉到一半高度，穿長褲要繫腰帶，上衣最好紮進長褲之內，不要穿得像流浪漢(BUM)一樣。

但是，應徵需要創意—藝術或廣告類的職務，如果應徵者穿得太規矩、太保守(穿西裝、打領帶)，反而會被主管認為缺乏創意，而不易被錄取；參加這類面試時，以大學生在校上課的一般穿著(牛仔褲＋T 恤)，應該是可以接受的。

所以，面試如何穿著沒有定論，實在令人困擾。如果對於面試如何穿著無法確定，最好詢問前輩或學長的意見比較保險。

三、簡報

碩士口試，可能會安排應考人做簡報，考生報告時間大約 5～8 分鐘。一般而言，口試委員面對眾多考生，根本搞不清楚張三或李四是誰，所以，要在最短時間內，顯現自己的豐功偉績或個人特色。首先，考生最好事先製作一套投影片，報告個人簡歷(約 2～3 分鐘)；然後，再報告自己最得意的專題(或專案計畫等)。專題報告，除了顯示考生的專業知能之外，還可以引導口試委員在口試時，往考生最熟悉的專題部分發問，讓考生容易發揮。

四、口試問答(5～10 分鐘)

簡報後的口試問答，題目通常分成兩大類：非專業人格特質及專業性問題。

非專業人格特質問題，包含個人的優(缺)點、目前工作最(不)喜歡的地方、為什麼選考本研究所(例如專長為通信，為什麼要考電機所而不考通信所) …等，有關如何回答非專業性的問題，詳情請參考下一章的內容。

專業性問題，雖然和自己應徵職務(推甄系所)相關，但是範圍很廣。以電機工程為例，包含電力、控制、計算機、通信、半導體、電子…等，主考官的問題難以預測。所以，如果考生在簡報時先簡報自己做過的專題報告，可以引導主考官追問相關問題，這樣對考生比較有利。此外，進入研究所之後的研究題目，或是進入公司後相關工作的專業內容，也是常問的問題。

五、其他簡報面談注意事項

- 簡報時，不要看天花板或地板；也不要只注視一個主考官，對所有面試主考官的目光接觸要平均，以表達出報告者的自信。
- 面談簡報時，不要對著銀幕說話。考生使用投影片或 PowerPoint，用光筆引述重點之後，就要轉身面對主考官侃侃而談。
- 自我介紹以 2～3 分鐘為宜，避免冗長瑣碎的內容
- 自我介紹不是演講，內容應避免主觀意見的發表。
- 報告時，聲音要宏亮，口齒清晰，使聽眾能夠聽清楚。
- 站姿應端莊，避免身體搖晃或其他不必要的肢體語言。
- 投影片的字體不要太小，以免較遠的人看不清楚。
- 變換投影片或調整機器時，不要講話，以免觀眾被動作吸引而分心。

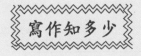
寫作知多少

結婚典禮致詞

大家好！新郎張國華(化名)、新娘李美玲(化名)，雙方主婚人、各位來賓：

今天是訂婚喜宴，請大家放心，我的致詞不會太長。我是台北科大進修學院主任羅欽煌，也是新郎張國華的主管，我要用九個字來形容他：

1. 「武功高強」：我是留學美國的電機博士，但是新郎國華的電腦武功比我高強，我不會的，他都會，辦公室同仁電腦出問題，大家都叫：「國華！」。

2. 「靠得住」：國華在進修學院工作前後五年，沒看過他發脾氣。除了電腦之外，大小事都做，不打太極拳，每樣事得做得很好。因為，國華「靠得住」，所以辦公室的婆婆媽媽們都「好自在」。

3. 「有種」：現在，台灣的大學生都留在國內讀碩士，敢到美國進修、冒險「有種」的學生已不多見。國華就是少數有種的大學生，所以，明年大家等著吃紅蛋。

註：華人的結婚喜宴，從來都沒有準時開席，久候多時的來賓早已不耐煩，沒人有興趣聽長篇大論的訓話，所以結婚典禮的致詞，既要能說出新人的特色，又要簡短和有趣。

伍、口試問答的訣竅

> 　　民國五十年代，有一年高中聯考的作文題目是「假如教室像電影院」。很多學生最後的結論竟然是：我們生活在台灣真是幸福，教室像電影院，但是大陸同胞仍然生活在水深火熱之中，我們一定要反攻大陸，解救苦難的大陸同胞。
>
> 　　這個故事雖然好笑，但是當年的政治環境就是如此，為了拿高分，任何題目(例如：春遊陽明山)都可以扯到反攻大陸解救同胞。作文，都用「反攻大陸」做結論的觀念，應用在求職面談，卻是絕對正確的；面談，回答任何問題，一定要和「應徵職務相關」，才有可能獲得成功。

　　每一年，有無數的企業在求才，有更多的人在求職。如何在應徵新職時脫穎而出呢？第一關是簡歷和自傳等書面資料，如果你接到公司的面試通知，恭喜你已經順利通過第一關，然而，接下來的面談表現才是成功與否的決定性關鍵。

　　民國 61 年，我第一次找工作，筆試過關後參加面談，主管好像聊天一樣，問些家庭和學校的狀況，我也輕鬆回答，結果卻摃龜。後來才知道，面談時，要在短時間瞭解應徵者，每個問題看似普通，其實背後隱含另一層意義，絕非漫無目的的閒聊。每一位應徵者的面談可能不到 30 分鐘，主管一定會把握重點，針對主題發問。

　　我曾經參考多本求職面試的書籍(如附錄參考書目)，發現面試的問題五花八門，無法逐一解讀和背誦。但是，這五花八門的面試問題，我將其分成五大類：一、正面問題，二、負面問題，三、為何換工作，四、對工作的看法，五、壓力面試。

　　相同類型的問題，雖然問題不同，但回答的重點卻是相同的。例如：請你自我介紹、為什麼我們要雇用你、你在學校最喜歡的功課等，雖然問題好像不同，但是回答的要點都要強調「我是最適合出缺職位的人」。

　　接下來針對五大類面談最常問的題目，問題背後的意義，以及如何回答做成範例，提供讀者參考。

一、詢問應徵者的長處等正面問題

1. 請你先自我介紹！

Please introduce yourself.

目的

想要了解應徵者的口語表達、組織等整體能力，是否符合出缺職務所需。

解說

這是很普通的開場白，由應徵者先行自我介紹，接下來，主考官可能會針對自我介紹的內容，提出後續問題。所以，應該好好把握這個自我推銷的大好機會，如果回答很得體，接下來就是順水推舟，無往不利。

回答重點，要強調個人以往的相關經歷、特質，非常適合應徵職位的需求。例如：業務員需要良好的人際互動關係；回答時，可以特別強調自己參加社團、工讀時與他人互動的經驗等。

範例

應徵業務員：

在求學時代，我除了擔任班級幹部之外，還參加各式的社團活動，以增強人際關係；此外，我也利用寒暑假的機會打工，和各行各業的人接觸。和陌生人在一起時，我很容易就找到話題，打破沉默的僵局。我的個性隨和，同學朋友都說我很容易相處。

2. 你覺得自己最重要的長處是什麼？

What is your greatest strength?

目的

想要了解應徵者的長處，是否和出缺的職務是否相關。

解說

回答自己的長處一定要和應徵工作相關。有些應徵者沒有體認問題的目的，只是隨意說說自己的長處，但是和應徵職務無關，徒然浪費寶貴的面談時間。例如：一般會計人員必需具備條理分明的數字分析能力；要擔任經理必需具備領導、溝通能力；應徵會計經理職位時，就應該強調自己兼具兩種特質。

範例

應徵會計經理：

我的長處是重視溝通技巧，所以，我和其他部門都能密切配合；因為重視溝通，也讓我在領導一個團隊時，內部很和諧。同時，我很重視時間管理，所以每天雖然有密集的會議、緊湊的工作，我都能將事情安排井井有條。此外，我的個性有條有理，在千頭萬緒的工作中理出頭緒，對我並不困難。

類似的問題還有下列各種問法，但回答問題的原則大同小異。

3. 為什麼你值得我們雇用呢？

   Why should we hire you?

4. 現在的工作中，你最喜歡的部分是什麼？

   What do you like most in your current job?

5. 你認為自己具備什麼資格來應徵這項工作？

   How do you think you are qualified for this job?

此外，對於剛畢業的學生，最常被問到課業、課外活動甚至打工經驗。回答的重點，還是要把握課業、課外活動、打工等，要與應徵職務有關聯。雖然你最喜歡「電力系統」，但是如果要應徵的工作是電信業，你應該強調喜歡「通訊原理」等電信相關課程。類似的問題如下：

6. 你在學校曾參與哪些課外活動？

   What kind of extracurricular activities did you participate in?

7. 求學時，你是否有打工經驗？

   Did you have a part time job while you were in college?

8. 你在學校最喜歡的功課是什麼？

   What were your favorite courses in college?

二、詢問應徵者的弱點等負面問題

1. 你覺得自己最重大的弱點是什麼？

   What is your greatest weakness?

2. 對於目前工作，你覺得最不喜歡的地方？

   What do you like least in your current job?

3. 你自己認為還有哪些方面可以再加強？

   Which aspects of yourself can be improved?

4. 你的主管(朋友)認為你在哪些方面有改進的必要？

   Which aspect of yours does your boss (friend) think you need to improve?

目的

想要從負面的問題中，找出應徵者的缺點。然後，利用消去法，將不適任者從眾多應徵者當中，加以剔除。

解說

回答缺點(或尚待改進的地方)這一類負面問題，有點尷尬。你不能說自己沒有缺點，因為「人非聖賢孰能無過」；你也不能太坦白，痛陳自己的缺點，以致求職落空。普通的答覆，就是避重就輕。說出你的弱點，但最好與工作沒什麼關聯性。例如：我酷愛吃巧克力，對巧克力完全沒有抗拒力。

更高明的回答，是將缺點轉成優點。例如：承認自己的缺點是工作狂。雖然，工作狂是個缺點，但是對於資訊產業而言，可能是個利多。

範例

1. 我的缺點就是不喜歡填寫報表。我知道填寫報表有其必要性，但是因為填表必需耗費很多時間，我急於將那些時間用於研究創新，因為這才是公司以高薪僱用工程師的原因。我希望文書作業能夠簡化或由秘書來擔任，讓我更能專心於創新研究的工作，替公司創造更高的利潤。

2. 我的缺點是完美主義，不做則已，要做就要求完美。所以有時候，經常要加班到很晚，我知道那樣對自己的健康不好，但是我總希望送給主管的資料，不需修改立即

就可以安心使用。不過，現在我已經注意到這個缺點，練習慢慢調適，希望能夠兼顧品質和時間。

三、詢問應徵者為何換工作

1. 你為什麼想要離開目前的工作？

What makes you decided to quit the current job?

2. 你找公司時最在乎的是什麼？

What do you treasure most in job hunting?

3. 過去幾年內，你更換工作頗為頻繁，如果錄用你，如何確定你不會很快離職？

You have changed jobs quite often, how can we sure you will stay if we hire you?

目的

這是主考官非常想要知道的原因，經由應徵者過去的經驗，來推測他未來的行為，是徵才公司普遍用來做為人選評估的準則之一。

解說

不要批評原來的公司和主管，不如將答案的重心集中在個人發展遠景方面。但是，如果離職的原因是「公司遷廠到大陸」，或「鐵路局的發展已經走下坡」等，非個人因素的理由，則可直言無妨(如範例 1)。

此外，工作穩定性是公司錄用人才的重要考量，不喜歡習慣性跳槽的人；如果應徵者曾經換過好幾個工作，不要逃避，要把握機會主動解釋(如範例 2)。

範例

1. 我會離開公營的鐵路局，主要是鐵路的發展已經走下坡，電信事業的發展無可限量；雖然公營的鐵路局比較安定，但是，民營企業較能提供積極的員工發展空間。所以，我希望能夠往民營的電信業發展接受最新的挑戰。

2. 剛入社會時，對於各種工作性質並不清楚，往往工作幾個月後，才發覺與本身興趣不符，當下決定快刀斬亂麻，好比愛迪生經過無數挫折才成功發明電燈，雖然摸索過程比別人長，但是這些經驗，使我更清楚自己想要走的路。

四、詢問應徵者對於工作的看法

目的

主考官想要知道應徵者的準備工夫(對於公司和工作的了解)、價值觀…等。

解說

一位認真、積極的求職者,面談前應該多方蒐集該公司的資料,例如公司成立時間、規模、主要產品、客戶、競爭對手,甚至目前是處在成長曲線的哪一個階段?對於應徵職務的工作內容、薪資範圍…等也要詳加研究,才可以出發參加面談,千萬不能回答「不知道」,否則只好回家吃自己。因為問題範圍很廣,沒有答題的共同規範,只能據實回答。

1.你期望的工作待遇是多少?

What is the salary you are expecting for this job?

這對於應徵著是最尷尬的問題,說多說少都不好。歐美廠商公司的員工薪水,是由應徵者和主考官在面談時議定的,所以,應徵者應該事先做功課,了解相當職務的薪水範圍,面談時才可以獲得滿意的結果。而日商或國內企業,通常都有一定的規定,所以可以請教主考官:「這樣的職務在 貴公司的待遇如何?」

2.你對於我們公司了解多少?

How much do you know about our company?

主考官想藉此問題,知道你對這份工作是否有旺盛企圖心和興趣,如果你回答對公司基本資料都「不清楚」,就注定你被淘汰的命運。在面談之前,求職者應該多方蒐集該公司的資料,如果幾位競爭者的條件相當,準備充分正足以顯示你對此工作的重視,往往能夠脫穎而出。

3.你有什麼問題要問嗎?

Do you have any question?

面談即將結束時,可能對方會給你一個發問機會。如果回答「我沒有問題」,表示你不夠積極主動,大概也沒有機會獲得這份工作。

這是很重要的問題,一定要問。可以問一些和專業相關、或釐清工作內容的問題。但是,最好不要問及薪資、福利有關的問題,以免造成你對權益斤斤計較的印象。

4.請說說你的家庭背景？

Tell us you family.

　　主考官想要從家庭背景中，讀出應徵者的人格特質，甚至發掘出潛在的問題。例如應徵者父母都擔任教職，兄弟姊妹都有優秀學歷，如果面談情形也良好，可以推斷其個性能力都不錯。反之，如果在破碎家庭成長，就要有極優異的個人條件，才可能扭轉頹勢，雖然，有些不公平，可是現實社會就是如此。

5.你還有繼續唸研究所的計劃嗎？

Do you plan to study in a graduate school?

　　一名新人進入公司，必需經過半年到一年的訓練，才可以投入工作行列，公司投入大量訓練成本。此時員工離職就讀研究所，對公司損失極大。

　　如果你確實有計畫進修，可以和公司主管請教，是否可以在工作三年之後，以「在職」方式進修。工作三年對公司已經有貢獻，在職三年表示對公司的忠誠，個人進修對於公司未來發展也有益處。不可為了想得到工作而說謊，因為「前人拉屎後人遭殃」；你可以一走了之，日後，學弟妹們求職將會遭殃。

五、壓力面試問題

目的

主考官故意以侮辱性語氣提出挑釁的問題，想要知道應徵者面臨壓力的反應。

解說

求職者千萬不要輕易動怒或垂頭喪氣。因為挑釁的問題是經過刻意設計的面試情境，主考官正想要觀察你面臨壓力下的反應，也就是「壓力面試」法，求職者要控制自己的不滿情緒，理性的表達自己的看法，反敗為勝，才是最佳的 EQ 表現。

1.你在校成績這麼爛，也敢來應徵工作？

With so lousy scores in school, how dare you haunt for this job?

　　是的，我在大學的成績的確不好，那是因為當時家父遭逢經濟困境，我必需花很多時間打工，除了賺錢支付學費，還要幫助家庭經濟；雖然打工影響我的學業成績，但是其寶貴經驗對我的人格成長和處事能力有很大的成長，相信這些能力一定有助於我日後的工作表現，對公司有益。

六、論文口試

碩士或博士生，在學位論文完稿後，要先送給論文口試委員審查，再訂期舉行論文口試。口試是用來測試研究生的組織能力、整體觀念、表達思維的合理性、研究報告的正確性及清晰程度。

口試前，最好到圖書館閱讀相關的新雜誌，因為口試委員喜歡詢問和論文主題的最新發展，以便瞭解研究生是否隨時注意研究的最新動態。口試中經常被詢問的問題如下：

- 你的論文對於科技界有何貢獻？

- 研究範圍內，主要的優點與缺點何在？

- 研究過程中，哪些問題無法解決？

- 你將如何應用你的發現？

- 在研究過程中，你學到什麼？

本章中面試問題的答覆要點，正好可以應用在論文口試。對於口試問題，如未能完全瞭解其內容，可以請求口試委員複述一遍，然後簡要的回答該問題。答題完畢，可以補充：「以上答覆是否回答了您的問題？」

如果不知道如何回答問題時，可以誠實回答：「不知道」，因為一個人不可能答覆所有問題，千萬不要硬掰回答，否則口試委員繼續深入追問，以致節外生枝，恐怕就難以善後了。

口試完畢後，利用機會感謝口試委員的耐心與指教。口試及格者，必須依照口試委員的指教，將論文修改後依照學校規定時間，繳交正式論文，就大功告成了。

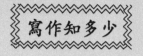

父 親 的 禱 告

　　近來，從電視和報紙上，時常看到年輕人，因為受到小小挫折，就輕易的自己結束生命，令人惋惜，尤其是對父母的傷害既深且久。

　　在我成長的(民國 40、50)年代，物質缺乏生活困苦，大家「不怕吃苦，但是怕死。」今天，許多父母希望能提供小孩「無後顧之憂」的物質享受，反而造成 e 世代的年輕人「怕吃苦，但不怕死。」

　　麥克阿瑟將軍著名的〈父親的禱告〉，他祈求上帝：「帶領我的兒子不在輕鬆的路途，而在充滿困難的挑戰之路，讓他學習在暴風雨中站立，讓他學習對失敗者同情並給予幫助。」在這篇禱告詞中，麥帥祈求兒子「不在輕鬆的路途，要能接受困難的挑戰」，和華人父母期望子女「一帆風順」大不相同，特別值得吾人深省。

A Father's Prayer

General Douglas MacArthur (May 1952)

Build me a son, O Lord, who will be strong enough to know when he is weak, and brave enough to face himself when he is afraid; one who will be proud and unbending in honest defeat, and humble and gentle in victory.

Build me a son whose wishbone will not be where his backbone should be; a son who will know Thee, and that to know himself is the foundation stone of knowledge.

Lead him I pray, not in the path of ease and comfort, but under the stress and spur of difficulties and challenge. Here let him learn to stand up in the storm; here let him learn compassion for those who fail.

Build me a son whose heart will be clear, whose goal will be high; a son who will master himself before he seeks to master other men; one who will learn to laugh, yet never forget how to weep; one who will reach into the future, yet never forget the past.

And after all these things are his, add, I pray, enough of a sense of humor, so that he may always be serious, yet never take himself too seriously. Give him humility, so that he may always remember the simplicity of true greatness, the open mind of true wisdom, the meekness of true strength.

Then, I, his father, will dare to whisper, have not lived in vain.

陸、上台演講

很多工程師聊天時口若懸河,上台演講卻結結巴巴、語無倫次;聊天是非正式和隨意的,不需要預演;但是,演講需要有計劃、組織和練習。

工程師也經常做簡報,但是,真正上台演講則很少;簡報,是報告你所熟悉的專業知識,比較容易;演講,是針對一般性的問題,比較困難。

除非,你願意沒沒無聞,否則,工程師遲早會當上主管或老闆,都要面臨獨當一面的時刻,上台演講終不可免,宜及早訓練。

閱讀和演講的最大差異,是速度和重複(repeat)。閱讀時,讀者可以隨個人的速度來閱讀文字作品,如有必要,還可以重複研究艱深或不瞭解的段落。然而演講時,聽眾不能控制演講者的速度,也不能重複再聽一次沒有聽懂的段落。

現今已是溝通的年代,語文和口語的表達能力都愈來愈重要。寫作與說話是一體兩面,一個不會寫文章的人,很難是一個會演講的人,反之亦然。寫作和演講,可以互相增長,兩者都可以訓練我們把思想系統化,把零碎的知識組織起來。

研究顯示,一般演講的說話速度一分鐘大約 200 字,可是聽眾一分鐘可以聽懂 2,000 字,除非故事很精彩,否則聽眾在多餘的時間很容易分心。此外,大家都喜歡聽故事,所以,一個會說故事的人,很容易成為演說高手。

成功的演講並不容易,筆者綜合多位演講名嘴的心得經驗,摘要整理如下:

一、演講成功的要件

1. 吸引聽眾的注意力

- 精采的演講,正如精采的表演,必需一開始就能吸引人。
- 用新鮮的故事做開場白相當不錯。

例如,我在開學典禮時,希望學生們要用功讀書,這老生常談的主題,不容易處理。我用法老王學習幾何學的故事做為開場白,效果很好。故事大綱如下:

法老王向歐基里得學習幾何學,但自己卻不用功以致學不好;法老王私下要求老師,請教有無任何學習捷徑,但被歐基里得教訓「在幾何學領域中,法老王也沒有特權」。所以,讀書必須靠自己。

- 用實際例證說明複雜的問題，非常有效。

  例如：美國國會議員嚴厲抨擊「**政府浪費公帑**」，台下聽眾認為是老生常談而沒有反應；但是，當他舉出實例，在「**失業率高漲**」的時候，政府還資助學術機構研究「**牛蛙的愛情生活**」，聽眾才體會政府果然在浪費公帑。

2. 要有自信

- 上台演講的口才不是天生的。很多名嘴，小時候都很木訥，靠後天的努力和訓練，才成為演說家。例如：名主持人唐湘龍，聽他主持「下班一條龍」時伶牙俐齒，據他自己說，小時候口吃得很嚴重。

- 要有自信，因為每一個人都有別人所沒有的獨特經驗，只要將自己特殊的心得說出來，就能振振有詞。

- 既然敢上台演講，對於自己的演講和內容都要有信心。不要用過於自謙的說詞，例如：「準備不周」、「浪費大家的時間」、「拉拉雜雜」等，因為這些說詞會讓聽眾失去信心，而準備開始睡覺。

- 一般演講即將開場時，聽眾的噪音籠罩，不會自動安靜下來；此時，主講者要有自信，緩緩而大聲說句：「各位貴賓，大家早安！」然後就此打住。等聽眾大致安靜之後，才立即開始演講。

3. 熟悉演講內容

- 演講之前，先確定聽眾是誰？然後問自己可以提供聽眾什麼有用的資訊？演講結束後，聽眾會記得什麼？

- 演講內容要有變化，才不會單調枯燥；就像編副刊，要有主題、評論，還需要有趣味小品，才會生動有趣。

- 在學校上課，對學生傳授知識，要講得有系統，才容易吸收；演講時，聽眾比較懶散，演講內容要「**系統化但有趣味性**」，以免枯燥無味。

- 在聽演講時，聽眾只能思考簡單的邏輯。所以，一段話只能敘述「**一個重要觀念**」，盡量避免在演講過程中演算數學公式，更不要解說繁瑣的迴圈程序。

- 準備演講之前，要先準備綱要，用邏輯順序排列，但是，千萬不要把每個字都寫出來，演講者逐字照唸最容易讓聽眾入睡。

- 演講的內容一定要對聽眾有用。如果演講者的內容對聽眾有用，聽眾就會認為演講很成功。

4. 要有熱誠

- 成功的演講會感動聽眾。但是，要感動別人之前必需先感動自己，要將誠摯和熱心注入話中，才會引起聽眾的共鳴。
- 盡可能在演講大綱裏放入感人的小故事。演講時，隨著故事的悲歡離合，把感情融入故事當中。

5. 要不斷的練習

- 演講和運動一樣，需要不斷的練習。從來，沒有任何運動員不需鍛鍊就能獲得金牌；但是，有些演講老手，沒有預演就直接上場演說，其失敗一點也不意外。
- 每個人都熟悉自己的故事，以「自我介紹」做為演講的試金石是不錯的開始。反覆演練，直到不看小抄，也能順利完成演講。
- 從觀摩中學習，加上不斷的演練，自然能夠成功。以奧斯卡頒獎典禮為例，主持人或領獎人一分鐘的說詞，演練多達六百遍。
- 練習與檢討：練習時，最好找一位教練，一個敢於打斷你的演講，敢於指出你的缺點的人，不斷檢討和修正，必然成功。
- 無論長短，演講一定要有頭有尾，不能草草結束。主講人要將時間控制好，事先一定要演練，才知道全程所需時間，而不會發生太早結束而無話可講，或時間不足而草草結束的情形。

二、演講注意事項

1. 聲音

- 說話的音量，要控制得讓全場的人都能聽到；說話的音調，要有抑揚頓挫的變化，聽眾才不會打瞌睡；說話的速度，要不急不徐，讓聽者能集中注意力。
- 學習電視廣告，開頭的幾句話要大聲說出，才能夠吸引聽眾的注意力。
- 經驗不足的演講者，因為心虛，會愈講愈快。有些經驗不足者也害怕「**停頓**」，他們認為演講者的停頓，是忘詞或不懂而卡住；其實，有經驗的演講高手會利用適當的停頓，引起聽眾的注意。

2. 不自覺的緊張習慣

- 有些動作會透露主講人的緊張，例如經常清喉嚨。
- 不要玩弄鉛筆或指引用的光筆。
- 不要讓口袋的硬幣叮噹做響。
- 手和腳也不要過度移動。
- 盡量避免口頭禪：例如，「嘿」、「啊」、「然後」、「這個」、「那個」等。

　　以上這些不自覺的緊張習慣，自己不易察覺，必需靠親友或同學發現提出糾正，也需要長時間的努力才可以改正。

3. 語法不良

- 和聽眾打成一片：演講中不用「我」，也不用「你們」，以避免形成對立的感覺，一定要說「我們」，表示演講者和聽眾是同一國的。例如：「到校上課，**我們**一定要準時。」和「到校上課，**你們**一定要準時。」兩者相比，前者就比較討好。
- 演講結束時，如果用「完了」結尾，有點搞笑，最好使用「謝謝大家」做為結束。
- 儘量避免用語義不清的詞彙：例如，「大概是」、「我猜想」、「或許」。

4. 目光接觸

- 用眼睛看著聽眾，好像跟聽眾聊天一般。
- 盡量輪流巡視每一個聽眾，不要只看一個地方，也不要看著天花板、黑板講話。

5. 姿態

- 不要站立不動：可以依演講內容適度移動位置，但也不要規律的來回游移。
- 手勢要靈活自然：初學者，經常不知道要將手放在何處；而演說高手，都會利用手勢幫助演說。

一元美金背面金字塔的故事

一元美鈔的背面，是一座還沒有完工的金字塔，塔頂有一隻閃閃發亮的眼睛。

這個圖案原來在美國國璽的背面，1935 年，前總統羅斯福決定借用放在一美元紙幣的背面，當時正值美國經濟大恐慌(註)時期，全國財富嚴重縮水。這座金字塔代表經濟的力量與韌性，未完工的金字塔，則象徵美國的財富還有成長的空間。當時的美國人需要「希望」，希望將來美好的經濟，能取代眼前百孔千瘡的經濟，希望美國前景光明，而不是逐漸式微。

金字塔上方的拉丁文 ANNUIT COEPTIS，告訴美國人，上帝會眷顧她們的努力；另一段拉丁文 NOVUS ORDO SECLORUM，則預言美國將會產生財富新秩序。因此，在經濟最慘澹的歲月中，美國人一面借用最古老的成功標誌，一面也祈求上帝慨施援手。閃閃發光的眼睛代表天神的指引，眼睛下方是尚未完工的金字塔。美國人知道要成功就得付出代價，但是只要下定決心、振作精神，就可以打造完成一座金字塔。

萊斯特•梭羅 (Lester Thurow)

註：1929 年 10 月 24 日(五)美國華爾街股市大崩盤，當日股價下跌超過 30%，其後持續下滑，數十美元的股票跌至五角，無論大戶或小市民同受其害。直到 1932 年，羅斯福總統上任推動「新政(發行公債推動公共建設)」，以及隨後的第二次世界大戰，才帶領美國逐步脫離經濟大恐慌困境。

圖 4-6-1 美金一元背面圖案

生活的適應 vs.生命的改變

寫作知多少

從電影看人生

　　前些日子，在電視頻道上看到兩部由史蒂芬史匹柏導演的電影，對於「生活的適應」與「生命的改變」有非常深刻的感觸。

　　第一部是 80 年代的電影：「太陽帝國」。主角是英國駐上海領事的 8 歲小孩，一個嬌生慣養飯來張口、茶來伸手根本不知如何生活的孩子，1937 年日軍進占上海時，不幸和父母失散。在日軍集中營的 8 年當中吃盡苦頭，為了生存，偷、騙、搶……種種生活手段，沒人教他自己都會，從一個英國貴族紳士之子變成一個十足的小壞蛋。片尾日軍戰敗，父母親到集中營找回兒子，恍如隔世，孩子返回英國再度恢復文明生活，以喜劇收場。對於人類適應環境改變的強大能力，讓我反覆思索難以忘懷。

　　另外一部則是 90 年代最轟動的科幻電影：「侏羅紀公園」。一位億萬富翁和野心科學家合作模仿上帝，利用基因複製技術創造生命，在一個隔離的海島，創造出侏羅紀的各式各樣恐龍，蓋一座絕無僅有的野生動物園，準備大展鴻圖。為了控制數量，所創造的恐龍全部是雌性，然而，人算不如天算，「生命總會自動找到出路(Life will find its own way)」，小恐龍意外出生大量繁殖，終於失去控制而釀成大災難。

　　近二十年來，台灣地區經濟情形大為改善，Y 世代的孩子，因為物質條件好，嬌生慣養吃不了苦，戲稱草莓一族：「外表光鮮亮麗，內心不堪一擊」。對於 Y 世代的好逸惡勞，很多人憂心忡忡。其實，60 年代的美國，嬉皮反戰反社會，更令人憂心，然而，船到橋頭自然直，到 80 年代以後這些人還是回歸主流價值。「女人弱者，為母則強」，很多在家從不動手的嬌嬌女，成為媽媽之後，成為千手觀音。也許我們對於「生活的適應」不用那麼擔心。

　　然而，「生命的改變」才是真正令人憂心的大事。人類生物科技的進步，已經到可以改變生物基因的地步，植物基因的改造可以增加產量、防治病蟲害…等等，雖然，歐洲人反對，美國已經大量應用在農業生產上。目前，複製羊、牛和猿猴也相繼出現，據科學家預測，複製人將是遲早的事。一位不知名的美國科學家說得好：「最高級的人造機器都不會進化，頂多只能達成其設計功能；然而，最低等的生命為了生存都會進化而改變。」人類僭越職權，改變生命基因與創造生命，會不會像侏羅紀公園一般造成大災難，難以預料。

羅欽煌

科技人的人文情懷

科技人談人文寫作

從小學、初中到台北工專，我只有上作文課時，按照老師的規定寫作文；退伍後，在美商 AMPEX 服務兩年、鐵路局九年，赴美留學、返回母校任教；一路走來，都是科技人本色，從來沒有受過正規的寫作訓練。

科技人不懂風花雪月，只會寫硬梆梆的技術報告和科技論文。曾經拜讀杜十三先生「在漫天星光中，聽見了自己雄雄胎鳴的心臟，正撞擊著天邊一輪皎圓的明月。」像「心臟撞明月」這麼有想像力的文句，我寫不出來。學理工的人，看問題講求邏輯比較務實，但是，身為科技人也有七情六慾，看世間事也會感傷、憤怒，寫文章不只是舒發情緒而已，我更希望提出解決方案，發揮影響力。

如何寫作？只要把你說服別人的理由、想法，用邏輯方式寫出來，就是一篇文章。我發現溝通要有技巧，大家都愛聽故事，所以很多文章都用小故事起頭，然後再講道理，這樣人家比較喜歡也容易接受。多研究別人的文章，學習人家的寫作方式，我就是這樣土法煉鋼，走上寫作的路。

Q：寫文章有什麼用，社會亂象也不會因為文章而改變？

A：從小處著手逐步改進，社會就會更美好。

當年，我在美商 AMPEX 公司上班，製造和品管部門分庭抗禮：製造部門有出貨的時間壓力，品管部門堅持品質。當時有一批貨品功能完全正常，只是產品面板目視有個凹洞，品管把關不得出貨；目視凹洞改用 20 倍顯微鏡觀察，每平方英吋有 10 個小凹點仍然符合規定，但是小凹點集中在一平方公分內，目視會有凹洞的感覺就不合規定；後來，只要補平三、四個小凹點，目視就沒有凹洞的感覺。AMPEX 的經驗，讓我體會只要從小處著手逐步改進，社會就會更美好。

附錄的十篇散文，都是我親身經歷、有感而發在中國時報等發表的作品，通常會針對問題提出解決方案。有親子關係：張爸爸每晚都要睡客廳、圖像世代的危機、零用錢問題知多少；反諷：中文橫寫的困擾；評論：郵遞區號；社會關懷：真的是惡運嗎、變通與混亂、擦撞自首；社會教育：陰陽合曆、數字表示。

1996 年，轟動台海、震驚世界——前總統李登輝在康乃爾大學的英語演講，很多人在聽過李總統英語演講不過爾爾，信心大增，終於敢開口說英語。我希望科技人讀過我的文章之後，也敢開始動筆寫文章，發揮影響力，希望明天會更好。

一、張爸爸每晚都要睡客廳！

　　搬到新家以後，張爸爸每天晚上都要睡客廳。家裡太小，房間不夠嗎？NO！張家新居五房兩廳有六十幾坪，四口人家，夫婦兩人一間，一兒一女各居一房，還有書房和客房各一間，就算夫妻吵架分房，還是不用睡客廳。

　　那麼，到底是為什麼呢？答：都是電視惹的禍！

　　「電視」，這個威力強大的傳播工具，兼具視聽娛樂和教育功能，帶給我們歡樂，但也產生種種負面的影響，真是讓人又愛又恨；然而，不管是喜歡也好，恨得咬牙切齒也好，大家還是在客廳最重要的位置，「供奉」一台豪華的電視，每天早晚都不免要向它噓寒問暖一番，沒有多少人真的能夠家中不擺電視。

　　在那「美好的三台時代」，電視只有播放到晚上 12 點為止，節目也是健康得不得了，雖然有些「杞人憂天」的專家學者，覺得兒童看太多電視，會影響學習等等。張家弟妹尚在幼稚園階段，看卡通還學了不少東西。張爸爸對專家意見頗不以為然，套句陳水扁市長的名言說：「有那麼嚴重嗎？」

　　自從第四台氾濫之後，各式各樣的暴力、色情等電視節目，毫不設限堂堂皇皇進入每一家的客廳，專家學者大加撻伐。還好張家小弟小妹，國小年紀，只看兒童及卡通節目，問題不大。

　　後來，有線電視經過政府核准播放，白天，節目還算正常，限制級的節目，只在解碼台播出；然而，半夜 12 點之後，甚麼樣的節目都有可能在各家頻道出現。張家小弟這時也上了國中，每天晚上讀書都要到十二點才得就寢，張家爸媽都要準備點心宵夜陪兒子讀書，以免被冠上「不孝」的罪名。

　　張家新居落成，兒子也上了國三，每晚苦讀到三更半夜；在兒子用過宵夜後，張家爸媽雖然愧疚，因為白天還要上班，就睡覺去了。有一天半夜起來小解，張爸爸驚見兒子半夜未眠，沒有讀書卻在看色情電視節目，當場訓誡一番，張小弟也保證以後不敢；然而，這種情形，還是一而再、再而三的發生。當下，張爸爸才知道問題嚴重，只好過著每晚在客廳睡行軍床的日子。

最近，張爸爸的好友－電機系的羅教授－知道這種慘況以後，建議以定時器控制電視，步驟如下：

1. 買一個 24 小時的定時器，設定成每晚 12 點到次晨 6 點關閉(OFF)，其他時間打開 (ON)，仍然可以看電視。

2. 將電視機的電源線插入定時器，將定時器設定好現在時間，然後用膠布將定時器纏死，並劃上記號，如果動手拆除，就會被發現。

3. 再將定時器的電源線插入牆壁插座，就大功告成了。

半夜 12 點以後沒有電視好看，張小弟只有安心讀書，否則早早睡覺；終於，張爸爸可以重回主臥房，陪張媽媽安心睡覺了。(本文是筆者第一次投稿，幸運獲得刊登 87 年 12 月 22 日中國時報 38 親子版)

二、全面推行郵遞區號的特效藥

修改戶籍法，讓郵遞區號成為地址的一部分

二十年前，郵政總局開始推動台澎金馬地區採用 3 碼郵遞區號，在標準信封右上方印製三個方格，信封背面印有市鄉鎮區的郵遞區號，堪稱方便，推行略具成效。後來，突然增為 5 碼，大家不知所措，乾脆不寫。郵政總局不得已回頭採用 3 碼，甚至修改「郵政規則」，威脅寄件人，未寫郵遞區號的信件將延後、甚至退件處理，還是未能全面推行。

<u>郵遞區號</u>(為書寫簡單起見，建議改稱郵區)推行不能成功，主因是將郵區獨立於地址之外。絕大多數民眾平常書寫地址時，根本未考慮必需加上郵區，例如：名片、政府公文書、公司行號的地址等都未印郵區。只在寄信時才填寫郵區，然而，自行查詢郵區(特別是北、高兩院轄市，如果只知街道名稱)非常不便，推行成效當然不彰。

目前，推行郵遞區號好像只有郵政總局在唱獨角戲，想要成功可能力有不迨；必須由內政部修改「*戶籍法*」，在戶籍地址的標準格式中，市鄉鎮區之後增列郵區欄，「讓郵區成為地址的一部分」。

例如：完整地址　　「台北市大安區 <u>106</u> 光明里 3 鄰忠孝東路三段 1 號」，

　　　郵寄簡寫　　「台北市 <u>106</u> 忠孝東路三段 1 號」。

如果戶籍法中規定，地址必須包含郵區，則政府製發的各項文件，例如身分證、駕駛執照、土地所有權狀…等，證件中地址欄都會有郵區；公司行號(或學校)建立客戶(學生)資料庫時，地址欄也會加上郵區；民眾洽公填寫地址，也要填寫郵區。如此，全體民眾才會體認，郵區是地址中不可缺少的一部分。

也許有人認為沒寫郵遞區號，信件還是可以送達，何必大動干戈修改戶籍法。但是全世界所有國家都採用郵區，提高通信效率，連中國大陸實施郵區都很成功，台灣也不能例外。郵政總局推動二十年使出渾身解數成效仍然有限，何時可以全面成功，仍在未定之天。本人認為，只有修改戶籍法，在地址欄增列郵區；政府與民間文書、民眾名片等的地址都含有郵區，使郵區真正成為地址的一部分，郵遞區號才有可能成功地全面實現。(本文刊登 88 年 12 月 25 日中國時報 15 版時論廣場)

三、不讓孩子看小說——也會出問題？

我在國立台北科技大學電機系任教。有一位同學張三，平常上課坐在前排，聽課、抄筆記都很認真，可是小考和期中考成績都不理想。期中考後，他來找我說：「老師！你在學校教的，我常搞不懂；可我以前在補習班上課，老師教的我都會。」

聽起來，好像他在抱怨學校老師教得爛，補習班老師才棒。我耐著性子聽他述說學習上的困擾，本來以為他對電機專業所需的高深數學有困難，經過一小時的溝通，我們才發現專業科目成績不好，問題不在數學，竟然是他的國文程度太爛。

e 世代的年輕人，從小吃飯配電視長大，不喜歡看小說只愛看漫畫，我稱這一代是「圖像世代(video generation)」。我家兒子就是圖像世代的代表，從小喜歡看電視卡通、漫畫等不在話下；連世界歷史、中國歷史都是讀牛頓出版社的漫畫版；不喜歡看漢聲中國童話等文學故事，喜歡看圖文並茂的漢聲小百科。

圖像世代研讀文字的能力逐漸退化。在升學補習班，老師會替學生整理考試的各類題型，並且反覆演練，所以，張三可以考高分，但是他也逐步喪失獨自學習的能力。在大學，老師教學不可能反覆演練，課本內容要靠學生自己消化整理。所以，校內考試題目如果全用文字敘述——沒有圖表，張三就捉瞎，雖然，他理解和計算能力都不錯，但是不懂題意答非所問，成績當然不好。

張三現在幾乎不看小說。他說國高中時期最想看小說，卻遭爸媽禁止，只准讀課本，造成他排斥文字，所以他的弟妹，國文、英文等文科也是一塌糊塗。張三不是特例，班上很多同學也有相同的困擾，難怪他們聽不懂老師的文字笑話，只有值日生負責陪笑，以免老師尷尬。已經是大三學生了，如何提升語文能力？他們不願再捧讀國文課本，我鼓勵他們不要再看漫畫，看些武俠或言情等輕鬆的小說，逐步養成研讀文字的習慣。

雖然，圖像有很強的溝通效果，但是，文字仍然是最重要的溝通工具之一。文字的描述經過大腦的詮釋，產生無窮的想像空間，很多偉大的文學作品只能用文字描述，無法用具體的圖像表達。各位爸爸媽媽！培養語文能力無法速成，愈早開始愈好。幼童就可以導讀文字故事；青少年想看小說，只要主題健康就不要完全封殺，以免扼殺他們閱讀文字的能力。(本文刊登 90 年 6 月 28 日中國時報 38 親子版)

四、2000 年清明節不是四月五日

農曆不全然以「月亮」運行而定，「太陽」也是主角

中國以農立國，農民從事播種、插秧、收割…等農業活動，都是以「農曆」為依據；社會則以「家族」為主，家族事務多由男人做主，女人少有插嘴的餘地。民國建立以後，模仿西方的制度，提倡男女平等，公共事務男女都有投票權。同時，正式採用陽曆，政府規定，陽曆元月一日為元旦，也就是新年；可是民間還是採用農曆，一定要過農曆「春節」，才算是真正的「過新年」。有位仁兄寫了一幅巧聯妙對，十分傳神。

男女平權，公說公有理，婆說婆有理；

陰陽合曆，你過你的年，我過我的年。

很多人都認為農曆完全以月亮運行而定。其實，農曆是「陰陽合曆」，月亮和太陽都是主角。基本上，農曆的一個月是按照月亮的圓缺來決定，稱為太陰月；但是，農民播種、插秧、收割…等，需要太陽的能量，所以農曆必需兼顧天象上月亮和太陽重合的週期。因為，陽曆的一個太陽年約有 365.25 日，19 個太陽年有 6939.5 日；陰曆的一個太陰月約為 29.5 日，235 個太陰月，也差不多有 6939.5 日。所以，農曆採用「19 年 7 閏」的方式，使日月大致可相齊同。

農曆的節日分成兩類。第一類，是農曆的春節[農元月一日]、端午[農五月五日]、中秋[農八月十五日] …等，完全依據農曆的日期決定。第二類，是農曆的二十四節氣，則是依據太陽運行而決定。十二個「節」，名稱順序為：「立春、驚蟄、清明、立夏、芒種、小暑、立秋、白露、寒露、立冬、大雪、小寒」，約在陽曆每月 6 日前後；十二個「氣」，依序是：「雨水、春分、穀雨、小滿、夏至、大暑、處暑、秋分、霜降、小雪、冬至、大寒」，約在陽曆每月 21 日前後。

農曆的二十四節氣，是按照太陽在黃道的位置而決定。例如太陽在黃道經度 0°，日夜等長，稱為春分；通過 15°為清明；到達 90°，日最長夜最短，稱為夏至；180°為秋分、225°為立冬、270°為冬至…等。2000 年是陽曆閏年，太陽通過黃道 15°是陽曆 4 月 4 日 19 時 32 分，所以今年「清明節」是 4 月 4 日，不是 4 月 5 日。(本文刊登 89 年 1 月 22 日中國時報 36 版浮世繪)

附件：

公元 2000 年　農曆節氣日期　一覽表

太陽位置 (黃道經度)	依據「陽曆」訂定的二十四節氣 (陽曆日期)		依據「農曆」訂定的節日 (陽曆日期)[農曆日期]
	十二節氣	十二中氣	
315°	立春(2 月 4 日)		春節(2 月 5 日)[農元月一日]
330°		雨水(2 月 19 日)	元宵(2 月 19 日)[農元月十五日]
345°	驚蟄(3 月 5 日)		
0°		春分(3 月 20 日)	
15°	清明(4 月 4 日)		
30°		穀雨(4 月 20 日)	
45°	立夏(5 月 5 日)		
60°		小滿(5 月 21 日)	
75°	芒種(6 月 5 日)		端午(6 月 6 日)[農五月五日]
90°		夏至(6 月 21 日)	
105°	小暑(7 月 7 日)		
120°		大暑(7 月 22 日)	
135°	立秋(8 月 7 日)		中元(8 月 14 日)[農七月十五日]
150°		處暑(8 月 23 日)	
165°	白露(9 月 7 日)		中秋(9 月 12 日)[農八月十五日]
180°		秋分(9 月 23 日)	
195°	寒露(10 月 8 日)		
210°		霜降(10 月 23 日)	
225°	立冬(11 月 7 日)		
240°		小雪(11 月 22 日)	
255°	大雪(12 月 7 日)		
270°		冬至(12 月 21 日)	
285°	小寒(1 月 6 日)		
300°		大寒(1 月 21 日)	

五、零用錢問題知多少？

「該不該給？」,「給多少？」,「怎麼給？」

張媽媽陪小寶第一天上小學,到達校門口,小寶勇敢的說:「媽媽可以回去了,我自己可以上學。」張媽媽心喜兒子學習開始獨立;不到一個月,小寶要 100 元的零用錢,心想小寶吃穿用的所有費用,都由爸媽負責,問他要零用錢做甚麼?原來是同學的父母太忙沒時間準備早餐,每天都給孩子 100 元當零用錢。

孩子上學讀書以後,頭痛的「零用錢」問題,總是會出現的,只是時間的早晚而已;初為父母的我們即將面臨,首先是「該不該給?」,然後是「給多少?」,最後是「怎麼給?」等一連串的問題。

我們家的零用錢問題,一直到大女兒小五,小兒子上小一的時候才出現;幸好英明的老婆,把教小學生的那一套「蘋果制度」,帶回家裡實施;從此,我們就過著幸福快樂的日子。

「蘋果制度」是用獎勵為手段,把零用錢、讀書、做家事等問題一併解決的方法。

晚餐時,小朋友興奮的報告當天的表現,表現好就用蘋果來獎勵;整理房間 1 個、幫忙洗碗 2 個蘋果,考試 90 分以上 1 個、100 分 2 個蘋果,只要有好表現,經過大家認可,就在餐桌前的大白板上,自己名字下方劃一個蘋果,開始時,一個蘋果值 5 元,積滿十個蘋果之後擦掉,在名字上方改寫為 50 元,累積的蘋果獎金就是孩子的零用錢,「該不該給?給多少?怎麼給?」的問題迎刃而解。

雖然是小孩子,獎勵還是要公正、公平、公開。利用晚餐的家庭會議,決定如何獎勵,所以公正;相同的表現,給相同的蘋果,所以公平;全家隨時都可以看到大白板,記錄不會被更改,所以公開。

「媽媽!今天我要洗碗。」才國小二年級的兒子,看到姊姊的蘋果較多,自動要求洗碗,搬一張小板凳,有模有樣的洗起來,雖然媽媽還要偷偷再洗一遍,我們還是很高興讓他學習做家事;其後演變成姐弟兩人,分別負責每週「一三五」和「二四六」的洗碗責任制。

　　「要買一架，還是兩架火柴盒小飛機！」，兒子在新學友書店的玩具部傷腦筋，兩架他都喜歡，但是買兩架會把零用錢用完，就沒有餘錢買生日禮物送給同學，我們在旁邊偷笑，讓兒子自行解決「資源有限」與「欲望無窮」的衝突。

　　「洗碗時加洗鍋子，可以多加一個蘋果嗎？」

　　「物價上漲，公務員加薪，蘋果可以增值嗎？」

　　蘋果制度在我們家實施，隨著時代潮流彈性修訂，不會過時僵硬而行不通；這個制度把零用錢、讀書、做家事等問題全面解決，直到女兒考上大學才功成身退。

　　當家長的常認為孩子的學習只有「讀書」而已，其實，「理財」和「做家事」何嘗不需要學習呢？很多孩子都已上大學的親戚抱怨，生病時所有家事還是要自己做，孩子都不會幫忙；從小沒有訓練做家事，等孩子大了才抱怨，已經來不及了！

六、都是中文橫寫惹的禍

九十年一月一日，政府開放小三通。元旦當天首航，由金門航向廈門，乘興出發敗興折返，搞得灰頭土臉。官方的說法是，風浪太大，為了乘客安全只好折返。媒體記者不信，想要追究真正原因？

其實，問題的真正原因是，台灣和大陸對於中文橫寫的唸法，左右有別。通行證如下：

小	出發地：金門
三	抵達地：廈門
通	目的：參觀訪問

船長露出笑臉，拿出通行證，按照台灣習慣，由右往左唸：「小三通」；

福建台辦官員面無表情，按照大陸方式，由左往右，用閩南語唸：「通三小」。

船長只好摸摸鼻子原船折返。

陸委會查明原委之後，隨即修改通行證書寫方式，第二天急轉直下，才順利通航。

（本文刊登九十年一月十九日中國時報浮世繪版）

七、真的是惡報嗎？

曾在一篇文章中看到有位老太太認為 921 大地震倖存的孤兒「命底不好」，日後會刑剋親人不要領養，心中激盪不已；日前再看到輪迴一文的浮世回音「我佛慈悲」，我實在忍不住要舉手發言。先說一則小故事：

1994 年，我再度到美國密蘇里大學羅拉分校(UM-Rolla)進修博士，當時有位台灣留學生李四(化名)，就讀化工系碩士班，有一天他邀伴驅車前往臨近城市遊玩，深夜返回羅拉途中，在一個轉彎處，不知何故撞上路樹車毀人亡，然而鄰座同伴卻毫髮無傷。李媽媽在台灣驚聞獨子死亡的噩耗，急忙赴美處理後事；羅拉中國同學會為李四舉辦一場基督教的追思禮拜，場面簡單溫馨，主辦的黃同學敘述李四平凡簡短的生平，我還記得其結尾：「李同學生性善良，正值英年蒙主恩召，雖然令人不捨，但是上帝這樣做，一定有祂的旨意，請李媽媽不要難過。」一句上帝的旨意，撫平多少悲慟。但是回到台灣，李媽媽卻無意間聽到有人說，李四不得善終一定是前世為惡所致，喪子之痛未平，還要忍受惡有惡報的「莫須有」罪名，真是悲憤交加。

在台灣，我們看到許多美好家庭突然遭逢變故，全家生活頓時陷入困境。這些變故分為兩類，一、先天缺陷：例如新生兒罹患過動、自閉、小兒麻痺、聾啞…等疾病；二、後天疾難：例如家庭成員遭逢癌症、車禍斷肢、地震喪生…等天災人禍。家人為了照顧疾難者已經精疲力竭，更難過的是會被他人指指點點說是報應。報應的說法如影隨形尤其令人難受，因為無論搬到何處、或是事情已經發生多久，都無法免除這種精神折磨。據說：台灣地區家庭變故造成約百分之五十的夫妻以離異收場，究其原因，部分是因為受不了長期照顧的勞累，更多是無法忍受「報應說」的精神折磨。

歐美先進國家對於遭逢變故的弱勢族群，做得比我們人道。以領養孤兒為例，台灣人都要領養聰明伶俐的小孩，缺陷嬰兒沒人要只好送到外國領養。前些時日，還發生我國政府虐待及濫殺流浪犬，成為國際新聞，德國愛犬協會看不過去，花大錢替台灣流浪犬買機票運到德國照料。西方社會認為家有缺陷兒是上帝的考驗，想要藉父母照顧缺陷兒的愛心來彰顯上帝的旨意，社會大眾不只不會歧視，還樂於給予協助，例如：設置殘障車位、無障礙空間…等。

　　華人社會普遍受佛、道教的影響，「善有善報、惡有惡報」的觀念已經根深蒂固。「善有善報」勸人多行善，「惡有惡報」勸人不要做惡，有其積極價值；但是惡有惡報的說法，能否減少惡行尚不可知，其副作用卻會造成民眾對受災族群冷漠無情，更糟的是還會使受難家屬遭受精神上無盡的折磨。厄運真的是惡報嗎？921 大地震，死亡及失蹤 2,378 人，受傷 8,722 人，難道個個都是罪有應得嗎？倖存的孤兒，還要被認為「命底不好」日後會刑剋親人，不是太冷酷了嗎？每年因車禍死傷的數萬人，真的都是為惡的報應嗎？

　　傳統上，佛教出世，基督教入世。證嚴法師因為無法答復修女質問：「天主教有養老院、醫院和學校，即使是深山、離島都有教士和修女，去救助貧困，但是佛教徒呢？」，從此立下「佛法人間化」的志願，三十年後，慈濟動員了四百萬人投入醫療、教育、慈善、文化甚至國際賑災等志業，慈濟能夠成功就是因為入世，真正關心受難的弱勢族群，不將受難者視為惡報。讓我們從今天起，解除受難族群「報應原罪」的緊箍咒，使台灣社會少點冷漠、多點溫馨。(本文刊登 89 年 9 月 21 日中國時報浮世繪版)

八、變通與混亂

在台灣，有人開車闖紅燈，被警察攔下開罰單。

Q：你沒有看到紅燈嗎？

A：我當然有看到紅燈，只是我沒有看到警察大人——您躲在旁邊！

這個「紅綠燈參考用」的笑話有點冷、有點諷刺。最近，我發現老故事有新詮釋。

日本泡沫經濟破滅之後，至今已近十年，經濟仍然一蹶不振；反觀台灣，經濟表現仍然強勁。所以，日本學者專程前來台灣取經，想要找出 Why？

朋友老張是留學日本的專家，他先用「紅綠燈只是參考用」的小故事回答來訪的日本學者；然後補充說明：80 年代是品質管制的時代，大和民族循規蹈矩的特質，使得日本式管理模式大為成功，「日本第一」響徹雲霄，全世界都在問「日本能，我們為什麼不能？」90 年代是創新求變的資訊社會，資訊產業的快速變遷，讓守規矩的日本人無所適從。台灣人做事權達變通，不只紅綠燈是參考用，連法律也是參考用，上有政策下有對策，正好符合資訊社會求變的特質，所以資訊產業發展特別好。

對於老張的說法，我也有雷同的經驗。去年我到德國參訪職業訓練，德國人以師徒制傳承技術，學徒生在高中三年期間，一方面在企業界跟隨師傅學習技術，一方面到學校修習基本理論，也就是舉世聞名的「雙軌制」職業養成教育；這種方式對於機械、電機、電子、土木等傳統技術的傳承與訓練成效卓著。然而，資訊產業追求創新變遷快速，師傅的經驗很快就落伍無用，技術如何傳承訓練？德國人也不知如何是好。有鑑於台灣的資訊產業成就非凡，自 1997 年起，每年德國都選派專家來台參訪學習。

台灣人變通不守法，出乎意料造成資訊產業的成功，讓我有一種阿 Q 式的驕傲。

然而，最近看到台灣地區發生隨處傾倒廢油、固網股條、土石流、八掌溪慘案…等一連串的亂象與災難，追根究底，還是和國人不守法有關。雖然，政府訂有嚴密的法令，可是民代和民眾爭相鑽法律漏洞，政府官員又沒有肩膀不敢嚴格執法，所以違法亂象與災難悲劇一再上演。沒有法治做為基礎，台灣經濟的輝煌成就正如同堆砌在沙灘上的美麗城堡，一陣海浪打來就沖得無影無蹤。台灣人自以為傲的權達變通，就是混亂的根源，讓我的心情再度跌入谷底。(刊登 89 年 8 月 18 日中國時報浮世繪版)

九、車主在不在，有關係？

　　話說 1984 年，我在美國進修碩士期間，有一天下課後我走到停車場，正準備開二手老爺車回家，看到車窗前雨刷器夾了一張紙片，上面寫著：「我名叫湯姆，今天倒車時不小心碰到你的車，如果有任何問題，請打電話 341-5786。」我繞著汽車仔細端詳，實在看不出有任何損傷，所以回個電話告訴湯姆一切 OK。倒車碰撞，車主不在，肇事者竟然會自首，表面上看起來老美有點笨，但是這樣的道德水準，讓我印象深刻。

　　後來，有一次閒聊和朋友說起這件事，朋友也告訴我一個類似的故事：有一個台灣留學生張三(化名)畢業以後定居美國，有一回倒車不小心碰到另一輛車，下車查看，好像沒有什麼損傷，正想開走時，碰巧有老美看到，他堅持要張三留下字條才可以離開，張三心想根本沒有損傷不想賠償，回答說他將會留在此地等車主回來解決，愛管閒事的老美相信張三的話就離開了，老美走後張三發現機不可失立刻開溜。

　　同樣是開車擦撞，兩樣結局。在美國，民眾願意為別人的事挺身而出維護正義，這種道德與勇氣令人感佩，因為愛管閒事的人很多，所以違法的人比較少。美國人崇尚自由，因為不喜歡被政府管，所以自己會管理自己。很多人也曾聽說，在美國的社區中，如果有人住家四周雜草叢生，鄰居會主動指責；再不改善，社區民眾自會加以制裁，不需要政府來管。

　　反觀，華人普遍抱持「各人自掃門前雪，休管他人瓦上霜」的心態，所以台灣地區的大樓完工後，住戶隨便敲敲打打變更隔間，不顧大樓整體美觀私自加裝鐵窗，二樓住戶不願繳交電梯電費。雖然可能有一二人勇敢挺身而出，但是違法的人暴力相向，其他多數民眾又不敢站出來支持，最後，只好忍受少數違法者的無理暴行。如果能夠組織社區民眾以多數人的力量制止少數人的違規行為，這樣我們的社會才會進步。(刊登 89 年 4 月 30 日中國時報浮世繪版)

十、數字書寫與辨讀效果

A：「請找張主任接電話！」

B：「張主任正在開會，請留下電話號碼，好嗎？」

A：「好！我的電話是 078061074。」

B：「對不起！你唸得太快了，是 07……」

以上是辦公室或家中常聽到的對話，因為聽不清一常串電話號碼，而必需要求對方重複。在台灣，書寫電話號碼沒有固定格式，有寫成 07-8061074，也有 078061074，或是(07)806-1074，可說是「八仙過海，各顯神通」。

根據專家研究，連續超過 5 碼，辨讀效果不佳。美國的電話號碼多是 10 碼，例如 3143419981，將 3 或 4 碼用符號分隔，標準格式是(314)341-9981，其中 314 是區域碼，在同一區域撥打可以省略，用括弧括起來，用戶號碼分兩段書寫與唸讀，成為 341-9981。在美國，汽車牌照為六碼，通常也是寫成 XX－XXXX，兩碼加四碼的方式；此外，信用卡號共有 16 碼，每 4 碼之間都有小空格，這些設計都是要方便辨讀，以減少錯誤的產生。

我們可以學習美國模式，將台北市電話號碼 02-27712171，寫成(02)2771-2171；其中(02)是區域碼，8 碼的用戶號碼，分成兩段成為 2771-2171，較容易辨識，分段唸給他人抄寫也較方便。如有分機(extension)，則以 x 代表，接續於後，例如：(02)2771-2171 x 1801。

此外，美國的社會安全號碼是 9 碼，分段寫成 486-89-7187。反觀，台灣地區身分證字號由 10 碼組成，連成一氣如 S202307536，不但抄寫容易出錯，一口氣唸完 10 碼，他人也來不及紀錄，就算分段唸讀也是各吹各的調。建議政府在「換發新身分證」時，用「－」分段，成為 S2-0230-7536 或用空格 S2 0230 7536 區分，讓民眾遵循，可以增進效率、減少錯誤的發生。(本文刊登於國立台北科技大學校訊)

寫作參考資料

一、公文橫書數字使用原則

　　自民國 94 年 1 月 1 日起，行政院正式實施公文書採行橫書方式，並頒佈「公文書橫式書寫數字使用原則」，供民眾參考遵循。但是，多數人在製作公文書或表報時，數字書寫多不合規定。筆者依據研考會規定，改寫解說如下，提供大家參考。(請注意，中文書寫，用到英文和數字時，最好採用 Times New Roman 字體和半形括號( )。)

(一)「計數性」之數字用語：使用阿拉伯數字

1. 編號：圖書編號 ISBN 957-21-4611-4、身份證字號 M234567890、發文字號 台(91)技(三)字第 91108914 號[註：文號中(三)代表第三科]、汽車牌照 8A-3456，

2. 序數：93 學年度第 2 學期第 1 次導師會議，

3. 日期、時間：94 年 4 月 14 日(星期四)下午 3 時 30 分[註：星期四為慣用語，使用中文數字]、公元 2005 年、921 大地震，520 就職典禮，

4. 電話：(02) 8209-3211 x 3901，手機 0933-567-890

5. 地址：333 桃園縣龜山鄉萬壽路 1 段 300 號。

6. 計量單位：長度 150 公分、電壓 220 伏特、土地 7.35 公頃、

7. 統計數據：報到率超過 80%、學生共計 10,547 人、

(二)「描述性」之數字用語：使用中文數字

1. 描述用語：一流大學、前一年、新十大建設、第二專長、公正第三人、國小三年級、一次補助、

2. 專有名詞：三國演義、張三、五南書局、拿破崙三世、技職司第三科、核四廠

3. 慣用語：星期一、週六、正月初五、八月中秋、十分之一、七千餘人、三讀通過

(三)法規條項款目：依下列情形不同，分別使用阿拉伯或中文數字

1. 法規之「條文內容」：使用阿拉伯數字
依兒童福利法第 44 條規定：「違反第 2 條第 2 項規定者，處新台幣 1 千元以上，3 萬元以下罰鍰。」

2. 法規之「法制作業」：使用中文數字
(1)行政院令：修正「事務管理規則」第一百十一條條文。

(2)修正「事務管理手冊」財產管理第五十點、第五十一點、第五十二點，並自中華民國九十三年二月十六日生效……。

　　上述規定看似複雜，然而，除少數「描述或慣用」使用中文數字之外，絕大多數之「計數性」和法規「條文內容」（一般人員很少辦理法制作業），都是使用阿拉伯數字。只要大家開始注意上述數字使用規則，一段時間之後，混亂情形自然改善。

二、台北科技大學論文格式規範

第一章　一般規定

1.1 前言

有鑑於研究生在畢業前，必須提出一篇合格之學位論文，乃編訂研究生論文格式規範，期使本校學位論文寫作有一標準模式，並且願它能在論文處理方面給研究生一點幫助。

本規範為一般性規範，各研究所得依其學術領域之慣用格式，訂定相關規範。

1.2 論文題目與指導教授

研究生決定指導教授後，學位論文之題目應經指導教授同意認可，並經所長核准後，完成論文題目及指導教授之擇定。

研究生經選定論文題目及指導教授後，若未完成論文前有變更之需要時，得經由各所仲裁之學術委員會討論後變更，此外，若研究生與指導教授有不同意見之衝突，也得以向各所之學術委員會提出申訴仲裁。

學位論文之撰寫以中文為原則，已取得他種學位之論文不得再提出，否則視同舞弊，若於學位授與後發現，學位追回註消。

1.3 論文完成與學位考試

碩士班研究生符合下列各項規定者，得申請碩士學位考試：

一、研究生修業屆滿一年之當學期起。

二、計算至當學期止，除論文外修畢各該研究所規定之課程與學分者。

三、已完成論文初稿，或提出代替學位論文之書面報告或技術報告，並經指導教授同意者。

博士班研究生符合下列各項規定者，得申請博士學位考試：

　　一、通過博士學位候選人資格考核。

　　二、研究生修業屆滿二年之當學期起。

　　三、計算至當學期止，除論文外修畢各該研究所規定之課程與學分者。

　　四、完成系(所)規定之論文發表要求。

　　五、已完成論文初稿，並經指導教授同意者。

　　申請學位考試時，應於指導教授同意後，組成「學位考試委員會」，填具學位考試申請書(碩士/博士)，依程序核准後始得舉行學位考試。「學位考試委員會」之組成，依照本校「學位考試辦法」之規定辦理。

　　各研究生至遲應於正式進行學位考試前一週，將研究題目、內容摘要、學位考試之時間及地點等，送交各所屬研究所公告(公告格式)。

　　通過「學位考試」並且依學位考試委員意見修正完成之論文，各學位考試考試委員應於「論文口試委員會審定書」(碩士/博士)上親筆簽名。

1.4　論文

　　學位考試及格其論文或技術報告摘要應直接於「全國博碩士論文摘要」網站上直接輸入建檔，並應於畢業前將論文或書面報告或技術報告(平裝二冊)及相關資料送交教務處彙轉校外相關單位；另分送所屬研究所(冊數由所內自訂)及本校圖書館(精裝二冊)，論文內容願授權公開者，請一併繳交論文內容全文光碟乙份。平裝本之封面顏

色依各研究所自行規定，以淡色或淺色為宜。圖書館研究所應屆畢業生繳交博碩士論文之裝訂請依參考樣式

第二章　論文之內容順序

研究論文之裝訂內容及順序應依下列順序：

論文封面

空白頁

書名頁

授權書　國家圖書館版本(願全文上網者使用)

授權書　國科會版本 (國科會科學技術資料中心版本 91.2.17)

學位論文口試委員會審定書 (碩士/博士)

中文摘要

英文摘要

誌謝

目錄

表目錄

圖目錄

主體

參考文獻

附錄

符號(公式)彙整

作者簡介(視需要)

本規範之空行表示法為「$x\,(1.5 \times 12\ \text{pt})$行」，其中 1.5 代表「行距」之設定，12 pt(point)為字体高度設定。

2.1 封面

封面格式請參考 論文封面格式。

2.2 書名頁

書名頁應包含學校名稱、系所名稱、學科名稱、論文報告名稱、作者姓名、指導教授姓名及報告完成日期。所有以上各項均應向中央對齊。書名頁為篇前頁,不加頁碼。裝訂時,封面與書名頁加一頁空白頁。

2.3 授權書

如同意國家圖書館博碩士論文電子全文授權上網,則附國家圖書館論文全文上網授權書,請由 http://www.ncl.edu.tw/theabs/ 下載使用,格式請參考(授權書國家圖書館版本),於線上建檔系統中打印授權書,親筆簽名用印,並請另寄交論文一本至國科會科學技術資料中心王淑貞。國科會授權書請由 http://sticnet.stic.gov.tw/sticweb/html/theses/authorize.html 下載使用,格式請參考(授權書國科會版本)由作者勾選並簽名,再交指導教授簽名完成。授權書為篇前頁不加頁碼。

2.4 論文口試委員會審定書

論文口試委員會審定書須經由學位考試委員、指導教授及所長簽名後附在學位論文內,字型一律採用標楷体。「論文口試委員會審定書」為篇前頁不加頁碼。

2.5 摘要

摘要為論文的精簡概要,其目的是透過簡短的敘述使讀者大致瞭解整篇報告的內容。摘要的內容通常須包括問題的描述以及所得到的結果,但以不超過500字或一頁為原則,且不得有參考文獻或引用圖表等。以中文撰寫之論文除中文摘要外,得於中文摘要後另附英文摘要。標題使用20 pt粗標楷體並於上、下方各空一(1.5 × 12 pt)行後鍵入摘要內容。摘要須編頁碼。

2.6　誌謝

所有對於研究提供協助之人或機構，作者都可在誌謝中表達感謝之意。標題使用 20 pt 粗標楷體，並於上、下方各空一(1.5 × 12 pt)行後鍵入內容。

2.7　目錄

除封面、書名頁、授權書、審定書外，其餘部分的各項、本文的各章節均於目錄次中記載其起始頁數。至於本文各章中各階層之節，一般將第一層之節放入，其餘各階層之節則視情況而決定是否放在目錄內。目錄須編頁碼。「目錄」標題使用 20 pt 粗標楷體，並於上、下方各空一(1.5 × 12 pt)行後鍵入目錄內容。

2.8　表目錄

所有論文中出現過的表，均應於表目錄中記載其起始頁數。若表的個數僅有一個或兩個，表目錄可省略。標題使用 20 pt 粗標楷體，並於上下方各空一(1.5 × 12 pt)行後鍵入表目錄內容。

2.9　圖目錄

所有在報告中出現的圖，均應於圖目錄中記載其起始頁數。若圖的個數僅有一個或兩個，圖目錄可省略。標題使用20 pt粗標楷體，並於上、下方各空一(1.5 × 12 pt)行後鍵入圖目錄內容。

2.10　主體

2.10.1　章

本文一般由章所構成。各章均應重新開使新的一頁，並至少於該頁加入一(1.5 × 12 pt)空白行後，開始鍵入。英文章標題應全部大寫，但Chapter不應全部大寫；標

題應置於中央，下方鍵入一(1.5 × 12 pt)空行，字體使用20 pt。如果標題太長，可依文意將其分為數行編排，字體採用粗標楷體。例

Chapter 1
INTRODUCTION

或

第二章　論文報告規範書之內容順序

但若該章之標題太長時，則分為兩行：

第二章
該章之標題太長論文報告規範書之排列

章之標題均不得有標點或英譯對照。各章節起始頁一律加入頁碼。

2.10.2　節

　　章由節所構成，而節又可分為數層。各階層之節應有其標題(稱為子標題)。節標題應置於該頁之最左側，並於其上方空一(1.5 × 12 pt)行、下方不空行，字體使用18 pt粗標楷體。各階層之節標題不得於一頁之最底部，節標題下方至少應有一行文字，否則應將該節標題移至次一頁。標題不得有標點或英譯對照。

2.11　參考文獻

　　參考文獻是篇後部分最重要且不可缺少的部分。包括作者姓名、題目(標題)、出處(雜誌名稱或書名)、第_頁至第_頁、出版年份。標題使用20 pt粗標楷體，並於其上、下方各空一(1.5 × 12 pt)空行後，依序鍵入參考文獻內容。參考文獻以中括號([x])加註於論文之引用或參考處。

2.12　附錄及符號(公式)彙整

有些資料對研究論文有重要的參考價值，但也許因為太冗長或與本文的關連性不甚高等原因，不適合放在本文內，此時即可列於附錄中。例如，演算法的詳細步驟、電腦的程式、問卷調查之內容。附錄一般以A、B、C字母編號。附錄通常亦有一個標題，但僅有一個附錄時不在此限。附錄標題使用12 pt粗標楷體置於版面左側、並於下方空一(1.5 × 12 pt)空白行後鍵入附錄內容。如附錄內容超過一頁以上，得將附錄名稱標題置於該頁中間當作第一頁，而另將內容附於次頁以後。若論文中使用許多數學公式或其它符號，則可將這些符號的定義或公式彙總於符號彙編(公式彙編)。並放在附錄中，而以「符號彙編」或「公式彙編」為其標題，標題字體與大小與附錄同。

2.13　作者簡介(視需要加入)

作者簡介包括作者之姓名、籍貫、出生日期、學經歷、著作目錄、通訊處及電話。

第三章　論文之格式

3.1　打字或印刷

論文應以電腦打字排版，最好用品質較佳的雷射印表機。以雙面印刷為原則。建議使用微軟 Microsoft WinWord 版本不限。當使用 WinWord 時，請先用滑鼠在「檔案」選擇「版面設定」，依照本章所述之規格，將「邊界」及「紙張大小」鍵入設定即可。

3.2　紙張及設定

報告的紙張以 A4(21 cm × 29.7 cm)縱向、80 磅為原則，限用白色。

3.3　縮排

一般文稿均於各段的開頭採縮格編排。中文字以縮兩個中文字為原則，英文則以縮五個英文字母為原則。

3.4　字型

在論文或報告中，阿拉伯數字及英文母等，使用新羅馬字型(Times New Roman)，中文字型則採用細標楷體。

3.5　字型大小

在論文或報告中，本文之字型大小以12 pt為原則。若有需要，圖、表及附錄內的文字、數字得略小於12 pt。論文題目使用24 pt之字型、章標題應使用20 pt之字型，節標題等可使用18 pt的字型。

3.6　字距

中文字距以不超過中文字寬的1/10為原則，以此原則可達到最佳排板效果。以WinWord而言，每行約可打34個字。必要時於WinWord之快速鍵選擇左右對齊，以增進版面美觀。字距之設定可於「格式」選擇「字型」後、再選擇「字元間距」依本規範之說明設定。

3.7　行距

行距是指兩行底線的距離。研究論文應以單行半(1.5倍)之行距為原則。WinWord行距之設定可於「格式」選擇「段落」後，再設定「行距」為「1.5行高」，並設定與前、後段距離為0 pt即可。本規範即是以1.5行高、左右對齊排版。參考文獻之行距得略小於1.5倍行高。

3.8　邊界空白

　　每頁論文版面應考慮精裝修邊，故左側邊緣應空3.5 cm以供裝訂，右側邊緣應空2.5 cm上側邊緣應空2.5 cm下側邊緣應空2.75 cm，邊緣空白可容許＋3 mm,－2 mm之誤差。使用WinWord時，可在「檔案」選擇「版面設定」之「邊界」，並如圖3.1 規定之邊界尺寸，分別設定上、下、左、右四邊之邊界即可。另可同時於「與頁緣距離」處將頁碼與頁緣之距離設定：於「頁尾」鍵入「1.75 cm」或「1.5 cm」即可。

　　※採雙面列印時，請在版面設定下鈎選「左右對稱」。

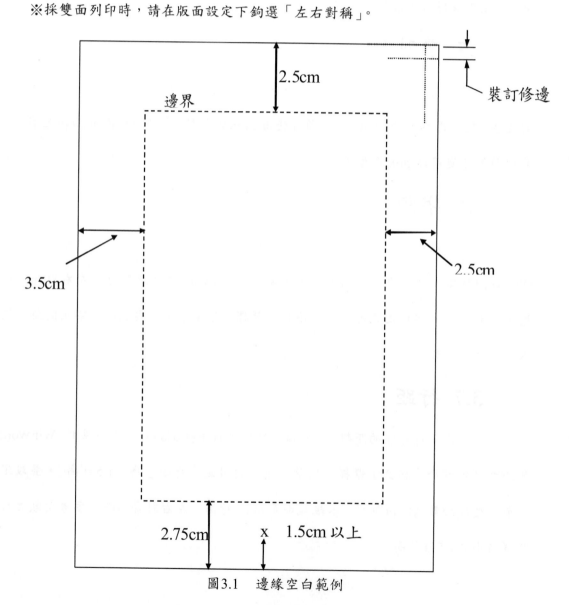

圖3.1　邊緣空白範例

3.9　頁碼

論文除「書名頁」、「授權書」及「論文口試委員會審定書」外，均應於每頁的下方中央編排頁碼。頁碼應置於下側距離紙張邊緣至少1.5 cm處(本規範之設定為1.75 cm)。論文之篇前部分應以小寫羅馬數字，即i、ii、iii、iv、…等；本文及篇後部分應以阿拉伯數字編排。頁碼前後不應使用任何符號(例如：不可用「page」或-1-，僅以1表之即可)。頁碼無論是篇前或本文，一律使用半形之Times New Roman字型。

3.10　表與圖

3.10.1　編號

表與圖均應分別編號，以方便提及與說明。不要使用「如下表所示」或「如下頁之圖所示」等文字，因為排版後的表或圖不一定出現在所提及的下面或次頁。正確的提及方式為「如表2所示」或「如圖3所示」等。

表與圖的編號得採分章方式，若論文中使用之表或圖數量較少時，可全部按序號編排(如：表12〔Table12〕係指整篇論文的第12個表)。表與圖編號的字體為阿拉伯數字。英文表與圖的編號後得加上句點，但中文不加。例如：

Table 2.　This is a sample Table.

Figure 2.　This Figure is for your reference.

表2　中文表之標題後不加句點

圖2　中文圖名後也不加句點

當一個圖包括數個子圖時，各子圖可用(a)、(b)、(c)...等方式予以編號區分。

3.10.2　位置

　　表與圖應置於第一次提及之當頁的下方。若當頁下方沒有足夠的空間可容納，則應置於次一頁的上方。若同一頁的上方或下方有兩個以上的表或圖，則應按其出現的順序依序排列。占半頁以上的表或圖應單獨放在一頁，並置於當頁的中央位置。未滿半頁的表或圖，與本文共同放在一頁。表與圖以向版面中央對齊為原則，並且上、下方與本文或其他圖表間各空一(1.5 × 12 pt)行。

3.10.3　大小

　　表與圖的長度超過縱長，則可將其分為數頁編排。第一頁除完整的標題外，應於其右下角註明「續下頁」(continued on next page)。若為表，則下頁(或下數頁)的標題應改為「表2(續)」，英文則為 "Table 2(continued)" 或 "Table 2, continued"。若為圖，則下頁(或下數頁)的標題應改為「圖2(續)」，英文則為 "Figure 2(continued)"。若表或圖過大，且不適合分為數頁編排，則可用折頁的方式處理，或以較小之字形如10 pt、9 pt等處理。

3.10.4　標題

　　每個表與圖均應有一個簡潔的標題(caption)。標題不得使用縮寫。表與圖的標題採用與本文相同的字型──細標楷體字型(或英文的新羅馬字型)。英文的表與圖標題後得加上句點，但中文不加。

　　表標題的排列方式為向表上方置中、距離另加約6 pt、對齊該表。圖標題的排列方式為向圖下方置中、距離另加約6 pt、對齊該圖。使用WinWord時，標題與圖或表之距離於「格式」中之「段落」、以「段落間距」設定。例如表3.1及圖3.2所示。

表3.1　子公司區域成長曲線

	第一季	第二季	第三季	第四季
台 北	20.4	27.4	90	20.4
台 中	30.6	38.6	34.6	31.6
台 南	45.9	46.9	45	43.9

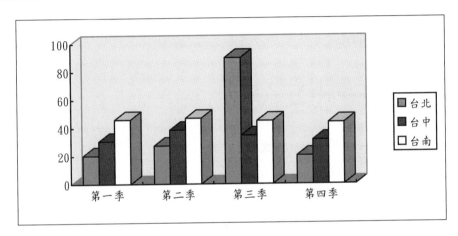

圖3.2　每季累計金額

　　圖或表之標題長度以不超過該圖(或表)之寬度為原則，若標題須超過一行者，

則採齊頭倒金字塔式(inverted pyramid style)排列，如圖3.3所示。

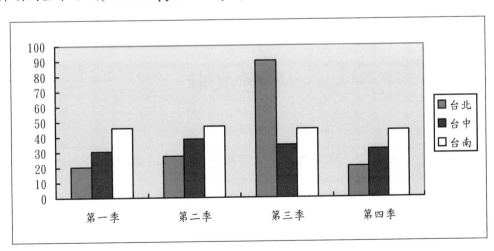

圖3.3　每季累計金額—圖或表之標題長度以不超過該圖(或表)

之寬度為原則，若標題須超過一行者，採此例

3.11　數學符號及方程式

論文中之數學方程式必須逐章、以阿拉伯數字逐一按出現或引用順序編碼，並加小括號「( )」表示之，例如，第二章第四個方程式應表示成「(2.4)」。展列(display)之方程式應置於版面中間，並與本文或方程式間之距離至少應多空白約 6pt (WinWord以「格式」、「段落間距」設定)，各方程式編碼一律置於右側、與右邊界切齊。例如下面之(3.1)式

$$\varepsilon_{max} = \frac{1}{2N}\sum_{n=1}^{N}\frac{\|\,\boldsymbol{y}-\boldsymbol{T}\,\|^2}{N_{out}}\,, \qquad (3.1)$$

在(3.1)式前不要加入「....」，又如

$$S_X = \frac{M_3}{\sigma_X^3} = \frac{E[(x-\mu_X)^3]}{\sigma_X^3}\,. \qquad (3.2)$$

方程式應有標點。論文中提及方程式時可用：「第(3.1)式」、「(3.2)式」或「方程式(3.1)」等。本文中所使用之數學符號一律使用斜体字體，如x、y、μ或ω等，同一符號其大小高度、字體等應與所展列之方程式完全一致。

參考文獻

[1]　郭崑謨、林泉源，《論文及報告寫作概要》，台北：五南，1994。

[2]　廖慶榮，《研究報告格式手冊》，三版，台北：五南，1994。

[3]　蕭寶森譯，《論文寫作規範》，台北：五南，1994。

三、技術報告範例

馬達接地線電流　問題研究報告

(一)目的

XX 廠配電系統，採用三相三線系統多重接地方式，如圖 1 所示。

馬達分路以 G 線接於外殼；基座再用接地線接地，形成雙重接地，如圖 2 所示。

因為馬達故障，修妥重新安裝時，意外發現下列問題：

1.#312(三相 150 HP，480 V)馬達運轉中，由 MCC 盤到馬達接地線電流約為 7-8 A，停機時仍有 5 A，接線盒內接地線觸及外殼會產生火花。

2.SWGR #002 盤內各段接地匯流排電流約為 1 A，1 A，18 A，20 A，5 A，5 A。中段電流高達 20 A，且後側橫向支架電流約為 13-14 A，令人費解與憂心。

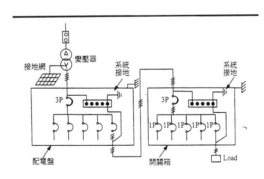

圖 1. 三相三線系統多重接地

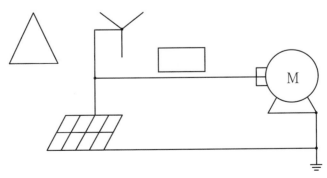

圖 2. 馬達雙重接地方式

(二)現場重測相關數值

註：因為接地線已經改變，同時運轉條件不同，重測數值與原報告者有所出入。

1. #312(三相 150 HP，480 V)大型馬達運轉中測試：

   (1)接地線電流：由盤到馬達約為 2.6 A，基座到地網為 1.6 A。

   (2)MCC 盤到馬達，地線(綠色)對基座電壓幾乎為 0 V(使用 30V±1%電表)。

2. #312 馬達旁邊(三相 20 HP，480 V)小型馬達，運轉中和停車兩次測試：

   (1)接地線電流：由盤到馬達，以及基座到地網，兩者均大約為 0 A。

   (2)盤到馬達，地線(綠色)對基座電壓幾乎為 0 V(使用 30V±1%電表)。

3. SWGR #002 盤內後側橫向支架電流：13 A。

4. SWGR #002 盤內接地匯流排中段電流：15 A(匯流排與盤相接)。

5. SWGR #002 盤內接地匯流排中段電流：2 A(匯流排與盤隔離)。

6. SWGR #002 盤內匯流排 RST 三相電流：1400 A，1300 A，1300 A。

7. SWGR #002 盤內匯流排 RST 開口周圍，以雷射感溫槍測量溫度 29℃。

8. SWGR #002 盤內匯流排以電木固定，未發現金屬夾具「環繞同相導體」的情形。

9. 主變中性線接地線電流：0.1 A。

(三)建議解決方案

1. 問題 1：馬達接線盒內，接地 G 線觸及外殼會產生火花。

   (1)分析：

   ① 主變中性線接地線電流為 0.1 A，可以確定無單線接地事故。

   ② 量測大、小兩台馬達運轉中，G 線對於基座接地線間的電位差幾乎為零，可以確定電磁感應及充電電流的影響甚小，可以忽略。

   ③ 依據周至如博士的論文，系統多重接地時，地電流的來源以各種單相不平衡所產生為主，線路及設備的漏電流次之，電磁感應、充電電流等又次之。

④ 地電流來源如 c 所述，不可能完全消除，所以全廠的地電位不可能完全相同，不同地電位的兩點間，如果形成迴路，就會有地電流。

⑤ 依據法規要求，必須用 G 線對外殼接地；同時，石化廠為安全與保險，馬達基座也必須用地線接到地網，以消除靜電避免火花之產生。因為變電所的地電位最低(假設為 0 V)，各馬達的地電位較高(2 V，2.5 V)，由 G 線與接地線形成迴路，產生地電流似乎無法避免，如圖 3 所示。

⑥ XXX 廠也採行系統多重接地方式，馬達側接地線也有 1.9 - 3.7 A。

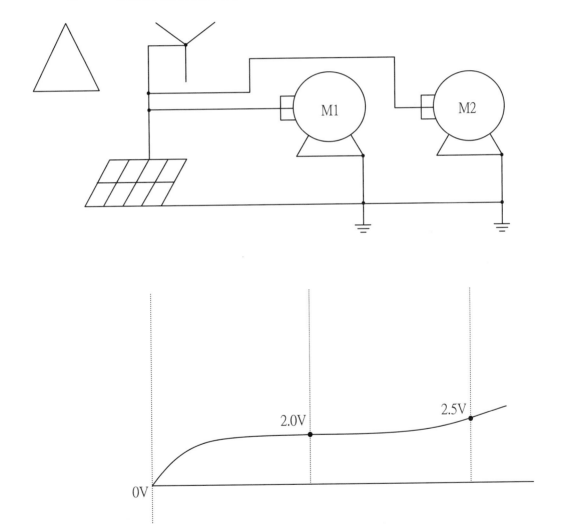

圖 3　地電位分佈

(2)建議：

為符合安全及保險公司的規定，建議仍然維持現行馬達雙重接地方式，但是拆裝馬達時，注意下列事項：

①先行測量危險氣體的濃度，以策安全。

②必須先拆變電所內的接地線，再拆馬達接線盒的 G 線；修妥重新安裝時，先接馬達接線盒的 G 線，再接變電所內的接地線。

2. 問題 2：SWGR #002 盤內接地匯流排，中段電流高達 15 A。

(1)分析：

①盤內接地匯流排，右段電流僅有 2 A，中段高達 15 A，經拆除隔離，確定中段電流是由配電盤灌注 13 A，產生原因未明。

②盤內後側橫向支架電流為 13 A，正好與盤注電流相同，令人不解。

(2)建議：請盤商 XX 電機會同 XX 公司人員進一步研究。

(四)追加測試之建議

1. 建議再多找幾家採行系統多重接地的工廠，針對低壓大型馬達接地電流進行測量，以證實接地線有電流勢所難免，可以使業主安心拆除盤至馬達之接地線。

2. 建議針對其他處所的 XX 配電盤，接地匯流排和橫向支架進行電流測試，是否有相似之情形。

(五)其他

1. 因為電流源的成因不明，追加接地棒以降低變電所的接地電阻，會使變電所的地電位更低，可能使馬達到變電所的地電流反而變大。是否要追加接地棒以降低變電所接地電阻，值得進一步研究。

2. 因為地電流的來源太多，要完全找出，所需投入的人力和經費很多，是否改請學術單位，以申請國科會補助方式繼續研究。

3. 因為接地電壓甚低(少於 2 V)，追加測試時，請使用精確度較高的儀表。

四、學生英文簡歷常用詞彙

1.班級幹部

班代表 Representative for the Class, Class Representative

副班代 Associate Representative for the Class

學藝幹事 Executive Officer for Academic Affairs(of class 電一忠)

康樂幹事 Executive Officer for Sports and Recreation(of the class)

總務幹事 Executive Officer for General Affairs(of the class)

服務幹事 Executive Officer for Services(of the class)

風紀幹事 Executive Officer for Discipline(of the class)

學生活動中心總幹事 General Executive Officer, Student Activity Center(SAC)

財務幹事 Executive Officer for Financing, SAC

學聯會主席(會長) Chairman(President), Student Congress

2.學生會

電機工程學會 Society of Electrical Engineering Studies

機械工程學會 Society of Mechanical Engineering Studies

國貿學會 Society of International Trade Studies

企管學會 Society of Business Administration Studies

經濟學會 Society of Economics Studies

大陸問題研究社 Society of Mainland China Studies

佛學研究社 Society of Buddhist Studies

書法(研究)社 Society of Calligraphy Studies

攝影(研究)社 Society of Photography Studies

美術(研究)社 Society of Fine Arts Studies

3.學生社團

課外活動 Extra Curricular Activities	社團 Association
網球社 Tennis Club	羽球社 Badminton Club
桌球社 Table Tennis Club	柔道社 Judo Club
劍道社 Swordsmanship Club	太極拳社 Shadow Boxing (TaiChi) Club

角力社　Wrestling Club

溜冰社　Roller Skating Club

話劇社　Drama Club

吉他社　Guitar Club

慈幼社　Charity for the Orphans Club

象棋社　Chinese Chess Club

橋藝社　Bridge Club

登山社　Mountaineering Club

集郵社　Philately Club

插花社　Flower Arrangement Club

辯論社　Debate Club

足球隊　Soccer Team

橄欖球隊　American Football Team

排球隊　Volleyball Team

棒球隊　Baseball Team

籃球隊　Basketball Team

羽球隊　Badminton Team

山地服務隊　Aboriginal Service Corps

社會服務隊　Social Service Corps

女青年聯誼會　Young Women Association

女(男)童軍團　Girl(Boy) Scout Corps

吉他社會員　Member, Guitar Club

行政組長　Chief, Administration Section

活動組長　Chief, Activities Section

Secretary, Debate Club, 1998 (1998 年擔任辯論社秘書)

President of the Drama Club, 2000-2001 (2000-2001 年擔任話劇社社長)

-Organized gatherings for members, and(召集會員大會)

-Involved in preparation for Cultural Night (籌備「文化之夜」演出)

Editor & reporter, the Student Magazine of LHU, 2000 (20000 年擔任龍華學生報編輯和記者)

-Wrote and edited news and feature articles (撰寫並編輯新聞和專欄)

Treasurer, Society of International Trade Studies, 2004 (2004 年擔任國貿學會財務長)

4.獎學金

演講比賽第一名(冠軍) First Place(champion), Public Speech Contest

英文寫作第二名(亞軍) Second Place(1st runner-up), English Composition Contest

校際論文比賽第三名(季軍) Third Place(2nd runner-up), Intercollegiate Treatise Contest

全民英檢(初級/中級/中高級/高級和優級) General English Proficiency Test (Elementary, Intermediate, High-intermediate, Advanced and Superior Levels)

書卷獎　Excellent Scholarship Prize

三育(學業/體育/操行)獎 Prize for Academic, Athletic and Ethic Merits

模範生　Ethical Model(Student)

專題製作展佳作　Excellent Award, Special Projects Exhibition

國科會研究生獎學金 National Science Council Graduate Scholarship

台北縣政府獎學金 Taipei County Government Scholarship

國際獅子會獎學金 Lions International Scholarship

孫逸仙獎學金 Dr. SunYatSen Scholarship

清寒獎學金 Grant-in-Aid Scholarship

台南同鄉會獎學金 TaiNan Countrymen Association Scholarship

5. 工商業職稱

董事長 Board Chairperson

總經理 General Manager, President

副總經理 Vice President

經理 Manager

協理 Assistant Manager

業務經理 Sales(Business) Manager

公共關係經理 Manager, Public Relations

會計主任 Chief Accountant

出納 Cashier

廠長 Plant(Production) Manager

副廠長 Assistant Plant Manager

總工程師 Chief Engineer

電機技師 Professional Engineer in EE

電機工程師 Electrical Engineer

品管工程師 Quality Control Engineer

助理工程師 Assistant Engineer

工程監工 Construction supervisor

技工 Mechanics

技術員 Technician

領班 Foreman

技術工人 Skill worker, Technical worker

作業員(工人) Operator(Worker)

學徒 Apprentice

推銷員 Salesman

業務代表 Sales representative

售貨員 Sales clerk

實習生 Intern(實習工作與學業相關)

工讀生 Part-time (student) worker

6. 教育機構職稱

大學校長 President

教務長 Dean of Academic Affairs

學務長 Dean, Student Affairs

系主任 Chairperson, Head

電機研究所 Institute of Electrical Engineering

高中畢業 Graduated from a high school

總務長 Dean, General Affairs

工學院院長 Dean, College of Engineering

商學院院長 Dean, College of Business

小學校長 Principle, Master

研究所所長　Director of the Institute

教授　Professor

講座教授　Chair Professor

榮譽退休教授　Emeritus Professor

副教授　Associate Professor

助理教授　Assistant Professor

講師　Lecturer, Instructor

助教　Teaching Assistant

研究助理　Research Assistant

指導教授　Advisor

教官　Instructor of Military Training

總教官　Director of Military Training

班級導師　Tutor (of a class)

班長　Class Leader

圖書館長　Chief Librarian

註冊組長　Registrar

研究員　Research Fellow

副研究員　Associate Researcher

助理研究員　Assistant Researcher

助理員　Research Assistant

中學校長　Principle

專科以下畢業證書　Diploma

副文學士　Associate of Arts, A.A.

副理學士　Associate of Science, A.S.

文學士　Bachelor of Arts, B.A.

理學士　Bachelor of Science, B.S.

企管學士　Bachelor of Business Administration, B.B.A.

商學士　Bachelor of Commerce, B.Com.

理學碩士　Master of Science, M.S.

企管碩士　Master of Business Administration, M.B.A.

哲學博士　Doctor of Philosophy, PhD.

研究生　Graduate student

大一新生　Freshmen

大二學生　Sophomore

大三學生　Junior

大四學生　Senior

研究所　Postgraduate(Graduate) School

五專　Five-year junior-college program

二專　Two-year junior-college program

二技　Two-year senior-college program

7.個性描述

品德良好　Good character

良好個性　Fine personality

良好教養　Good-nurtured, Well-bred

內向個性　Introvert character

誠實　Honest

熱誠　Enthusiastic

謙虛　Humble, Modest

外向個性　Extrovert character

親切　Amiable, Gracious, Kind

善於交際　Affable, Sociable

誠懇　Sincere

主動　Initiative

積極　Active

有責任感　Responsible

沉著 Calm

固執 Stubborn, Headstrong

有進取心 Ambitious, Aggressive

自發 Conscientious

反應敏捷 Quick at response

有決斷力 Decisive

優柔寡斷 Hesitant, Indecisive

善於領導 Good at leadership

有自信 Confident

樂觀 Optimistic

悲觀 Pessimistic

富想像力 Full of imagination

很有見解 Insightful

喜歡發問 Inquisitive

個性開朗 Open minded

知名度高 Popular, Celebrated

有禮貌 Polite, Courteous

有耐心 Patient, Persevering

可靠 Reliable, Dependable

聰明 Intelligent, Talented

有創造力 Creative, Ingenious

勤奮 Diligent, Industrious

討人喜歡 Pleasant, Cheerful

有恆心 Persistent, Steadfast

能幹 Capable

有活力 Energetic

情緒穩定 Emotional stable

成熟 Mature

身心健康 Sound in body and mind

身體健康 in good health

Get along well with people at all levels (和任何人都容易相處)

Have strong organizational skills (卓越的組織能力)

Can adapt easily to new environment (可輕鬆適應新環境)

Keen to learn new technologies (虛心學習新技能)

Self-starter and team-oriented (具自發性和團隊精神)

8. 其他

北科大校慶運動會 Anniversary Games, NTUT

校外教學 Field (teaching) trip

畢業旅行 Graduation trip

證照 Licenses and Certificates

陸軍中士(下士) Sergeant,(Corporal)

上兵 Private, First Class

一兵 Private, Second Class

二兵 Private, Third Class

專題成果展 Exhibition for Special Projects

技術士 Certificate of Technician

乙級 Class B, 丙級 Class C

室內配線 Interior Wiring

工業電子 Industrial Electronics

研討會 Conference

91 學年度第一學期 Fall Semester, 2002

2002 年秋季班 Fall Semester, 2002(preferred)

2003 年春季班 Spring Semester,2003(preferred)

9. 希望工作內容(job objective)

- A position in the banking business
  希望從事銀行業務的工作

- A career in the area of sales promotion
  希望從事推銷的工作

- Employment in the field of publishing
  希望在出版社工作

- A position as an electrical engineer in the field of robotics / artificial intelligence
  從事機器人/人工智慧領域的電機工程師

- To attain a position in research / product development in the mechanical field
  在機械領域從事研究/產品開發的工作

- To work as a computer specialist in programming
  希望從事程式設計的電腦專家

- An internship position in computer programming
  希望實習電腦程式設計

- Summer internship in the field of hotel management
  希望在暑期實習飯店管理的工作

- Seeking a summer placement with a public accounting firm
  希望在暑假在會計事務所工作

- Administrative Assistant (行政助理)

- Programmer trainee(程式設計實習生)

- Interpreter / Translator (口譯或翻譯員)

10. 成績、訓練、特殊專長

- 畢業成績平均 Graduate Point Average (GPA)的計算方式
  A(above 80) = 4.0, B(70~79) = 3.0, C(60-69) = 2.0, D(50-59)=1.0, F(below 50)=0.0
  例如：國文：3 學分　91 分；英文：3 學分　79 分。

  　　　　畢業成績平均 = (國文 91 × 3 +英文 79 × 3) / (3 + 3) = 85 分，但 GPA≠4.0

  　　　　GPA = (國文 4.0 × 3 ＋ 英文 3.0 × 3) / (3 + 3) = 3.5 pt.

- Completed a six-week intensive English language training course at UCLA

  參加 UCLA 舉辦的六週英語研習營

- Earned straight A's for all courses (所有科目成績都是 A)

- In the upper 10% of class (全班排名前 10%)

- Relevant coursework: Computer Architecture, Programming Languages, Operating Systems

  曾修習相關副修科目：Computer Architecture, Programming Languages, …

- Additional coursework in Office Management, Business English, Word Processing

  副修課程：Office Management, Business English, Word Processing

- Secretarial Skill: typing speed 80 wpm, steno (秘書技能：打字速度 80 字/分，速記)

- Trained in Business English Writing, Bookkeeping (曾受商業英文寫作、簿記訓練)

- Sound knowledge of Windows and Chinese WP systems (精通 Windows …)

- Experienced with following applications: Word Excel, Dbase (熟悉下列應用軟體：…)

- Special Skills: (特殊技能)

  ——Chinese typing speed 40 wpm (中文打字速度 40 字/分)

  ——Exposure to C++, Visual Basic, MS Offices, CorelDraw(學習過：C++, Visual Basic)

11. 工讀經歷(part-time jobs)、實習經歷(internship)

- Pizza Hut, Taipei, Delivery person

  Delivered pizzas on weekends during freshman year

  大一每週週末，在 Pizza Hut 台北店擔任披薩外送員

- Tutor: Taught mathematics for high-school student, eight hours a week.

  家庭教師：一週八小時，教導高中生數學課

- Worked two months in summer 2003 at Taipei City Government as clerical assistant

  2003 年暑假，在台北市政府擔任事務助理兩個月

- Waited tables in TGIF Restaurant, March to December 2002

  2002 年 3 月至 12 月，在 TGIF 餐廳擔任服務生

- TATUNG Co., Taipei, July 1 – August 31, 2000. Completed the two months Internship Program

  2000 年 7 月 1 日至 8 月 31 日，在台北大同公司，完成二個月建教合作實習

- Worked weekend and semester breaks to earn money for tuition expenses

  在週末和寒暑假工讀以賺取學費

12. 學歷寫法

- Will graduate June 2005 with B.A. in English.將於 2005 年 6 月畢業取得英語文學士學位

- B.S. Electrical Engineering, anticipated June 2004.將於 2004 年 6 月取得電機工程學士學位

- M.B.A. due June 2006, Business Administration.將於 2006 年 6 月取得企管碩士學位

- KangChi Private High School, TaoYuan, Diploma, 1999

  1999 年桃園縣私立光啟高中畢業

- Associate degree in Information Management, LungHwa Junior College, June 1998

  1998 年 6 月，龍華專科學校，資訊管理科，副學士

- National Taipei University of Technology, Bachelor of Science, Electrical Engineering, 2000

  2000 年，國立台北科技大學，電機工程學士

- 1996-2000, National Taiwan University, B.A., English Major; Economics Minor

  1996-2000 年，國立台灣大學，文學士，主修英文，副修經濟。

- M.A. in Financing, 2002, LungHwa University of Science and Technology

  Thesis: "Technical Aspects of Economic Change."

  2002 年，龍華科技大學財金碩士。碩士論文：「經濟變遷中的技術觀點」。

- PhD. in Computer Science, 2000, University of Missouri-Rolla, USA

  Dissertation: "Tracking Analysis of Deformable Objects from Image Motion Sequences."

  2000 年，美國密蘇里大學羅拉分校，電腦博士。博士論文：「……」。

13. 中英文表示法(先後)之差異

- 地址：台灣省 235 台北縣中和市復興路 301 巷 41 號 4 樓

  4th F, (No.) 41, Lane 301, FuSing Rd., JongHe, Taipei County 235, TAIWAN

- 學歷：龍華科大 電機研究所 研究生

  Graduate student, Institute of Electrical Engineering, LungHwa Univ. of S&T

  I am a graduate student with the Institute of Electrical Engineering of LHU.

- 經歷：中華電視公司，重電機房操作員；任務：高低壓設備巡檢

  Operator, High-voltage control, Chinese Television System

  ⬩ Inspection and repair the high- & low-voltage equipments

  I am an operator with the Office of high-voltage control of the CTS. My major duties are inspection and repair the high- & low-voltage equipments.

- 榮譽：明新科技大學 電機工程科 五年制第一名畢業

  1st Place graduated, Electrical Eng. Dept, Five-year junior-college program, MHUST

  I was graduated with 1st place in the Department of Electrical Engineering of five-year junior-college program of the MHUST.

- 活動：明新科技大學 校慶運動會 400 公尺接力賽 專科組第一名

  1st Place, 400 m relay race, Junior-college group, Anniversary Games, MHUST

  I got 1st place at the 400 m relay race with the junior-college group in the Anniversary Games of MHUST.

- 證照：台北科技大學 90 學年度 英語能力鑑定 初級及格

  Elementary Level Certificate, English Proficiency Test, NTUT, 2001

  I obtained the Elementary Level Certificate in the English Proficiency Test held by NTUT in 2001.

參考書目

一、英文部分

1. M. Freeman, *Writing Resumes, Locating Jobs, and Handling Job Interviews*, Learning Systems Co., Ontario, 1976.
2. G. C. Beakley and H. W. Leach, *Careers in Engineering and Technology*, 2nd Ed., MacMillan, New York, 1979.
3. Gibaldi, Joseph and Achtert, Walter S., *MLA Handbook for Writers of Research Papers*, 2nd Ed., Modern Language Association of America, New York, 1984.
4. M. Markel, *Writing in the Technical Field*, IEEE Press, New York, 1994.
5. S. K. Burack, *The Writer's Handbook*, The Writer Inc., Boston, 1997.
6. J. Canfield, M. V. Hansen and B. Gardner, *Chicken Soup for the Writer's Soul*, Health Communications Inc., Florida, 2000.

二、中文部分

1. 陳秋月譯，*Memo* 學入門，第四版，遠流，台北，民 77。
2. 傅祖慧，科學論文寫作，第二版，藝軒，台北，民 78。
3. 台北市專業秘書協會，辦公室管理，聯經，台北，民 83。
4. 詹麗茹譯，卡內基溝通與人際關係，修訂版，龍齡，台北，民 83。
5. 方克濤，英文科技寫作，方克濤，新竹，民 84。
6. 侯捷，無責任書評 *2*，資訊人，台北，民 85。
7. 黃文良，專題製作及論文寫作，第三版，東華，台北，民 86。
8. 廖慶榮，研究報告手冊，五南，台北，民 87。
9. 黃景增，*Word 97* 中文版精修範本，松崗，台北，民 87。
10. 陳裕華，報告書：寫作技巧重點與要訣，超約企管，台北，民 87。
11. 許舒揚、胡儀全，*Top 100* 面談題目排行榜，奧林，台北，民 88。
12. 張文亮，法拉第的故事，文經社，台北，民 88。
13. 高尚文譯，趣味演說高手，揚智，台北，民 88。
14. 蔡東龍譯，如何撰寫學術論文報告，合計，台北，民 89。
15. 慷齊資訊，*PowerPoint 2000*，第三波，台北，民 89。
16. T. Hindle，面試技巧，萬里，香港，民 89。
17. Jerry Weissman，簡報聖經，甄立豪譯，陪生集團，台北，民 93。

索引

ISO 53，62，87

IMRAD 156，157，159，166，223

Memo 183，184，185，187，189

PowerPoint 78，83，232，237，238，248，254

SI 53，54，55，57，58，60，61，87，171，172

WORD 68，71，72，73，74，75，76，77，78，86，88，214

一劃

一致性 82

二劃

十進位 53，216

三劃

工作計畫 100

工作經驗 103，108，126，129，146，233

口試 101，114，115，149，165，209，254，256，263

口語表達 209，237，257

大綱結構 78

四劃

文題 36，83

井字法 12，17

分段 25

分號 65

分類法 33

分解法 34

方法 35，162

支持句 21，22，23，38，96

內部提案 226

五劃

目的 4，184，188，257，259，260，261，262

目次 168

主題句 18，19

句號 63

正面問題 257

引號 66

外部提案 226

六劃

自傳 100，101，115，126，131，148

合併列印 77

多欄格式 81

行距 81

字型 81，82，88

安全注意事項 203

曲線 6，47，210，212

次要 35

求職 30，100，103，113，115，118，131，132，134，209，230，253，256，259，261，262

托福作文 93

七劃

作者姓名 131，176，177，178

夾註號 67

私名號 69

刪節號 68

投影片 149，232，237，239，240，248

佐證資料 100，101

技術報告 221，226

技術提案 38，40，226

八劃

空間位置法 32，34

兩人對談 9

表格 74，75，210，212

表的基本構造 44

版面設定 76

社團服務 101，103，115，138

服裝 148，253

並用單位 56

九劃

美化文字 72

頁碼 167，169

面談 149，254

負面問題 259

重要到次要 35

段落 72

冒號 65

前置項目 165

後續項目 166
故障排除 206
十劃
校稿 14
草稿 13
討論 163，223
個人特質 3
修改文稿 13
時間順序法 32
破折號 67
書名號 68
誌謝 163
十一劃
專題 101，121，228
專業水平 3
專業證照 103
條列句 84
組織 87，222
問號 65
問題 35，149，188，232，234，257，259，261，262
問題-方法-解答 35
國際單位 53，54，56，58
逗號 63
推薦信 134
參考文獻 173，175，177，179，224
結構 27，32，78
產品說明書 202
基本單位 54
十二劃
結論 40，223
結構 27，32，78

結果 162
項目編號 85
詞冠 56，59，87
準時 148，253
單位 53，54，55，56，58，59，171
提案 38，40，195，199，226
十三劃
想到就寫 8
頓號 64
感謝函 151
解答 35
十四劃
圖表 43，44，45，46，49，50，233，240，244
基本構造 44，45
圖像溝通 219
語文溝通 217
腦力激盪 8，9
碩士推甄 148
摘要 37，101，148，159，160，161
說明 185，202，205，234
演講 265，266，267
十五劃
寫作 2，4，8，18，19，21，25，42，156，209
標題 36，83
標點符號 63，70
樣式 74，222
論文格式 167，171
論文題目 158，160

影音簡歷 113
數學溝通 219
十六劃
學歷 103，130
整體後個別 34
總結 123，185，188，223
辦法 185
十七劃
壓力面試 262
點子 8，12
十八劃
職務立場 3
關鍵詞 37，38，159
簡介 83，156，162，223
簡報 149，232，233，234，237，239，240，242，254
簡歷表 103
十九劃
證照 103
繪圖法 10
繪圖物件 77
邊界 80，167
二十一劃
顧客意見 207
二十二劃
讀者個人特質 3
讀者專業水平 3
讀書計畫 142
驚嘆號 66
二十三劃
變數 77

1-7 習題 A：請於下列文字的適當處所，加上中文標點符號。

EUREKA

阿基米德是位大科學家他對任何困難的問題一定要找出正確的答案來才肯停止有一次國王訂製了一頂十磅的純金王冠要他查一查有沒有摻上銀子他一直想找一種不損壞王冠的試驗方法但都沒有成功有一天當他進入一滿盆的浴盆洗澡時水從盆邊漫了出來於是他聯想到我排出的水和我的身體一樣多十磅王冠如果是純金的它排出的水也要和一塊十磅純金塊排出的水相等如果裡面有一磅銀子因為銀子比金較輕體積就較大排出的水也會較多這樣不就可以證明了嗎想到這裡他高興得直嚷我發現了我發現了然後連衣服都忘了穿就出去要向國王報告

註：解答請參閱附贈光碟。

1-7 習題 B：請於下列文字的適當處所，加上中文標點符號。

句　點

美國的艾森豪總統有一次應邀在一個很多人的集會上演說因為他是最後一個演說者而前面的每個人都拖延時間輪到他上台的時候已經是半夜了聽眾都覺得很疲倦主席介紹艾森豪上台演說艾森豪走到麥克風前面說每個句子都有標點符號今天我就算是一個句點吧說罷他馬上離開講台走回他的座位這篇最短的演說獲得最熱烈的掌聲

註：解答請參閱附贈光碟。

1-7 習題 C：請於下列文字的適當處所，加上中文標點符號。

差不多先生

他的相貌和你和我都差不多他有一雙眼睛但看得不很清楚有兩隻耳朵但聽得不很分明有鼻子和嘴但他對於氣味和口味都不很講究他的腦子也不小但他的記性卻不很精明他的思想也不很細密

他常常說凡事只要差不多就好了何必太精明呢

他小的時候他媽叫他去買紅糖他買了白糖回來他媽罵他他搖搖頭說紅糖白糖不是差不多嗎

他在學校的時候先生問他陝西的西邊是哪一省他說是河西先生說錯了是山西不是河西他說河西同山西不是差不多嗎

後來他在一個錢鋪裡做夥計他也會寫也會算只是總不會精細十字常常寫成千字千字常常寫成十字掌櫃的生氣了常常罵他他只是笑嘻嘻地賠小心道千字比十字只多一小撇不是差不多嗎

註：解答請參閱附贈光碟。

3-3 習題 A：小考問題

參考文獻

[1]F.Blaschke ， "The principle of field orientation as applied to the new transvector closed-loop control system for rotating-field machine ，" Siemens Reviews, Vol. 34, pp. 217-220, 1972.

[2]K.J.Astorm and B.Wittenmark, Adaptive Control, 2ed., Addison-Wesley Publishing Company,New York, 1995.

[3]Y.Sozer,H.Kaufman and D.a.Torrey, "Direct model reference adaptive control of permanent-magnet brushless DC motors," IEEE International Conference on Control Applications , pp. 633-638, 1997.

[4]許溢适譯著，AC 伺服系統的理論與設計實務，文笙書局，1995。

[5]韓曾晉編著，適應控制系統，科技圖書有限公司，1992。

[6]余光正，"永磁同步馬達適應性速度控制器之設計"，碩士論文，國防大學中正理工學院，2000。

[7]王偉修,劉昌煥編著,PC-Based 馬達控制器即時發展系統,微鋒自動科技股份有限公司發行,1998.

[8]劉昌煥著,交流電機控制,東華書局, 2001.

註：解答請參閱附贈光碟。

公文 Quiz

- 97/1/12(星期六)進修部期末考，適逢立委選舉，依規定放假一天。
- 擬請老師自行調整授課進度，並提前一週舉行期末考。
- 請依照公文格式，草擬「進修部書函」，通知專兼任教師查照。

國立台北科技大學 進修部書函

機關地址：106 台北市忠孝東路 1 段 3 號

傳　　真：(02) 2771-2171

承 辦 人：

聯絡電話：

受 文 者：

發文日期：

發文字號：

速　　別：

附　　件：

　主旨：

　說明：

註：解答請參閱附贈光碟。

國家圖書館出版品預行編目資料

科技寫作與表達：校園和職場的祕笈 / 羅欽煌著.
-- 五版. -- 新北市：全華圖書，2013.01
　　面 ；　　公分
ISBN 978-957-21-8778-4(平裝)

1.論文寫作法 2.工程應用文

811.4　　　　　　　　　　　　　101023294

科技寫作與表達──校園和職場的祕笈

作者 / 羅欽煌

執行編輯 / 余麗卿、林佩璇

封面設計 / 楊昭琅

發行人 / 陳本源

出版者 / 全華圖書股份有限公司

地址 / 236 新北市土城區忠義路 21 號

電話 / (02)2262-5666（總機）

傳真 / (02)2262-8333

郵政帳號 / 0100836-1 號

印刷者 / 宏懋打字印刷股份有限公司

圖書編號 / 05089047

五版一刷 / 2013 年 1 月

定價 / 420 元

ISBN / 978-957-21-8778-4（平裝）

全華圖書／ www.chwa.com.tw
全華網路書店 Open Tech／www.opentech.com.tw
若您對書籍內容、排版印刷有任何問題，歡迎來信指導book@chwa.com.tw

臺北總公司（北區營業處）
地址：23671新北市土城區忠義路21號
電話：(02) 2262-5666
傳真：(02) 6637-3695、6637-3696

南區營業處
地址：80769高雄市三民區應安街12號
電話：(07) 381-1377
傳真：(07) 862-5562

中區營業處　地址：40256臺中市南區樹義一巷26號
電話：(04) 2261-8485
傳真：(04) 3600-9806

歡迎加入 全華會員

● 會員獨享

會員享購書折扣、紅利積點、生日禮金、不定期優惠活動⋯等。

● 如何加入會員

填妥讀者回函卡直接傳真 (02) 2262-0900 或寄回，將由專人協助登入會員資料，待收到 E-MAIL 通知後即可成為會員。

如何購買 全華書籍

1. 網路購書

全華網路書店「http://www.opentech.com.tw」，加入會員購書更便利，並享有紅利積點回饋等各式優惠。

2. 全華門市、全省書局

歡迎至全華門市（新北市土城區忠義路 21 號）或全省各大書局、連鎖書店選購。

3. 來電訂購

(1) 訂購專線：(02) 2262-5666 轉 321-324
(2) 傳真專線：(02) 6637-3696
(3) 郵局劃撥（帳號：0100836-1 戶名：全華圖書股份有限公司）
※ 購書未滿一千元者，酌收運費 70 元。

OpenTech 全華網路書店 .com.tw

全華網路書店 www.opentech.com.tw
E-mail: service@chwa.com.tw

※ 本會員制如有變更則以最新修訂制度為準，造成不便請見諒。